胡晓诗 等 著

杜邦的故事
DUPONT'S STORY

北方联合出版传媒（集团）股份有限公司

万卷出版公司

© 胡晓诗 等 2021

图书在版编目（CIP）数据

杜邦的故事 / 胡晓诗等著. —沈阳：万卷出版公司，2021.9

ISBN 978-7-5470-5675-2

Ⅰ.①杜… Ⅱ.①胡… Ⅲ.①幻想小说—小说集—中国—当代 Ⅳ.①I247.7

中国版本图书馆CIP数据核字（2021）第140120号

出 品 人：王维良
出版发行：北方联合出版传媒（集团）股份有限公司
　　　　　万卷出版公司
　　　　　（地址：沈阳市和平区十一纬路25号　邮编：110003）
印 刷 者：辽宁新华印务有限公司
经 销 者：全国新华书店
幅面尺寸：145mm×210mm
字　　数：250千字
印　　张：9
出版时间：2021年9月第1版
印刷时间：2021年9月第1次印刷
责任编辑：王　越
责任校对：张兰华
封面插图：柳猹阿
装帧设计：李英辉
ISBN 978-7-5470-5675-2
定　　价：39.80元
联系电话：024-23284090
传　　真：024-23284448

目 录

杜邦的故事

DUPON'S STORY

0713的一场预约服务

/

胡晓诗

屏幕倏地黑下去，如同一扇大门向0713面无表情地关闭。安静的空气里，办公室外加湿器喷出的水雾四散开来，无影无踪，他听见远处天幕广告的声音还在继续。

这世界上还有无数的人，执着地怀念着虚无的空气，怀念着沙漠深处的蜃景，直至丧失同这个真实世界间微妙的感应。

屏幕倏地黑下去，如同一扇大门向0713面无表情地关闭。安静的空气里，办公室外加湿器喷出的水雾四散开来，无影无踪，他听见远处天幕广告的声音还在继续。这世界上还有无数的人，执着地怀念着虚无的空气，怀念着沙漠深处的蜃景，直至丧失同这个真实世界间微妙的感应。

1

6月5日

扫尘，喷水，洗刷，一只圆柱形的清洁机器人正在街道的角落里兢兢业业地工作。面对车水马龙下近乎完美的一尘不染，路灯在感应到太阳下落的霞光后自动将自己点亮。人来人往，一个老环卫工人的影像出现在道路中央，自顾自拿着扫帚扫地，在深灰色的机械臂前显得格外刺眼。他的动作十分娴熟，表情认真，清扫着地面上根本不存在的灰尘。

没有一个路人会为站在他对面那个女孩睫毛下止不住的眼泪感到奇怪，他们的脸深深隐藏在自己的匆忙里，漠然而僵硬。而女孩则一动不动地站着，目不转睛，手里紧握的屏幕显示出巨大的Memory标志。

不远处的咖啡店里，Amy的双手正在吧台后以画圈的方式依次倒入牛奶和咖啡，熟练地制作一杯拿铁，热气升腾着，再缓慢地在空中消失不见。她摇晃着拉花杯，拉出大面积的奶泡，如同撞球般画出一颗饱满的心，眼神抬起，望向窗边座位上的一个西装男子，露出一个大大的笑容。

他同她对视，摁着咖啡的手不自觉地握紧。

苏小姐推开咖啡店挂着牌子的玻璃门，发丝干枯而凌乱，步履急切，疲惫的眼睛环顾一周后，目光落在西装男子身上。

"您好，是0713吗？"苏小姐坐在他对面。

西装男子合上电脑点头，"您好，是苏小姐吧。我是您的Memory系统的故障预约服务人员，工号0713。"

"我看不见他了。"苏小姐干涸的眼眶一瞬之间便盛满泪水，沿着睫毛大滴大滴地滑落，"我已经有半个月看不见他了。"

"别着急，您慢慢说。"0713递上了纸巾。

苏小姐拿出手机，登录Memory移动端，转过屏幕给0713看着那空荡荡的存储库。

"您放心，"0713露出职业化的笑容，"按照规定流程，我们会先到达设备安装处检查硬件故障，如果设备硬件没有问题，我会向公司提交报告检查总数据库存储。即使数据最终无法找回，我也会帮助您联系赔偿问题，保证给您一个满意的答复。"

"我只想要数据回来。"等了半天，苏小姐只带着哭腔答了这一句。

"这里，还有这里。"苏小姐指着卧室上方的影像捕捉及投影一体设备，然后走到客厅。她抬起头，仿佛屋顶上真的有一双眼睛同她对视，"这些私人空间里安装的设备都是我后来自己付费安装的，对了，还有车里。"

那是一辆纯白色的车，看得出已经很久没有擦洗。

"RLE789，"0713默念着车牌号，"这个号码很不错，是特意买的吗？"

"只是运气好而已，"苏小姐丝毫没有理会这突如其来的夸赞，"你也检查一下这里，我原来在车里也经常用Memory系统看他，可现在都看不到了。"

0713把检查时必要的连接工作都做好，然后对用户自行申请安装的这些设备进行了细致的故障排查，但一无所获。

"您男朋友还在其他地方录制身影了吗？"

"你说的是在公共区域设备里录制的数据吗？"苏小姐转过头，"当然了，就是在博物馆里录制了以后，我实在是喜欢，才自己申请了这么多设备装在家里。"

夏日的骄阳喷薄着满心的热量，兴高采烈地挥霍着人们疲惫眉角旁的汗水。让0713感到高兴的是，城市博物馆里的空调给得很足，一步走进，像是突然走进了一片远远的浅水，沁入一片清凉。

城市历史的展区内，各行业的代表在不同时间点录制的影像被排列于一条纵贯的时间轴内，用以生动地展现社会科技变迁。这是Memory公司与政府的合作项目，来参观的小学生队伍在时间轴旁睁大双眼，一个男人的身影不断重复着一组动作，他擦过汗水，弯腰拔掉了一株杂草，朝大家笑了笑。

"在很长一段时间内，农作物种植需要依靠人力。"机器人引导员和颜悦色地解说。

"就在那儿。"苏小姐指着博物馆圆厅上方的Memory设备，"他在那儿录过身影，可我现在都看不到了。"

0713进入圆厅上方设备的数据库，成百上千存储于此的身影涌入眼帘。

"我检查过了，您家里的设备和公共区域的设备硬件都没有问题。"0713在博物馆休息区同苏小姐对坐，"您无法看见已经录制保存的身影，很有可能是Memory系统的数据库出现了问题，我会尽快向公司报告，如数据最终无法找回，我会帮助您联系赔偿问题。"

0713露出职业化的微笑，"您放心，一定给您一个满意的答复。"

"我怎么满意？"苏小姐的双手急剧地颤抖，"我不要钱，我只要数据回来，要是数据库出了问题，数据怎么才能找回来？你们公司能找回来是不是？"

"按照我们的故障服务流程……"

"别跟我讲流程，"苏小姐粗暴地打断他，"数据到底能不能找回来？"

"无论数据能否找回，我们都会负责到底。"0713轻咳了两声之后，诚恳地回答，"即使最终数据找回失败，您也不必过于执着于虚拟身影，可以尝试着多看看周围……"

苏小姐眼神里的光逐渐黯淡下去，直至失望，几近熄灭，"我会给你个差评。"她抓起包，鞋跟凌乱地撞击着博物馆的地面，发出清脆且决绝的声响。

"苏小姐……"

0713望着她头也不回的背影逐渐消失在人群中，重重地叹息。

他打开面前的手提电脑，屏幕上的一行红字显得尤为刺眼。

"Memory后台管理系统——该账户数据已被0713号管理员删除。"

2

5月4日

"RLE789。"0713默念着车牌号，办公桌上的咖啡一直凉到了杯底，他想过放弃，毕竟这总归是件没什么结果的事情，但思来想去，总是会忍不住盯着这张写着车牌号的字条，在客户信息系统中认真搜寻着有关这个号码的蛛丝马迹。

"啊！"0713找到了苏小姐的账户，发出一声轻叹。

在用户使用频率排行中，苏小姐的账户已经跃居首页，0713下拉菜单，点击拨出了苏小姐的联系电话，在一连串的占线忙音后，他无奈地挂断，另找出紧急联系人的电话。

"喂，您好，是苏小姐的母亲吗？我是Memory公司的服务人员，工号0713，正在进行本季度第一次例行用户查访，了解一下用户对我们的系统的使用情况。"0713的询问小心翼翼。

"是那个可以记录一段人影再投影出来的软件吗？"

"是的，我们没有接通苏小姐的电话，这边的用户资料显示您是用户的母亲……"

"我知道我女儿在用这个软件，"对面的妇人急切地打断了他，"她和上一个男朋友喜欢录这个，不仅在外面录，还特地装了设备在家里录，在车里录，结果那个男的走了以后，我女儿每天戴着Memory隐形眼镜，不停放着这些人影，还和人影说话，我又看不见那些人影，简直要把我吓死，"她用恳求的语气说道，"我实在是没有办法，她不能一直这样下去，现在有时候连我也不理了，你们能不能，能不能把那些人影都删了？"

电话的另一头出现了极其少有的沉默，作为一通服务电话，0713意识到自己的欲言又止是违反规定的，只好再用标准的回话搪塞过去。

"您放心吧，您说的情况我们会认真考虑的。"

这通电话本不属于0713的业务范畴，如果他没有替偷跑出去约会的同事坐在这台电脑前，如果是同事坐在这里听到这些话，也许她会感到高兴，这代表着用户对Memory系统的极度喜爱。

Memory系统在许多地区均设有影像捕捉和全息投影双功能设备，形态类似早期的小型摄像头，未覆盖位置也可由用户自行付费申请安装。每个人在进入Memory移动端后，可选择在某一固定地点录制一段自己的生活场景并永久保存。这些虚拟人影只能重复一段动作，仅读取者佩戴隐形眼镜后可见，即便在用户离开以后，已绑定的账号依然能通过Memory系统读取他已经录制完成的生活片段。

0713挂掉电话，向办公室外望去。银白色的大厦内，上方是循环播放Memory系统广告的天幕。

一位父亲在镜头前对Memory系统致谢，他的孩子出生后便失去了母亲，依靠母亲生前在Memory系统内留下的身影度过童年，健康成长。

一幢房子里，年迈的父亲在母亲的呼唤声中放下手中的报纸，缓步走向餐桌，屋子里的年轻男人磨磨蹭蹭，端着一杯水走向餐桌上自己已经做好的午餐。

"我这就来了。"

全景逐渐展开，画面的色调变得灰暗，贴近于这座城市最真实的样子。建筑物毫无保留地展露着内部冰冷的钢筋结构，自动驾驶的汽车墨守着与生俱来的规章，统一精装的公寓里，颜色已被刷成符合当代艺术家审美的冷色，不掺一丝瑕疵。当第一遍放映完毕，两个人影又重复了一遍相同的动作，年轻男人好像依旧沉浸在美梦当中，脸上挂着温暖的微笑。

0713注视着用户使用频率排行列表，位居首位的用户使用时长一直是Memory公司全体员工的骄傲，他的24小时不间断系统使用纪录至今无人打破，是他让大家相信Memory系统运行的无懈可击和给予人类幸福感的伟大使命。

他的确在笑。

0713记下了他的设备地址，辗转半日后终于找到了那个热闹街区中的偏僻角落。没有想象当中的房子，只见到一个衣衫褴褛的乞丐坐在地上，眼睛固定地看向一个方向，嘴里不停喃喃自语，0713凑近去听，好像是一首生日歌。

"你好，我是……"0713刚刚开口，便发觉了乞丐对旁人的无动于衷，他仿佛已经生长于这个世界之外，或是一个将生命定格在一段时光中的木偶，获得了永恒的幸福，于是不愿有一刻回到这被机器人清洗得不带有一丝尘屑的现实世界。

他始终在笑。

几次试图沟通无果，0713打开口袋里的眼镜盒，戴上测试时用的眼镜后，又通过系统管理后台调出了那人账户里的数据，按下播放键后，一个女人唱着生日歌从他后方走来，将手放在他肩上，他漾着笑意的眼望向前面穿着红裙子的小女孩。

"宝贝，吹蜡烛吧。"

身后的女人说。

夏日的阳光依旧灼热，风静止不动，0713放弃搭乘出租车，走到咖啡店的时候，身子已经开始不由自主地晃动，双脚像踩着沙。

他还是坐在窗边的老位置上，吧台后方的Amy依旧在制作拿铁，画着圈地倒入牛奶和咖啡，摇晃拉花杯，在结束时抬起头朝他笑笑。

与她对视的C713试图隐藏内心的思绪，但他的目光移动得十分缓慢，眼镜背后流露出忧虑。他打开电脑，登录了系统后台，先将自己关联为苏小姐账号的故障服务人员，然后再次拨通了苏小姐母亲的电话。

"您好，是苏小姐的母亲吗？我是Memory公司的服务人员，对于您上次提出的问题，我们决定为您提供解决办法，由您签署确认书，我可以帮您删除您女儿账号内的数据，对她解释为数据库故障……"

3

6月11日

　　0713没有想到再次见到苏小姐是在上级发来的处罚邮件里，邮件附带一段视频，首先入画的是苏小姐凌乱的头发，因长久失眠而更显疲惫的眼睛，还有鞋跟不断撞击地板的声音。

　　她无视前台虚拟人影的欢迎致辞，拿起一个水滴状的装饰花瓶，狠狠地摔在地上，过往的同事和客人纷纷驻足，凝视着她歇斯底里地咆哮，像凝视着一个怪物。

　　保安人员在知晓她的来意后，领着她来到传送带，按下紧急按钮，将她直送至管理办公室，一小时后，0713收到了这封邮件。

　　坦白来讲，虽然是进入公司以来收到的第一封处罚邮件，0713对这封邮件的到来却没有太过惊讶，真正让他感到惊讶的，是接通即时视频后上级的第一句话。

　　"她拿出一把刀扬言自杀，要求我们恢复账号内的数据。"

　　"您也看得出来，这位用户对于系统内的虚拟人影太过依赖，这样下去恐怕……"

　　对面同样西装革履的中年男人毫不留情地打断他："按照我们公司的规定，只有账号所属人，也就是本人才可以确认删除数据，你入职前的考核已经通过，应该明确地知道这一点。"

　　0713微微低下了头。

"按照规定，我决定对你进行离职处理。"

屏幕倏地黑下去，如同一扇大门向0713面无表情地关闭。安静的空气里，办公室外加湿器喷出的水雾四散开来，无影无踪，他听见远处天幕广告的声音还在继续。这世界上还有无数的人，执着地怀念着虚无的空气，怀念着沙漠深处的蜃景，直至丧失同这个真实世界间微妙的感应。

他将一个纸箱放在办公桌的正中央，整齐地码入桌上的个人物品。他的手指在触碰纸箱边缘时被划破，鲜血涌出，他停下手里的动作，呆呆地站立了两分钟，还是最后一次进入了管理系统。

"重要提示：长期使用该系统会造成现实感官失效，请慎重使用。"

他点击对所有用户群发信息的按键后，系统闪的红色警示灯不停闪烁，办公楼内响起长久不息的警报声。

0713显然被眼前屏幕里的这种反应吓了一跳。同样受到惊吓的还有办公楼内的其他人，人们面面相觑，很快，技术人员在内网中发出公告，指出大量非法发送的信息导致服务器崩溃，目前正在抢修。

"幸亏我已经离职了。"0713在心里这样想，呼出一口气。

城市中心的丽达广场是国内最大的广场，也是世界著名的景观之一。广场路灯上方的Memory设备是最早一批安装的公共设备，数据储存已接近千万，每年都有游客再次来到丽达广场，怀念曾经在此同行过的爱人或朋友。

一位穿着波西米亚长裙的女人直立在广场中央，一动不动。

她目不转睛地盯着广场的一角，泪水从眼中肆无忌惮地流出，滑过嘴唇，掠过脖颈。来往的行人对此类场景早已见怪不怪，然而女人的眼睛从隐隐悲恸中突然睁大，她后退半步，惊恐地看着身边不停地涌现出的素不相识的人影。广场内所有佩戴眼镜的人几乎同时发出一声惊呼，设备内储存的千万人影突然全部出现在人们眼前，仿佛已逝去的人们同现实中的人们同时活在世界上，摩肩接踵，世界变得十分拥挤。

"什么情况？"一个男人狠命地摇了摇头，无奈地摘下眼镜。

"原来这里有这么多人？"穿着素色短裤的女孩说。

"是Memory系统里的虚拟人影。"她身边的年轻男人纠正她。

4

4月1日

咖啡店里，Amy的双手正在吧台后以画圈的方式依次倒入牛奶和咖啡，熟练地制作一杯拿铁，热气升腾着，再缓慢地在空中消失不见。她摇晃着拉花杯，拉出大面积的奶泡，如同撞球般画出一颗饱满的心，眼神抬起，望向窗边座位上的0713，露出一个大大的笑容。

他同她对视，回以略带宠溺的笑容。

Amy端起做好的拿铁，小心地绕过店里的空座，把拿铁放在

0713面前的桌子上。

"来尝尝吧。"

0713握住杯把，觉得有些烫，"我下次来喝奇异果汁怎么样？"

音乐换曲，变得活泼。

Amy坐在对面的椅子上，"刚才我用你们公司的系统录了一段做咖啡的人影呢，要是你下次来我不在，可以用Memory啊。"她说着话，轻轻戳了戳0713的电脑。

"我看今天店里人不多，下班早的话可以去郊外逛逛。"

"想不到啊，有一天你也能猜到我了。"

城西有一片矮山，人烟极稀少，路虽不好走，最引人注意的是轻风中的清新。近几年来，气候愈发变得极端且不可捉摸，比起新闻里翻来覆去的呼吁和汽车上的能源审核标志，0713始终觉得，保住这一片风景不被人发现才是最要紧的。

"这里的风好像比前几天大了不少。"Amy话音刚落，头顶的帽子已经被风掀走，她急着向道路中央跑出几步，伸出的右手还没碰到帽子，就被一辆飞驰而过的全自动驾驶车撞倒。

0713还没来得及看清这辆呼啸而过的车，Amy的鲜血已经在身后蔓延开来，染红了路边的野草和碎石，0713一边四处张望，一边焦急地用手机拨打急救电话。

"喂！您好！您好！"

一辆纯白色的车从远处驶来，看得出已经很久没有擦洗。0713拼命挥舞着双臂，带着哭腔呼救，但驾驶位上的苏小姐置若罔闻，一直在同副驾驶的空座说话，仿佛丧失了全部感官，表情满足。

0713望着苏小姐的车扬长而去，视线落在车牌号上。

RLE789，坦白讲，那是一个很不错的号码。

5

6月11日

咖啡店里，Amy的双手正在吧台后以画圈的方式依次倒入牛奶和咖啡，熟练地制作一杯拿铁，热气升腾着，再缓慢地在空中消失不见。她摇晃着拉花杯，拉出大面积的奶泡，如同撞球般画出一颗饱满的心，眼神抬起，望向窗边座位上的0713，露出一个大大的笑容。

0713已经脱去了西装，换上一件棉制的T恤。

他看着Amy不断重复着这一段动作，终于缓慢地拿出眼镜盒，摘下Memory隐形眼镜。

咖啡店外的丽达广场上，戴着眼镜的人们正在惊慌失措地疾呼，最终不得不纷纷摘下眼镜。

0713回过头，吧台后空无一人。

重见天日

/

胡晓诗

吉姆走在这条熟悉的路上，觉得处处新奇，新奇中暗藏恐惧，无论是街上全灰的建筑，还是擦肩而过穿着同样衣服的人，还是每一面墙上都写着的那句话：

"别告诉他们你能看见。"

·杜邦的故事·

1

"今天老师说，大辐射以前，我们都能看见，能看见是什么感觉？"

薇薇安熟练地把书包从肩上脱下，放在门口，换鞋时把双脚伸进儿童专用的机器，她生了一双漂亮的眼睛，长长的睫毛，可惜她看不见。吉姆也从没见过她的样子，他只是在帮薇薇安梳头和洗脸时，会时常抚摸她的脸，她的鼻骨很挺，皮肤柔软，手小小的，紧紧地牵着吉姆。

吉姆的手很粗糙，薇薇安把脸贴近他的手掌摩挲时，总觉得分外安心。薇薇安依照往常的路线乖巧地坐在餐桌旁等待，忽然闻到一阵烧焦的味道，吓得她大叫："爸爸，怎么了？"

"没什么，又失败了。"吉姆尴尬地笑笑，把双手伸向水流中冲洗，其实他本不必这么麻烦，只需把搭配好的食材和调料放进烹饪机，启动自动烹饪即可。吉姆家的烹饪机已经用了很多年，只能做一成不变的几样菜式来满足日常基本需求。吉姆记得丽塔曾经用烹饪机的自加热电板做过几道菜，还发挥得不错，她真是个天才，可惜轮到吉姆自己来做，就再也没有成功过。

吉姆端着两盘烧焦的菜回到餐桌，十分抱歉地叹气，"烹饪机好像被我弄坏了，我一会儿跟安德叔叔通个话，请他明天来修，今天的晚餐……"

跟垂头丧气的吉姆相比，薇薇安的心情要好得多。餐桌上的餐具都有固定位置和凸起的标记，薇薇安摸到盘子，用勺子盛了一块送进嘴里，皱了皱眉头，果不其然，味道不太好，"嗯……可以凑合吃，你还没回答我的问题呢。"

"那时候我只有几岁，还是个什么都不懂的孩子，我只记得刚开始所有的东西，不需要触摸，你就知道它们的样子，它们还有颜色、纹理，有的会反光，可是一瞬之间，都化为了虚无，那种感觉，就好像四周突然立起一堵堵布满钢针的铁墙，危机四伏。"吉姆也在餐桌旁坐下，他并不着急吃饭，而是陷入了回忆的琐碎之中，"他们说，是出现了全球性天灾——频率极高的光波辐射，让所有人都失去了视力，整个世界一片混乱，在混乱中死了很多人，也包括我的父母，我非常侥幸地活了下来，后来被人带走，辗转到了这座小镇。"

说完话，吉姆也吃了一块，味道超乎想象。吉姆一口吐了出来，在薇薇安的笑声中，他一不小心失去平衡，跌坐在地上。听见撞击声，薇薇安止住笑声，把脸转向吉姆的方位，语气中流露出焦急，"爸爸？"

"没事。"吉姆一只手扶着桌角，努力站起，但这样简单的举动却在此刻变得异常艰难，一阵眩晕袭来，吉姆的另一只手向一旁挥舞着，眼前从彻底的黑暗变为一个深不见底的水潭。吉姆停在原地，水潭的颜色逐渐变淡，他也越来越清醒，水潭变成了一片片墨色的云，云层的缝隙中吝啬地露出些许光点，云渐渐变得透明，雾蒙蒙的，眼前好似成了一片挥散不去的浓雾，光晕闪烁在其中，轮廓愈发清晰。

吉姆的脑子开始兴奋起来，他站起身，慢慢地向前挪动，一步一步，向着窗子，向着光的源头走去，碰倒了椅子和薇薇安的机器狗玩具，也没有停下脚步。

"爸爸？"薇薇安开始慌了，她也从椅子上站起，朝着吉姆的方向走去。

吉姆来到窗边，微风拂面，夕阳的余晖洒在吉姆的脸上，他看见天空，颜色比他模糊记忆中的样子要淡得多，依旧是那样清澈。太阳在砾石荒漠间发出夺目的光，在光的照耀下，每一粒细沙和尘土都显得愈发清晰，吉姆的身体颤抖着，眼泪无法抑制地汹涌而出。

吉姆的目光由远及近，他在这座小镇中长大，学习，结婚生子，还从未见过它的样子。整座小镇仿若一个放置在戈壁中的钢铁块，被一大块薄薄的空气滤网层罩住，灰色的街道，灰色的墙壁，灰色的机器……的确，这里没有人需要色彩。

"爸爸？你没事吧？"薇薇安的声音从身后传来。

"没……没什么，只是摔了一跤，有点儿疼。"吉姆的声音有些颤抖，他长长地呼出一口气，努力使自己镇定下来，不被薇薇安听出异样。各种情绪在无限循环，在他目光所及的所有墙壁上，都涂写着一排红色的字，每个字的样子他都曾在书上摸到过，有的字痕迹轻些，好似经过了时间的洗礼，有些字痕迹清晰，应该是新补上去的：

"别告诉他们你能看见。"

2

步行是最危险的交通方式。吉姆家只有一辆车，小镇里的车都是一样的，圆圆的，体积很小，至多能容纳两个人，外壳很坚硬。吉姆每天早晨都会按时把薇薇安送上车，这辆车已经提前设置好去往学校的路线，还配有语音提醒。

"爸爸，你是怎么把烹饪机修好的？"临出发时，薇薇安仍不放弃追问。

"试一试而已，没想到成功了，那时候你已经睡了。别想这些了，快去吧。"吉姆嘴上这样说着，手仍旧扶在车门处，想再多看薇薇安一眼。薇薇安眨了眨眼睛，神情充满疑惑，虽然她看不见，这双眼睛在吉姆心里，却和天上的星辰一样美丽且珍贵。

吉姆昨晚一夜都没睡。在黑暗中，他在陶碗中点燃了卫生纸和油，一面害怕着被发现，一面思索着。过了一会儿，他才想起烹饪机坏了，薇薇安明天的早餐成了问题。人类失去了视力，基础生活均要依赖机器，可要想找到机器的故障，就要有一双看得见的眼睛。

吉姆习惯每天早晨送薇薇安上车，然后步行去上班。跟随着耳机里的语音提示，吉姆走在这条熟悉的路上，觉得处处新奇，新奇中暗藏恐惧，无论是街上全灰的建筑，还是擦肩而过的穿着同样衣服的人，抑或是每一面墙上都写着的那句话：

"别告诉他们你能看见。"

吉姆只好佯装从前的样子，在训练馆门前站定，语音提示结束，吉姆伸出手掌在门前打卡，进门，走进自己的训练场，客人已经在那里等候。吉姆一步也不敢踏错，生怕被别人察觉出异样，以至于在言语之中，这样紧张的情绪也传达给了客人。

他听见客人在笑着说话，"上你的闪避训练课我已经够紧张了，你怎么比我还紧张？"

作为一名体能训练师，吉姆对闪避训练的要求尤其高，他总是不厌其烦地对客人们解释，如果遇到车辆失控、高空坠物等意外情况，可以通过声音提前预判，迅速地做出闪避动作，增加生存的机会。

人类看不见了，发生意外事故的概率就会高些，吉姆是在丽塔去世之后开始做体能训练师的，六年前因车辆自动驾驶系统故障，丽塔在中心街区被当场撞死，那时候薇薇安才刚刚出生。

午间，员工们按照规定好的路线依次排队，吉姆拿到餐盘，在硕大的烹饪机下依次走过，这里的菜式要比家里的多些。有几个人总是约好坐在一起，但吉姆喜欢独自用餐。

吃过午饭，吉姆开启语音提示，重新规划路线前往经理的办公室，他看着经理那双空洞无神的眼睛，解释道："家里的烹饪机坏了，薇薇安放学之前，我得找人来修好。"

"你发个语音消息就行了。"

"我昨天晚上就发了，可那边一直没回复，可能是在忙，我想去看看。"

经理没再坚持，他知道吉姆是很少请假的，他对客人要求很高，为了做好体能训练师，训练自己时更加发狠。

吉姆走出经理办公室，向安德家走去。安德开了家修理铺，他是个智商超群的人，大幅射发生时他还是个小孩子，突然失明，失足从窗口跌落，摔断了双腿，但活了下来。他的经历和吉姆相似，都是被人带走，然后辗转来到这座小镇落户。

不是谁都能做修理师的，这是个难度极大的职业。没有机器，人们就难以生存，而要在根本看不见的情况下发现机器的故障所在更是难上加难。学校当然会教授这部分的课程，及格的人很少，安德的高分纪录至今没人能打破，记得那时候的他还曾按下提问铃追问老师："最初的机器都是怎么来的？"

"那些人都是救世主。"老师满怀激情地说，"他们是顶尖的科学家、工程师，在天灾发生时力挽狂澜，为人类探索出这样的生存方式，保留了人类文明的火种。"

当有人靠近安德家时，安德就会收到提醒，这是他自己的小发明。安德的家里满是散落的机器零件和刻着线路图的泥塑板，除了安德为自己特制的轮椅，没人能够万无一失地避开障碍，吉姆就被安德家地上的杂物绊倒过许多次，薇薇安倒是很喜欢这种充满惊喜的冒险。

"你家太乱了。"面对眼前的景象，吉姆由衷地发出感慨。

安德嘴角露出浅浅的笑，"这次你是从哪儿爬起来的？"

"没有，我……"

安德按下轮椅扶手处的按钮，轮椅下方伸出两只脚跨过杂物，利落地来到吉姆面前，"我和你说过了，手上的工作太多，我最快也要两个小时以后才能过去。"

"我能看见了，所以昨天晚上我自己修好了。"在来安德家的路上，吉姆一直思考该如何开口，没想到竟这样脱口而出了。

吉姆看见安德脸颊的肌肉僵住了，眼皮也稍稍抬起一些，他以为安德会表现得更惊讶一点，可能他的惊讶就是这样。安德向来冷静，他是吉姆在小镇里最好的朋友，吉姆期待安德能够给自己一些有用的建议。

"这……是件好事啊。"安德操控机器人，递给了吉姆一杯热水，"你是怎么做到的？"

"我没干什么，就是突然地，我突然就能看见了，和小时候一样，"吉姆语无伦次地解释道，"但这不像是件好事，你知道吗？这里到处都写着：'别告诉他们你能看见。'我一定不是第一个复明的人，但复明的人可能会遭遇某种危险。"

"如果你说的是真的，恐怕要找到其他复明的人才能知道真相。"安德的神色开始变得紧张了，他认真地思考了一会儿，"其实我曾经研究过复明的方法，大辐射造成人体细胞和组织的损伤，但人体仍有自我修复的生理机能，只是成功的希望太渺茫了，这种突然复明的情况因人而异，或许是随机的。"

"你说得有道理，墙上的痕迹有新有旧，这说明不断有人复明，他们在想办法给接下来复明的人提醒。"吉姆沿着安德的思路继续说下去。

"那些字没被定时启动的街道清扫机擦掉，是用什么写上去的？"

安德的话真的点醒了吉姆，他应该注意到这件事的，改行做体能训练师之前，他就在制造厂工作，可那时他还看不见，没意识到小镇里的东西都是不需要颜色的。所有带有颜色的东西，一定是后来特制的。

"那些字，是红色的。"吉姆喃喃地说。

"或许这是个突破口，如果能找到材料的来源……"这时，机器人再次整点报时，薇薇安快放学了，安德知道吉姆很快就要离开，"你要小心，安全最重要。"

3

一路上吉姆都走得飞快，他四处观察着墙壁上的字，但脚步没有停下来，因为那样就会错过接薇薇安放学。他终于赶在薇薇安之前到达车辆停放区，整个人松懈下来，擦了擦额头上的汗。小镇中的车都会停放在离车主居住地最近的停放区中，停放区上方有巨大的太阳能板，为车辆持续充电。薇薇安每天从这里乘车出发，放学后车辆会自动返回此处。

停放区外还站着好几个来接孩子的人，吉姆认识他们，但看见他们的脸是第一次，他们的脸上都流露出期待和温暖的笑。阳光洒在每个人脸上，吉姆相信他们和自己一样，都能感受到此刻的暖意，天空、街道和建筑的墙壁都附上了一层薄薄的金晖，薇薇安下车后，朝吉姆奔来，她知道吉姆每次都会站在相同的位置。

她扑向吉姆，如愿地蹭了蹭他的手掌，吉姆笑了，他用手抚摸薇薇安的头，"带你去买一个新的机器狗玩具好不好？"

"真的吗？"薇薇安开心地笑起来。

吉姆拉起薇薇安的手向道路对面的玩具商店走去，她的手小小的，皮肤光滑柔软。挑选玩具是个很漫长的过程，薇薇安要挨个抚摸，确定玩具的形态，再由店员做演示，玩具狗会和薇薇安对话，给她唱歌，讲故事，薇薇安会一边听，一边拍起手。

"不着急，挑一个你最喜欢的。"吉姆拿出通信机，给安德发出通话邀请，很快被接通了，吉姆借机快走两步，踱出玩具商店的大门，站在商店的外墙边，墙上的红字鲜艳而醒目。吉姆背对着所有行人，仔细观察墙上的字，又用手指假装不经意地在上面划过。

"是漆。"吉姆小声对安德说。在制造厂里，这种材质的液体是专门涂在器物和建筑物表面用以防水的，成膜后非常光滑。吉姆将手指放在鼻子下辨认味道，他相信自己的直觉，虽然制造厂的日子一去不复返，但他不会记错，当年丽塔就在制造厂中负责原料统筹，他或许真的能找出这种原料的来源。

出于低成本的通风考虑，小镇中的建筑都保有窗户。通过那扇开着的窗户，吉姆看见薇薇安正兴奋得手舞足蹈，她好像已经选定了自己心爱的玩具，正腼腆地四处寻找吉姆的身影。

吉姆出现在她身后，拉起她的手，付款，走出店门。在短短的一段路程中，吉姆依旧在回忆中不断搜寻可用的线索，直到那一连串声音的出现。薇薇安的笑声，远处车轮与地面的摩擦声，车内惊讶的叫声，这时吉姆已经察觉到异样，身体的本能使他拉着薇薇安快速向旁跳起，可薇薇安的手却如同一尾光滑的鱼，不小心从他的指间溜走了。

车辆自动驾驶系统发生故障。

那辆车无视行人和交通规则，朝这边直冲而来，毫无意外地撞上了另一辆车，巨大的爆炸声令所有人都下意识地蜷缩着身体，几位家长把孩子护在身下。火光喷出碎屑，薇薇安被震向空中，她与吉姆都在寻找着彼此的眼睛，时间仿佛变得尤为缓慢，在对视的那一刻，薇薇安的眼睛忽然瞪得极大，乌黑的头发向后飘起。

"爸爸！"

她望着吉姆，露出前所未有的满含惊喜的笑容，眼泪从眼眶中奔涌而出。薇薇安生来全盲，这一刻她才真的理解了吉姆口中的颜色，那满天纷飞的如星辰一样的光芒，无须触摸就能知晓物体的形状，吉姆脸上的汗水和褶皱，带有棱角的建筑，澄净的天空和炽热如火的夕阳。

能看见的感觉。

一切都太美了，然后霎时化为虚无。

周遭的人几乎全都匍匐在地上，吉姆抬起头，碎片割伤了他的胳膊，他久久地注视着半空，仿佛薇薇安还在那里，怀里抱着她的玩具，像一个小天使。空气中飘来血的气味，吉姆的身体开始颤抖，眼泪不受控制地流下，喉咙却发不出一丝声音。

警铃声大作，吉姆站起来，一步一步地，向着那片还在燃烧的残骸走去，他的心曾有一个洞，现在这洞急速扩大，吞噬掉了他的整颗心脏，留下永远无法磨灭的剧痛。隔着烟雾，吉姆看见了一个剪影般同样站立的男人，他像是吓傻了，一双惊愕的眼睛望向这里，与吉姆对视。

对视后，那男人仿佛突然意识到什么，转身就跑，吉姆奋力在他身后追着。吉姆用尽全力，连续加速，那男人很快体力不支，躲进了巷子的角落，终究还是被吉姆抓住。

"你也能看见？"

那男人彻底慌了，支支吾吾地躲避，仿佛有什么可怕的鬼魂萦绕着他。

"你是什么时候复明的？"吉姆的手愈发用力，拉住他的衣领，将他提到半空。

"一……一个月以前，"那男人绝望地闭上眼睛，喘着气，已经放弃抵抗，"我只是路过。"

"墙上的字是不是你写的？"吉姆凑近他的脸，厉声质问。

"不是，我不是第一个复明的，刚开始，有个邻居告诉我她能看见了，后来，后来她就死了，"那男人颤抖地说，"有一天早晨起床，我也能看见了，我看见了墙上的字，一直不敢让别人知道我能看见。"

一盏刚刚燃起的希望又熄了火，吉姆微微松开手，那男人摔在了地上，"她是怎么死的？"

"是个意外，系统故障，她乘的电梯突然从高处掉下去，整个电梯都毁了，"那男人也哭出声说，"你为什么要来追我？你……不怕死吗？"

"在我追你之前，你已经暴露了。"吉姆彻底放开了他，"我已经什么都不怕了。"

那男人站起来，连滚带爬地向远处逃去。夕阳仍旧照耀着整座小镇，但照不到这条巷子。在这隐藏的黑暗中，那男人一脚踏空，掉进一个黑洞中，没发出一丝响声。吉姆急切地向前跑了两步，一切恢复了原状，他怔怔地望着前方。在黑夜来临之前，狭长的小巷尽头还残存着一线日光。

4

在这漫长的黑夜里，吉姆觉出一丝熟悉。他清楚家中房间的构造和所有东西的位置，凭着记忆找出泥塑板和刻刀，坐在地上，靠着沙发，尝试刻画出丽塔的样子，长长的睫毛，自然卷曲的长发。

"我一直没见到过你的样子，但我看见薇薇安的时候，就好像看见了你，就象我们从没分开，你一定和她长得一样美。"他并不擅长刻画，所以动作很慢，尽可能刻得仔细，"对不起，要是能再看她一眼就好了，如果不是我带她去买玩具的话……"

卫生纸和油在陶碗中燃烧，吉姆端着自己的作品，极力压抑却还是泣不成声。吉姆转过头时，有些东西慢慢从黑暗中显露出来，他拿着陶碗靠过去，那是一行红色的小字，写在低处，恐怕只有薇薇安那样高度的人才能直接看到：

"别告诉他们你能看见。"

那字迹看起来有些老旧，或许家里还有其他地方有这样的字迹，吉姆站起身，在家里寻找起来，甚至把柜子和家具小心地一一挪开。窸窸窣窣的声音好像都被无限放大，白色的月光如黑夜中的一丝暗香，吉姆失声跌坐在地上。除了其他的字，他还看见了一小桶漆。一小桶红色的漆。

"丽塔，为什么你不告诉我呢？"吉姆望向空荡荡的厨台，那个时候，当她站在厨台后望着吉姆时，或许已经能看见他的脸，她笑着提出用自加热电板炒菜的提议，她喜欢在做饭时唱歌，看着吉姆笨拙地帮着她的忙。她佯装一切如常。

吉姆曾是制造厂中的查检员，厂内大部分制造工序都由机器完成，但为保险起见，仍保留人类岗位，吉姆和其他人一样，每日依照固定路线入厂，在生产线尽头抽检成品。其实这也不是个容易的工作，如果遇到构造复杂的产品，依靠双手确认完整性至少需要半天时间。

有一次吉姆失手把一件产品摔在地上，他用手抚摸着那个漆面上的小小缺口，叹了口气，为了弥补失误，吉姆依靠着脑海中对生产线布局的推断前往原料库。所有人都看不见，这意味着他需要设法通过必要的关卡。然而，吉姆在另一位同事通过识别后不小心撞倒了他，在道歉后，他顺利进入了原料库。

小聪明总不是万能的，面对成排的陌生货架，他仍需要必要的帮助。这是他们相遇的地方，他仍记得她温柔的声音，她身上的香气，听到吉姆的窘境，她笑了出来，伸手接过他手中的产品，十指相碰的瞬间，吉姆决定鼓起勇气，开口问问她的名字和联系方式，那是一句怎么都会记得的回答：

"你好，我是丽塔，原料统筹。"

……

"你好，我是凯琳，原料统筹。"

制造厂的构造与吉姆记忆中一模一样，多年的体能训练加上视力的恢复，让吉姆躲过了不少危险。设法进入原料库后，他与凯琳双目对视，凯琳有一头漂亮的金色长发，吉姆张开手掌，掌心有一块红色油漆。

已经不需要再多解释些什么，吉姆紧紧盯着凯琳的眼睛，她的眼神从惊讶，到恍然大悟，逐渐平静下来。最终，吉姆在她的脸上看见了一种视死如归的从容。

"我想过会有人找到我，没想到是你。"凯琳重重地呼出一口气，放松下来，"墙上那些新的字，和我有关。"

吉姆没想到她会直接承认，他的手微微颤抖，"你知道我是谁？"

"我知道，"凯琳朝他微笑，"那时候这个岗位的前任遭遇意外死亡，我被调来任职，没过两年，我突然复明，就在这里，看见了她留下的信。信很多，有配方，还有些随笔，她可能是最先复明的那群人之一。他们发现了复明的人都会遭遇横死的规律，一开始是莫名失踪，后来是意外。她很聪明，调配出了带有颜色的漆料，一些人自愿冒着危险，在墙上示警。你知道她是谁吗？"

"丽塔，她是我妻子。"

·杜邦的故事·

"本来她是不会那么快被发现的。有几个孩子接连死去了，那时候她的女儿刚刚出生，她害怕自己随时会死。等孩子长大一点儿，或许会先恢复视力。为了让孩子第一时间看到预警，犹豫之下，她带了一小桶漆回家。"凯琳的声音淡淡的，她把吉姆带进了自己的休息室，把那些写在布片上的信交给他，"日期在这里中断了，我猜是因为这个原因，她暴露了自己。"

"薇薇安是在我之后恢复视力的，"吉姆哽咽着回答，"可是，她还是死了。"

凯琳遗憾地低下头，"我不知道他们当时都经历了什么，最先复明的那些人，应该都已经死了，下一个或许就是我。"

"凶手究竟是谁？"

"我想了很久，也想不明白，"虽然看得见，但凯琳依旧按照地面凸起的指示路线行走，倒了一杯水递给吉姆，"有一封信是留给你的。"

我总能想起她的第一声哭啼，你不知道吧，在她出生的时候，我是能看到她的，也能看到你。起初，她碰到我的时候会缩回手，后来就会死死地抓住我，不让我走，我猜是因为初来乍到的她有点儿腼腆吧。她熟悉这个世界的速度要比我们慢些，要是我死了，你要好好跟她解释颜色是什么。我记得你也很腼腆，一开始给我发通话邀请时，害怕打扰，发了又马上挂断，发语音消息也是斟酌再斟酌，你的样子和我想象中一模一样。在我还看不见的时候，有时我会梦见想象中的你，后来成了真。

只是，我没敢告诉你，现在这样，你们反倒安全些。我们生活的世界，就像一座迷宫，有许多看不见的暗门，想通过暗门找到捷径，要有一双看得见的眼睛。

——丽塔

5

太阳冉冉升起，一束光映在吉姆脸上。他从一堆形状各异的零件中醒来，才想起自己昨夜在这里绊倒，直接睡了过去。吉姆向着光的源头望去，安德就坐在那团耀眼的光下，不知道已经坐了多久。

"那辆车是冲着你来的，说明你早就已经暴露了，可能是在你上次来这儿的时候。"安德看起来从容不迫，手中的杯子徐徐冒着热气，"这是你第二次喝酒，我没记错的话，第一次是丽塔去世的时候。"

"对不起，"吉姆抱歉地低下头，酒是镇子里的奢侈品，也是安德的私藏，"你这些天没碰到什么事情吧。"

"我还没有复明，你倒不必担心我，"安德拿出一个金属小方块递给吉姆，"带上这个，是我发明的通信装置，可以随时与我建立联系。"

"如果真出了事，恐怕你来不及救我。"吉姆笑了笑，但还是接了过去，"你是小镇里最了解机器的人，有谁能控制所有的机器？"

"我想过许多种可能性。思考这个问题时，我总想起刚刚来到这里的那个时候。"安德向着吉姆的方向转过头，"曾经因为身体上的残疾，我以为自己活不下去，但却在这个小镇里活了下来。我没想过有一天身体的缺陷还有复原的可能，更没想过，有一天这里也会变成地狱。"

镇子的占地面积有限，但各功能区域精巧的设置恰好能满足人类生活的全部需求，滤网层不仅能过滤外界空气中的杂质，更能有效凝结水汽、接收太阳能和调节温度，养殖场和农场内更有特定的设备维持动植物良好的生长状态。一切都在有规律地运行着，这样几乎完美的地方，真的没有什么破绽。

丽塔的话还萦绕在吉姆脑海里，"一个只有看得见才能发现的暗门"，他再次想起那个被黑洞吞噬掉的可怜男人。

"这不可能，"听了吉姆的描述，安德摇了摇头，"小镇的地下只有两样东西，水和电。这里的水来自滤网层凝结的水汽和外界的水源引入，只在地下浅层铺设了水管线路，再往下只有储电设备……"

"你说的这些，是你亲眼看到的吗？"

安德沉默了，他沉默了很久，直到手中的水都凉了，"如果你的猜测是真的，那我们多年的学习，对小镇的了解，都是假的。"

安德手中的杯子突然摔在地上，情绪牵动着他从轮椅跌落，他的身体如同洒出的水一样无力地掉在地上，吉姆紧忙将他扶回原处，安德的泪水涌出，突然发力拉住吉姆的手，"以你的能力，如果小心躲避，兴许是能逃过一劫的。我知道劝你也是没用的，可我仍想劝你不要冒险，你可能再也回不来了。"

"我只想找到这一切的始作俑者，找到他，让他付出代价。"吉姆站直身子，阳光照在了他的身上。

能够暴露在阳光下的门都不能称之为暗门。吉姆在安德那里挑选了一把最锋利的工具，向着自己记忆中的地面开合处砸去，这里果然有缝隙，或者说，别处可能也有。

地面是小镇中最庞大的机器。

黑暗是未知的，失明的人们都生活在阳光下，他们眼前的世界是黑暗的，却不曾真正身处于黑暗里。扔下一个试距的金属片后，吉姆挂好绳索，也跳了下去，在无尽的黑暗中盘旋，身处其中却不知究竟身在何处，失重感如潮水般袭来，他保持着非常奇怪的姿势，以便自己能安稳落地。

黑暗并不可怕，吉姆对黑暗很熟悉，但他仍旧带了充电式光源灯，来仔细探究这里的真面目，结果却令他失望。除了错综复杂的线路和庞大的储电设备以外，什么都没有，吉姆叹了口气，正打算原路返回，上方的地面竟再次移动，如伤口愈合般阻断了他的退路。

"你什么也做不了。"

"谁？"吉姆认真辨别着那声音的温度，那声音来得突然，语气中混合着机器的冰冷。他举起自己手里的光源灯，四周仍旧空无一人，只有回音不断游荡。吉姆不由得想起了一个恐怖的故事——机器有了生命，开始左右人类的生命。

"你想得对，但也不对。可我无法反驳你，因为对于你们来说，的确是这样。"

接连出现的声音令吉姆确定自己找对了地方，即便他再无法活着回去，"你究竟是谁？是机器，还是生活在这里的人？"

"除了人类，还有谁能控制机器呢？"那声音大笑起来，笑声如一只魔鬼的爪子扼住吉姆，"你很有勇气，今天你已经无法逃脱，答案或许并不难猜，告诉你也无妨。"

天灾之后，所有人都失去了视力，人类在生存边缘苦苦挣扎，一部分仍旧掌握资源与技术的人为了不再忍受没有光的世界，想要将自己意识化，可这种生存方式需要持续不断的动能，于是他们修建了这个小镇，教导失明的人在这里按部就班地生活。只要失明的人在这里永远生活下去，繁殖，使用机器，在地面上行走，就会源源不断地为另一群人反向提供能量。

可谁承想这些人会复明呢？一旦他们复明了，一切都结束了。

人体竟然有如此强大的自愈能力，那些已经上传意识的人，他们回不来了，但他们可以操控机器杀人。由于前期规划不足，他们的操控力有限，制造恐惧也是一种有效的方式，用来维持这种怪异的稳定。

"你们是怎么做到的？"吉姆向前走了几步，手中的光源灯不停闪烁，电量储存即将耗尽，"你们是坐在自己世界的电视机前，看着这些生活在现实中的盲人在机器的帮助下循规蹈矩，还有这颗毫无情感的地球，再随心所欲地杀掉他们的亲人吗？"

"我无法对你描述那是怎样的一种状态，你永远无法理解，我们也永远不会死去。"

"不是永远，是到今天为止。"光源灯闪烁了几下后熄灭了，吉姆从怀中拿出备用的火种，火光再次映在他的脸上，一跳一跳的，"你们的确保留了人类的火种，可你们不会想到，有一天自己也会被这火焰吞尽。"

"你不会这么做的。"那个声音十分笃定，"从前也有人来过这里，最后还是放弃了。一旦你毁了这里，所有机器都会停止运行，那些还未恢复视力的人，他们活不下去的，你会变成比我更残忍的凶手。"

吉姆没再回话，陷入沉默，他以为自己不会再流泪，但还是慢慢地跪了下去。他的手摸到一些粗糙的骨骼碎片，那是一具早已变为白骨的尸体，或许他只能和这个人一样在这里无声无息地死去。那个声音似乎也很满意，吉姆想起薇薇安，他还记得她的第一声哭啼，只是从来没告诉过她。

"那又怎样？我为什么不能杀了你？"吉姆抬起头，他的眼睛被火焰映得猩红，许多画面在他脑海中浮现，丽塔的信，薇薇安的眼睛，她总在早晨起床时大喊爸爸，却在那场爆炸中尸骨无存，"即便活下去很难，也好过成为别人脚下的蝼蚁。"

"吉姆，你冷静点，"金属块微微发烫，安德的声音响起，"你没资格替他们做决定。"

滔天的火焰都是从一丝微弱的火苗开始的。吉姆闭上眼睛，颤抖着松开了手，火焰沿着线路蔓延，如一头被释放的凶猛巨兽歇斯底里地撕咬主机，火海上方泛起黑色的烟雾。那个声音似乎还想争辩什么，却在开口时被迫变成了一声长长的鸣笛。

温度逐渐升高，吉姆全身都渗出汗水，火焰自他的衣角开始燃烧，他的回忆仿佛也燃烧成了吞没一切情绪的火。惊天动地的爆炸声越来越远，上方的地面被炸出一个缺口，机器的面目裸露出来，再化作碎片，不过顷刻而已。夕阳的余晖洒入地下，一束光照进那具白骨的眼眶里。

"吉姆！"

浅层的水管依次爆裂，夕阳在升温，火在变冷，安德的喊声在吉姆耳边回荡，所有机器都停了下来。

夕阳如往常一般温柔地抚摸着一切，街道上的车突然手动停下，车内的人惊恐地瞪大眼睛，电能全部失效，车辆停放区外的家长们在惊恐中面面相觑，试探地互相询问对方是在何时复明，得到的是一声声心照不宣的叹气。

训练馆中的人们不再按照固定路线行进，而是全部慌张地跑了出去，他们纷纷在其他人眼中找到了神采，尴尬地笑着。制造厂内的机器全部停滞，许多素不相识的人在混乱中偷偷告诉凯琳，别忘了带走她的红色颜料。所有人都在默默祈祷奇迹，没人知晓真正的敌人。

背后的绳索将吉姆带回地面，鲜血从他的嘴角流出，感知疼痛的神经开始觉醒。

他仰望着天空，落日肆意地喷薄着光芒，这光芒愈发刺眼。在那样夺目的光芒中，太阳的轮廓愈发模糊，逐渐化为一团光晕，一片挥散不去的浓雾凝结成透露出些许光点的云，云层变得浓重，呈现出墨色，吉姆的眩晕感越来越严重，仿佛看见一个深不见底的水潭，水潭的颜色逐渐变深，最后是一片熄灭后的黑暗。

"吉姆，其实我已经复明了，就在我上次劝你不要冒险的时候，可那个时候，我没敢告诉你。"

微风拂过，夕阳最后一缕余晖洒在吉姆的脸上。吉姆没能在最后一刻看见安德的脸，但他听见了安德的声音，所有机器都停了下来，除了安德自制的机器。安德摁控轮椅向吉姆奔来的时候，滤网层已经消散，露出天空本来的颜色，狂风卷起沙尘冲进小镇，拍打在灰色的墙壁上，空气变得浑浊，但人类总会活下去。

你一直在被黑暗吞噬追逐，因为你可能就是光明本身。

城东一院

/

胡晓诗

"我研究这事已经很久了，我还有一个秘密要告诉你，"
大叔把脸贴近，近到林东能清清楚楚地看见他没刮净的胡
子，病服上的菜叶和污渍，他小心翼翼地说，'我知道我
们什么时候会离开这儿……金色飞碟每天四点一分准时接
走叛逆者……"

金色飞碟每天四点十分准时接走叛逆者，半年了，谁也没有等到，他失望地在垃圾桶里自杀了。

第一部分　回忆

八点零七分，风雪交加，天已经完全黑了。

行人举着伞，弓着身子，恨不得长出八条腿往前冲。路面很滑，这辆泥痕斑驳的面包车开得极慢，四个轮子磨磨蹭蹭，冷冽的风沿着窗边滑过，玻璃上的水汽缓慢地凝结，再滴下来，将城市里的光影割出一道纤细的口子。又过了半个小时，车厢里静悄悄的，还没一个人抱怨。车顶漏下来的水滴在林东肩上，他睡得正香，搂着自己穿了几年没洗过的大衣，翻了个身，根本没留意。

死一般的沉寂被一个女人的尖叫声打破了，"师傅，前面凌波路往右拐一下停不停？"

等了好久，也不见司机有什么反应，旁座的大妈提醒她，"他听不见吧，你再喊大点声。"

"师傅！"

"师傅！"

被吵醒的林东轻咳几声，强撑开眼皮，把车里的几张人脸都扫了一遍——大妈穿着一身鲜红的衣裳，一条褐色的围巾，脸色还很不错，年轻女人的眉头拧成一团，嘴里不停念叨着什么，像是快到目的地了似的急着下车。林东转过头，发现睡觉的不只自己，还有个半大不大的男孩蜷缩在最后面，呼吸均匀，睡得更熟。他的脸很年轻，但是脏得很，满是泥水干掉后的印记，几乎看不出他的本来面目，身上也没一处是干净的，像是长途跋涉了一整天，上了车才得以片刻休息。

"再不停我回不了家了，我家就在那儿啊！"年轻女人扯着嗓子鬼叫起来，由于喊得太急，止不住地大喘气。她伸出手指，笔直地指着窗子，眼眶通红，也不知道是懊悔还是怎的，"什么东西！早知道不上这辆车了，给钱都不上！"

车子又往前开了一条街，那女人的手指依旧停在原来的方向，大妈也察觉到不对劲儿，示意年轻女人先安静些，她自己迈出粗重的腿，小心翼翼地在狭窄的车厢里猫着腰站起来，转过身，一步步地踱到前头去，对司机客客气气地问："到哪了？"

林东这才注意到，车厢和驾驶室中间有一道透明隔板。可能就是这个原因吧，林东这么想着，这司机像聋了一样，真该扇他两巴掌。大妈又凑近喊了两声，还是没用，她叹口气，迈着小步子又折了回来。

"闺女啊，你叫什么名？"

"你问这干吗？"年轻女人不乐意地扭过头，车厢里静了好一会儿。雪停了以后，车窗外清亮起来，车子像匹突然脱缰的野马加速奔走，林东敲了敲车门，车里头虽破，车门竟然牢得很。大妈一直看着她，也没生气，只是笑着，年轻女人最后还是低下头，开了口，"叫欣然。"

"这名字好听，"大妈又笑起来，皱纹也堆在一起，脸转向窗外，"我看快到了，这不前面儿就是五马路了嘛，到了地儿，车肯定停，你再叫辆车回家，也不远。"

车子至五马路的路口转弯，没停，而是驶进一条偏窄的路。车里醒着的三个人全部立直了身子，后座的男孩还是睡得像个死人。他们眼看着车子经过一道铁门，摇摇晃晃地进了一个院子，在黑漆漆的院子中央熄了火，形如停在孤海里的破木船。隐隐约约地，他们看见司机快步下了车，小跑进前面的一栋楼，那栋楼不太高，许是时候晚了，上面的窗子全黑着，只一楼还透出光。林东使出吃奶的力气也没打开车门，车里几个人面面相觑。

后来林东再也没见过那个司机。

司机进了楼，楼里头暖气足，他先脱了大衣，气喘吁吁的，露出里面的工作服后。保安才放他进去。他直奔值班室，伸出三根手指敲了敲桌面。

"我是城东一院的，你们领导跟你打过招呼吧？"见值班室的小姑娘一时没回话，他的语气急了起来，"一院倒闭了，能联系上家属的病人，都让接回家了，剩这几个，住了有年头了，都不是什么善茬儿，容易激动，爱胡说八道，满脑子幻觉，这儿条件好，上头说送到这儿来，你们安排人接一下，小心着点，我这就回家了。"

院子里的灯一下子全亮了，林东抹了抹窗子上的雾，看见十好几个人站在车外面，手里不知道拿着什么东西，像是长枪，又像是棍子。其中一个人从口袋里掏出钥匙，打开了车门。

这就是林东还能想起来的全部记忆。

第二部分　欣然

有个护士领着林东沿着空荡荡的走廊一直往前走，一直走，一直走，走进一间空病房，吩咐他脱下全身的衣服，笑眯眯地递给他一套深蓝色病服。在这之前，林东一直以为自己是被绑架了，突然像想起了什么一样，他摸遍了自己全身找钱，可惜那帮人什么也没给他留下。

"这什么地方？你们是干什么的？"

护士没有回答，林东盯着病服上的刺绣，声音颤抖："这是……精神病院吗？"

护士静静地退了出去，从外面关好门，在门外等着。

"我不是精神病！"

她再打开门的时候，看见林东依旧把病服拿在手里，一边大喊，一边瞪大眼睛打量着整间病房，定睛瞧着房顶的墙皮，就按下了手里的按钮。

没过多久，林东就被扔进了一个黑屋子里。没有窗子，没有声音，被强制服药二十分钟之后他就昏了过去。后来他三四天没吃东西，连水都喝不下，鼻塞，口干舌燥，头涨脑热，脏腑如火烧一般，精神完全游离，感觉不到是生是死。

再后来，他被几个人手忙脚乱地拖了出来，才睁开眼睛看到光。眼泪顺着脸颊流到耳根，他努力地张着嘴巴，可是没说出一句话。

"这是治疗之前必要的准备。"护士安慰也，并把他安置到一把黑色的椅子上，手脚都被自动锁住，身后的门打开又关上，他第一次看见这里的医生，医生穿着一件很长很长的白袍子。

"放轻松，"医生戴着口罩，说出的话轻飘飘的，"那边现在的管理很混乱，没人负责，你的档案还没转到这边的系统里，你叫什么名字？"

"林东，"林东无力地重复着，"我不是精神病人，你们听我解释……"

"你有这样的想法很正常，"医生不动声色地把名字录进系统，"我们三院是市里条件最好的，治疗仪器的水平已经和大城市接轨，也许很快，你就会有康复迹象，发现你自己的问题。"

"我真的……"林东望着医生根本不与他对视的眼睛，生生把后半句话咽了回去，"跟我一起进来的，还有三个人，一个大姨，穿红色衣服的，一个女的叫欣然……还有个男孩，他们能证明，我们都不是病人。"

见他还有些理性思维，医生抬起了头，"你说的这几个人我有印象，都是从一院转来的，现在情况已经基本稳定，你的情况最为严重，只是你还没有察觉。"

"我不是精神病，我有工作，在东方三厂，办事处接待员，我刚下班……"林东开始有些语无伦次，"那天雪很大，我从小没做过坏事，连个对象都没谈过，你们……"

"好了。"医生不置可否地打断他，室内一片安静，林东的瞳孔瞬间收缩，眼泪再次流下来。

"那我，能见见他们吗？和我一起进来的那些人。"林东的眼神变得哀怨，语气随着眼神一同降了下去，仿佛在乞求。

"先好好配合治疗。"医生机械性地回复，"休息时间，可以和病人聊天。"

那真是个很奇怪的机器。

"这是电磁波治疗仪，除了有治疗作用，还能够消除疲劳，改善、促进睡眠，缓解精神压力。"

在林东的记忆里，是第一次见这个东西，他想着，哪怕是梦里见过，他也早就忘了。

一台足以挡住小半面墙的机器，长方体，宛若一个精致的写字台，上面硕大的屏幕里是人脑的细致结构图，令林东印象最深刻的那个头盔，是该叫头盔吧，它由纤细的丝编织而成，像是一顶金丝帽子，能发出淡淡的光。

"请坐。"机器前一身雪白的护士绽出微笑，语气柔和，抬手轻触屏幕。林东没来得及多想，这椅子异常舒服，完美地贴合着每一寸腰背，刚一坐上，林东就有了丝丝睡意。在被戴上金色头盔之后，屏幕的内容也转换为操作台界面，他彻底失去意识。

"从14世纪开始，医生开始认为在头骨上开孔可以治疗精神疾病，生病是身体内进了恶魔，而在头上开孔可以让恶魔离开人体……"

"你是谁……"林东翻过身子。

"用冷水和热水轮流猛浇，戴上特制的面具，穿拘束服，前脑叶白质切除，工具是一把锤子和一根大钢针，没有精确的定位，也没有标准的操作流程……"

他的声音满布沧桑的纹路，虚无缥缈，由远及近。

林东动了动自己的手指，发现自己躺在一张硬床上，有些不同的是，这间病房里，不止他一个人。

眼前的大叔还在不停絮叨着，下颚的开合夹杂着往下滴的口水，大多数时间里，林东听不清他在说什么，但他乐此不疲，表情严肃又认真。

"我研究这事已经很久了，我还有一个秘密要告诉你，"大叔把脸贴近，近到林东能清清楚楚地看见他没刮净的胡子，病服上的菜叶和污渍，他小心翼翼地说，"我知道我们什么时候会离开这儿……金色飞碟每天四点十分准时接走叛逆者……"

林东不耐烦地翻转身子，注意到这间病房的门没有关严，他眼睛一亮，提起一口气从床上爬起来，用力推开大叔阻拦的双臂，跑了出去。

走廊尽头的大厅里有百人左右，有老有少，有男有女。有人在散步似的随意走动，有人坐在桌边长凳上不知在本子里写些什么，有人在互相聊天，眼角不时瞟向窗户铁栏外光秃秃的树和楼房，想象着窗外的冷气。

林东站在那里，如一尊百年雕塑，仿佛摆动一下手臂都会打破整个场景的和谐，直到他看见那个年轻女人。他看见那个女人，像是生命中重见了太阳。面对一种无药可医的重疾，任何一根救命稻草都会成为瞩目的焦点。

"你……你……你……我可算看见你了，你是叫欣然吧……"

林东突然止住即将从嗓子里冲出的话，因为这个女人根本不理会他，只眼神空洞地望着地面，林东回忆起她在车里死命大叫的场景，和现在的样子简直判若两人，林东注意到她黑黑的眼珠，脏兮兮的头发，好似经历过一场大劫。

"他们对你做什么了？你见过其他人吗？我们得一起和这医院的人说明……"

"雪人别哭，雪人别哭啊，下多大雪都会来接你。"那女人说着，眼泪沿着脸颊一滴滴地落下，她的神情那么哀愁，仿佛已经陷入某种回忆，林东转过头望着窗外阴霾干冷的天，叹了口气。

"这地方能吃人啊。"林东直起腰背，面如死灰地喃喃自语。

冥冥之中，有一股强烈的火焰升腾起来，在林东心里燃烧，他不甘心就这样被困着，一头撞在休息大厅与医生办公室中间的那扇铁门上，铁门不断作响，却纹丝不动，大厅里的人忽然停下来，如按了暂停键的黑白默片，只有骨骼和钢铁的碰撞声以幽灵般的身影回荡着。

两分钟之后，林东感到头上有温热的液体流下，隐约看见两名护工拿着针头朝自己走来，他拼命转过头看向欣然，她死死抓着自己的衣角，眼泪依旧不住地从瞪大的眼睛里涌出。

第三部分　大妈

"你别抖。"

这是林东第二次来到医生办公室。

还是那把黑色椅子，手脚都被锁住，只是这次，林东是被倒挂在椅子上。他不敢大动，头发被凝固的血液粘连在脸上，他竭力从发丝间看出去，过了好久才终于确定这句每三秒钟便重复一次的话不是对自己说的。

"你别抖。"

"别抖。"那个穿着灰色毛衣的中年女人把右手放在旁边的年轻男人腿上。那人正不停地抖着腿，中年女人让他别抖，他停下不到三秒钟又会开始抖，甚至全身都在抖，跟通了电一样。

"药物副作用明显高过本身的病症。"医生依旧用轻飘飘的语气回答，"那都是老式的治疗方法，到了我们这里之后，会有所缓解。我们不以药物治疗作为主要治疗方法，那只是辅助。"

"那你们主要是……"

"我们主要使用电磁波治疗仪，你可以自行查询，是目前最好的治疗仪器。"

中年女人的脸上露出了笑容，林东看得不太清，她好像还流下了欣慰的泪水。自从进了这个地方，林东看过的眼泪很多，它们从不同模样的脸上流过，但没有一滴像这样，饱含着希望，闪着金光。

"现在像您这样负责的母亲的确不多了，"医生的话中透露出赞美，"去办手续吧。"

他们离开以后，护士把林东推了过来。林东保持着倒立的姿势，一动不动，目光能勉强越过桌子看到医生戴着口罩的脸。

"你是遇见了一同从一院转来的人才发病的……"

"我没有病。"林东斩钉截铁地打断他，声音近乎嘶吼，"你们都做了什么？她究竟怎么了？"

"根据记录，她患病十几年了……"

"不是。"

"你怎么知道？"医生抬起头，"你认识她多久？你什么时候认识她的？"

林东的手脚开始麻木。他脑海中第一个闪过的画面是车窗上氤氲的水汽，寒冷夜晚的霓虹灯，接下来是几张陌生的脸相互交织，红色衣服，一条褐色围巾，一根纤细的手指，一声尖叫，几个拿着棍棒的男人。

他感受到血液的倒流，仿佛暴烈的雨点直冲下来……那几个拿着棍棒的男人，背后又隐隐出现了一栋墙面斑驳的白灰色小楼，不是如今这栋楼，而是一栋极小的楼，只有三四层，大门紧闭着，门前的杂草无人清理，散发出腐烂的味道，木头门牌上写着"城东一院"。

"你在哪里认识她的？"

林东不敢作答。准确地说，他不知道该怎么回答，他只是张大了嘴，让一滴带有咸味的液体缓慢地、缓慢地流进嘴里。

一声刺耳的警铃打断了这场没有回答的对话，医生打开了发送进办公室的公共语音。

"有人自杀了，二十号房一床。"

四点十分，是患者接受电磁波治疗的时间，数年不变。林东回到病房后，手脚依旧被束，只能艰难地侧过头，望着隔壁一床上那张惨白的脸，嘴巴张大，全身僵硬。这个人在喋喋不休时可能已经决定，四点十分，是他的死亡丧钟，是他梦寐以求的解脱。

那场景让林东无法忘怀。

但真正让他丧失理智的，是脑海里铺天盖地的声音——不知道自己犯了什么错，成千上万的人在唾骂他，嘲笑他；在楼梯间，在桌子下，上司那张冷若冰霜的脸，十几年前一次突如其来的技术革命，因机器入驻而频繁被辞退的同事，那些声音似曾相识，一点点自耳膜深处挤出，如一个失忆的人突然觉醒，一双从多年前伸来的手，死死扼住他的咽喉。

"你知道为什么留下你？"

他没有一个同事，机器离了他也能正常运转，自己的岗位不过只是一个空职，工作内容和从前厂门口的保安别无二致，只是叫得好听些。他清楚厂区留下自己的根本原因，这要感谢因被辞退后崩溃自杀的父亲，父亲从前就是保安。

西沉的太阳喷薄出最后一丝血色，光线穿过窗外的护栏，斜映在另一个中年男人凌乱的花白头发上，他眼神木讷，呆呆地望向窗外，似乎屋子里只有他一人，没有床上那具等待入殓的尸体，和动弹不得的林东。那一瞬间，林东有种错觉，这个病人，会在悲惨的时光中度过余生。

"也许我真的去过一院，不仅去过，还在那里住过，只是我忘了。"林东朝着那人嘟囔，隔着那具尸体，也不在乎他是不是真的能听到，光沿着那个中年男人稀疏的头发洒落，他毫无反应，"我能想得起夏天的叶子，跟着风，扑向那扇门，想起那儿的老院长，背着手，站在前厅中间。治疗真的有效果，就像那护士说的，换了新机器，我就想起来了，可是那又怎么样呢？

我还能出得去吗？我出去了又能做什么？外面也没人等我，说不定，就是他们把我送进来的。"

"金色飞碟把也接走了，"那人出乎意料地开了口，"什么时候轮到我啊。"

林东的自杀失败了。他下这个决定，并不是很困难。如果说自觉冤枉是挣扎在寂静的海里，那看清现实就形若跌进旋涡，不断坠落，直至坠进那没有尽头的深渊，看不清楚自己的来路，也根本没有去路，最终意识到自己真的是一具空壳。他沿用那些盛传的成功案例，把一切能碰到的杂物塞进了喉咙。

可他还是失败了。他了解自己为什么失败，他把这视为和自己抗争的一种方式，而不是真的有勇气毁灭自己。

"我在演戏。"他对声色严厉的护二解释道。装疯卖傻和跪地求饶均宣告无效，林东又被拖进禁闭室，接受自杀监控。

监控镜头24小时对准林东，睡觉时，洗澡时；不能随意进出房间，有人专厂负责监控，可以叫停一切；吃饭不能用餐具，几天内都是用手抓食物。他开始怀念病庑里的日子，还可以在护士的看管下涂色画画，像回到了幼儿园，只是一彐笔下自然淌出血流成河的场面，就会触发红色警告。

"那我什么时候可以出去？"他问道。护士微微一笑，没有回答。

白瓷砖地，白荧光灯，白色墙壁，林东长时间平躺在地面上，如同一具睁着眼睛的死尸。他的眼睛穿过这些白色，游离出去，脑海中的画面像一场场海啸。有的时候，他甚至觉得自己在模仿曾经的父亲，还有那些因失业在街上绝食抗议的人们，那些人饿死之后，尸体被清扫机收走了。

每个人的生活都会经历一个点，之后的事情都在不断重复从前。有人用三年时间去想一个晚上发生的事情，却不愿意用一个晚上总结三年来发生的事情，来认清生活的痛苦，也许一切都是幻象，只有这个白房子才是真的。

六天以后，他终于获准走出禁闭室，继续接受治疗。

林东面色惨白，和住在这里数年的病人一样，主动穿过熟悉的走廊，不需要护士带路，走进治疗室，坐在椅子上，戴好头盔，也不再觉得那个机器奇怪，甚至没有兴趣再抬头看一眼巨大的治疗仪。

不出意外，他知道自己会再次在病房的硬床上醒来。

"我听说你想自杀，刚从禁闭室里出来。"

林东没想到自己睁开眼睛看到的是这样一张慈祥的笑脸——他曾经想极尽所能找到这张记忆里最清晰的脸，鲜红的衣裳，一条褐色的围巾，就当他已决定要放弃时，这张脸竟然就这样出现在他面前。

"我不住在这层，医生说我恢复得不错，还和我讲了你的事，我记得你，原来都是一个院的，说想过来看看，他们就送我过来了。"她说话时，一直保持着热情的笑容，在这地方难能可贵。这里的人看起来可能和正常人没什么不同，但仔细瞧瞧，还是能察觉到不对劲的地方。他们的表情早已忘记怎么表达情绪，表达自我。绝大部分人都笑得很不自然，有种硬挤出来的感觉，喜欢重复做着一个动作，或者对着什么东西发呆。像她这样的笑容，林东觉得现在连自己都做不到，这让也有些恍惚。

"起初来的时候，我也不相信，像失忆了一样，觉着是他们搞错了，和他们讲，得让我出去，"她自顾自地说着，"治疗几次以后，我就想起来了，虽然还不太完全，有时侯，只是点儿片段，但我知道，我确实在一院住过，他们说我住院很多年了，我想了想也可能，自从我儿子去国外以后，我很多年没见过他了，新式的电话我还不会用……"

"你都想起什么片段了？"林东直起身子。

"我想起来一院的大门，小楼，前厅，都想起来了。"

"哦——"林东的眼神黯淡下去，最后的一点希望也破灭了。摆在面前的只有两条路，在这里日复一日地活着，还是去死。

不用痛苦挣扎，不用以介绍自己为耻，可以不必掩饰、毫无压力地做一个人，如养老般吃了就睡，睡了就吃。其实想想，也许这里比外面还好点儿，仍满怀希望地去追逐明知不可能留下的痕迹真的很蠢吧，毕竟没有什么是可以永存的，林东心想。

"我觉着住这里也蛮好，"她又开始笑，那种让林东久违的笑，"时常有人说话，不会闷。"

那天下午，天空中的云开了缝，露出许多阳光，洒在外面的小院子里，景象与往常很不一样。许多病人隔着窗子向外张望，有的甚至流露着欣喜的眼神，护士长向院长提申请获批，那些没有特殊情况的病人可以在看护下出去短时活动，整个大厅响起了此起彼伏的欢呼声。

听那个大妈说，夏天的时候，外头的树长得十分茂密，不是现在这样光秃秃的。现在外面有些冷，过了检查的病人排着队，领到一件外衣，沿着一条通道走到院子里的活动区。吃了药很容易行动迟缓，病人们也不着急，一点点地踱着步出去，排在林东前头的几个人是在大厅里见过的，跟他打了声招呼，坐在廊檐下晒太阳。

林东也坐了过去，没人讲话，一个也没有，阳光暖洋洋的，院子里一片安静，大家都看着远处，好像在等什么。

林东突然笑了。

他好像在等什么，这种幻觉让他感到非常快乐。

第四部分　小男孩与金色飞碟

快乐是很重要的。林东仔细想过，快乐是一种感觉，并不一定依赖任何事实而存在。如果可以，他宁愿自己一直快乐。

可是他看见了那个孩子。

如果早一点看见，林东会直接冲到那个孩子面前，可现在他走得很慢，药物在他身体里发生作用。本来他是记不住那个孩子的脸的，他的记忆力正呈断崖式下跌，耳边时常响起混乱的乐曲。那个孩子洗去了脸上脏兮兮的印记，露出稚嫩的面庞，换上病服之后，整个人反倒清爽了不少。

他能认出那孩子，全是因为那蜷缩在池上的姿势，那孩子拿着小半截树枝，不似这帮大人仰望着太阳，而是和树底下的黄泥土玩得不亦乐乎，兴致浓得像是要亲手埋了自己。

"你叫什么名字？"

起初，林东还害怕自己认错了人，直到那孩子看到他，突然愣住，缓缓地站起身来，他知道自己记得没错。那孩子的表情很复杂，林东认不清是悲是喜，或者，是同情。

"你多少岁了？什么时候进一院的？"林东在心里盘算着，看他的年纪，该是几岁的时候进了一院，"这么小就进来了，真是老天作孽。"

"你是那辆车上的人吧。"那孩子小声地问。

林东点点头，那孩子向前走近两步，声音压得更低。

"我没去过一院。"

林东失声哑笑，心中突然出现了一个空洞，填补进去的，更多是不知所措，"你记错了吧。"

"我说的是实话。"

"不可能，那你是怎么上了那辆车的？"

"车上那个女的，你还记得吧。她身上有几样值钱东西，我一直跟着她，她那天好像是碰到了什么事，下班很晚。厂区那边本来就偏僻，外面又下大雪，没几辆车过，她一直打电话给她老公，叫他过来接，可是路太远，她老公不想来，后来碰上了那辆车，司机说去五马路路口，有顺路的可以捎一程。东西没顺到，我想我也上车吧，再晚了更不好走，谁知道来了这个地方。"

太阳的暖意降了半度，病人们相互招呼着，像是预感到要回去了，十分恋恋不舍。

"你怎么记得这些？我是说，"林东咽了咽口水，"你没记起一院吗？"

"我不知道，听他们说，好像只有电磁波治疗以后才能记起来吧，他们说我年纪小，而且进来以后一直听话，就没让我进，我干吗不听话？这地方是公共福利机构，不用营利的，就因为这个，已经倒闭了不少家，可不是谁想进就能进的。这里有吃有喝，我几岁的时候爸妈就把我扔在这儿，在外面还要想办法活下去，我就没过过这么好的日子……"

那孩子的话没有停，林东回过头，他看见护士长一边朝他招手，一边喊他回去，回到那栋楼里。应该是在喊自己回去吧，林东猜，可是他已经听不见任何真切的声音。他停在原地一动不动，往回走的病人都疑惑地看着他，到最后，连那个孩子也找不见了，两个穿白衣服的人，一左一右，把他给架走了。

"要不是进来这里，我也不知道，谁能知道呢，现在精神病，都这么治？"

林东拼命地回忆着，头疼欲裂，回忆里出现了一个满头大汗的身影，那好像是他第一次旷班，根本没被发现，也许永远都不会。

"外面是什么栏子的？"

林东向窗外望去。住了几个月，窗外的树也发出嫩芽，长出叶子，被虫子咬后，边缘开始枯萎变黄。那个花白头发的中年男人终于在病房里同林东讲话了，他说自己已经在医院里住了十几个年头，这次换作林东一言不发。林东希望找到那种快乐的感觉，和那些互相讲述金色飞碟故事的老人一样。

"金色飞碟究竟是什么？"林东小心翼翼地问他，他自窗边慢慢地回过头来，头发散落在眼前，没立刻回答。林东知道他早晚会说的，只要自己再耐心地等一等，这也许是最后的希望了。

四点十分，落日的阳光透过窗子斜射进来。本来是患者接受电磁波治疗的时间，可几个穿着制服的人走进了医院，病人们只好统一排着队，在护士的引导下在大厅里站好。院长下楼以后，一个人开始宣读处罚公告，林东就冲了出去，突然抱住了那人的大腿，不管之后会不会再像垃圾一样被丢进黑屋子里。

公告宣称，新型电磁波治疗仪的长期使用有意外致人死亡的风险，但经过科研团队的不懈努力，该缺陷已被技术修复，即日起全市医院将按照规定安装补丁程序。一直以来，由于精神病人的特殊性，医院向来把院内的死亡判定为自杀，只承担监管不力之责，并对患者家属进行小额赔偿，之后便如水滴蒸发，再无任何消息。此番警方将会对过去五年内的相似案例逐一进行排查，为患者家属争取应有赔偿。

林东被那人用全身力气甩开之后，又被几个护工拖走，没找到说话的机会。他的身体在地上滑行，看见那个站在后排的花白头发的中年男人扑通一声坐在了地上。

金色飞碟每天四点十分准时接走叛逆者，可惜再也等不到了。

第五部分　真相

四点十分，天色刚刚开始变暗，电话突然响了，老关惊醒过来，揉了揉眼睛，一边接起电话，一边从车门下面捡起一包纸巾，从里面抽了一张，擦了擦鼻子。

"到了，我早到了，等半天了都，"老关披上墨绿色的军大衣，不耐烦地打开车门走了出去，"这天儿真是冷，我跟你说可快点儿，天气预报说晚上有雪。"

老关多走了几步，在门口等候，顺便点了根烟。他面前那栋三四层的白灰色小楼看起来跟荒了很久没人住的烂尾楼没两样，铁门紧闭，老关颤抖地跺了跺脚，踩到了早就掉在地上的木头牌子：城东一院。

两个戴着口罩的护工抬着一副担架，从小楼里一路小跑过来。担架上蒙着白布，老关吓了一跳，半根烟掉在地上，朝那两个护工大喊："怎么回事？说好这个价送活人的，这样的咱可不碰。"

"别喊，别喊，没死，"那两个人已经走近了，其中一个护工摘下口罩，急忙压低声音制止他，"这是为了干活方便，到地方就醒了。"

老关拉开了车门，两个护工来回折腾了好几趟，往车里放了四个人，里头有一个纤瘦无比，好像只剩了一把骨头架子，还有一个胖子，用了两层担架才抬出来。

"何必费这么大劲？"老关也搭了把手。

"你不知道，就这几个住了有年头儿了，都不是什么善茬儿，家里人不来领，我们也没什么办法，你记得和三院那边打声招呼，提醒一下，"两个护工都把口罩摘了下来，把白褂子脱下来放进塑料袋里，"我们下班了，辛苦你了。"

他们走了，老关坐回驾驶位，大衣也没脱，刚才门没关严，车里快凉透了，他回头看了看四个侧卧在车座上的人，给车点了火。他看了看表，刚才耽搁了太久，估计是避不开这场雪了。

这不是趟近路，从东边的城郊一直开到西边，几乎要跨越整个城市。车刚开进城，雪花就飘了下来，路上的车越开越慢，老关眼看着一个老头骑着辆旧得看不出颜色的电力车朝自己冲过来，直接撞在前杠上，交警的车也跟了过来。

"我让你停怎么不停下？"交警走了下来。

老头从地上爬了起来，声嘶力竭地解释："我让它停它都不停。"

老关赶紧下车看了看，心想还好这破车抗撞，没出什么大事。一番讨价还价之后，那老头上了交警的车，老关坐回车上，向后瞟了一眼，车厢里一个人都没有了。

雪越下越大，老关把车开到路边停下，抽完了一整根烟。钱倒是好说，人到哪里去找？老关接这个活儿时签了协议，出了事要全权负责，现在就算只是赔钱也赔不起。

思前想后，老关把车向旁边的支路开出去，过了好几个路口，行人渐渐地少了，车也没有几辆，路灯亮起来，照亮了前方的老厂区。老关找了个位置最偏的公交站，那里果然等着几个人，在寒风中瑟瑟发抖。

"我去五马路路口，有顺路的吗？捎一程。"

八点零七分，风雪交加，天已经完全黑了。

杜邦的故事

/

胡晓诗

我回到了泉水边，我已经腐烂，而泉眼上的灯光在召唤我。

我的眼瞎了，我渴望死亡，而泉眼上的灯光抚慰我。

我献出，我的最后一本书，书的名字叫——《生命》。

·杜邦的故事·

1

我回到了泉水边，我已经腐烂，而泉眼上的灯光在召唤我。我的眼瞎了，我渴望死亡，而泉眼上的灯光抚慰我。我献出，我的最后一本书，书的名字叫——《生命》。

——杜邦《献祭者》

一台旧音箱放在地上，通电之后，发出噪点一般的巨大杂音，嘶嘶啦啦的，粗暴地撕扯着所有人的耳膜。

"声音关小一点儿吧。"潘西说，但没人站起来，也没人回应他。潘西看了看四周，大家都聚精会神地盯着前方，连坐在台阶上的工作人员也一样，他只好坐直身子继续欣赏。

杜邦把电线的一头插进音响，另一头插进一把黑白相间的电吉他，接通的那一刻爆发出更大的声响，生理反应使潘西在一瞬间捂住耳朵，但他很快意识到这样的举动并不合适，其他人都镇定自若，有人只是轻轻地闭了一下眼睛，就度过了这个难挨的时刻。

杜邦的右手开始在弦上飞舞，左手有规律地按动琴弦，但发出的声音并不连续，且忽大忽小。声音非常微小时，杜邦斜靠在椅背上，放松着身体，只有右手随意地碰着琴弦，后来声音逐渐变得狂躁，那时杜邦蜷缩着身体，由坐着到半蹲着，到在四方形的场地中四处奔走，鞋子踏在落满灰尘的地板上砰砰作响。

杜邦最后回到椅子上，他的右手向琴弦猛地砸去，开始哭泣。中指的第一个指节断裂了，那节手指滚到地上，他崩溃了，眼泪顺着脸颊淌了下来。他把脸低低地埋进琴里，身体静止，世界一片安静。

太安静了，足足有十分钟，杜邦一动不动，什么声音都没有。潘西换了个姿势，尝试把叠在另一条腿上的脚放下来，这样好像也不太舒服。

他开始注意一些细节，杜邦的正前方有一个精致的沙发，上面铺着一条烫过的红色丝绒毯，好似虚位以待的王座。也许那只是个装饰品，潘西这么想着，又向杜邦身后看去，那三面墙贴满了画作，一幅画只用一种色彩和一种符号创作，有的是眼睛，有的是鸟头、窗子，还有那分辨不出的星星点点。后排的那位穿着金丝西装的男士正在同杜邦一起小声抽泣，潘西忍不住去看其他人是否也在流泪。

半小时后，杜邦终于起身，拿起一把剑。这把剑之前一直插在地上的篮子里，篮子里还有一些其他东西，葫芦，酒瓶，素描纸，黑色画框，和一首名为《献祭者》的诗。

"是剑在跳舞，不是我。"

这是杜邦在潘西面前说的第一句话，也是最后一句。在舞剑环节进行到五分四十二秒时，杜邦把这把剑插进了自己的喉咙。所有人都惊呼着，不仅是屏幕里的观众，还包括屏幕外的观众，即使屏幕外的观众早就知道了结局。

里德先生关掉了录像，他拿出一条湛蓝色的手巾拭去满脸的泪痕，站在全黑的屏幕前，郑重地发表他的纪念词："我愿意用我剩余的全部生命，交换成为杜邦先生演出现场听众的机会，可惜那些幸运儿们并不珍惜他们的机会。"

潘西忽然想起，录像的背景音中有一些细微的嘈杂人声，像是有观众在小声低语，还有些遥远的开关门的声音，现在想来也变得合理。

"在最后一场演出上，杜邦先生邀请了他的几十位朋友，有几位是挚友，多数只是泛泛之交，在演出进行了三分之二时，大部分人都离场了。其实艺术家是不需要社交的，他的精神世界足够充盈。"

六十年前，杜邦只是一个辉煌过又迅速破落的艺术家，永远穿着一件暗色的衬衫，有兴致时会面对星空彻夜长谈，大多数时间则会沉默着。六十年后，他成了机器艺术界无可替代的精神领袖。六十年前，机器人们还局限于从事社会最底层的体力工作，而杜邦无疑为他们展示了一条登天之路——成为艺术家，站在舞台上，沐浴着炽热的灯光与目光。

潘西大学时参加过一些学生活动，对他来说，大多数时候只是去玩，但总有些人类真心实意地为机器人的人权而抗争，抵制压榨拥有完备自我意识的机器人的行为。他们举着杜邦先生的黑白照片在街上来回穿行，为了不打扰周围的居民而一言不发，有时默默地流泪，和现在的里德先生一样。潘西想象着里德先生年轻时的样子——刮掉胡子，把鬓角染黑，他一定也是那游行队伍中的一员，不，应该是领袖，这样他如今担任机器人劳工协会的会长才会变得理所当然。

"我们在杜邦先生曾经寄存在友人处的遗物中发现了如此珍贵的录像，是我们的荣幸。从前我们只能从别人的转述和当时的资料中得知这悲伤的消息，而如今，我们能真正地感受杜邦先生为艺术献祭的悲怆，他把剑插进喉咙，他期望像人类一样死去，而那精致的座位始终在等待着一位公主。"

里德先生继续说着，他的情绪比刚才平稳了许多。据说当年杜邦先生在设定好自毁程序之后，邀请朋友来观看自己的最后一场演出，那时候没有人知道这是最后一场，也没人知道他要做什么，直到那把具有象征意味的剑插进他的喉咙。

在场的人们热烈地鼓掌，这是机器人劳工协会主办的第一百八十三场放映鉴赏会，依旧座无虚席，连台阶上都挤满了人。潘西起身离开那个令人羡慕的前排座位，走到邀请他的里德先生面前道谢。

"您的演讲很动人，"潘西一直不明白为什么会接到如此珍贵的邀请，自己只是个同样破落的三流作家，准确来说，是无业游民，"我从前听说过杜邦先生，但不太了解，您特地邀请我，真是惭愧。"

"您是我最想邀请的人，"里德先生保持着一贯的优雅，"我们在杜邦先生的遗物中发现了一些新东西，印证了他曾经爱慕一位女子的传言，我们想邀请您写出这个爱情故事。"

这就更奇怪了，潘西扯了扯自己这件今早刚找出来的西装，袖口的褶皱怎么也熨不平，"为什么是我？"

"有确切的证据表明，杜邦先生爱慕的女子，就是安嘉丽女士。"

潘西站直了身子，他想表现得更从容一点，但惊讶和紧张显然已经占据了他的脸。里德先生早就知道真相，安嘉丽女士是一位小有名气的舞蹈演员，她的另一个身份是潘西已过世的奶奶。

"这，不太好吧，"潘西后退半步，委婉地表达了自己的为难，"毕竟我爷爷还在世。"

里德先生把一本随笔集的影印本递给潘西，标题是《生命》。潘西简单地翻了翻，里面果然有一张奶奶年轻时演出的照片。

"您是最合适的人选，我们会按最高标准支付稿酬。"

"那也行。"

2

你给我什么，我就承受什么，我永远忠于你。

——杜邦《生命》

"你还好吗，白色木梨，你还好吗，一杯黄古酒。光打在竹子的酒箱上，林要再次生长，而我的得到是你。你的双眸下的一颗珍珠，我挂在胸前。"

"这是你新写的诗吗？"

"不是，是杜邦写的。"阳光在窗帘的另一侧呈暖黄色，潘西斜倚在床上，半眯眼睛，大声读着杜邦的诗，小侬走进来后，狭小闭塞的卧室一下子显得有些拥挤，"实话实说，他写得确实比我好多了。小时候他们这么说我，我不服气，现在我真的觉得自己没什么才华。"

"那是因为他们对你有期待，希望你能遗传艺术基因，"小侬从柜子里拿出咖啡色的店员制服，朝潘西打趣，"你为什么要和机器人比？"

"这两天我读了不少解读杜邦的书，好多学者说杜邦的划时代意义证明了AI具有创造力，在艺术方面，这种创造力甚至优于人类。"

"从没见你这么认真，说起话来像个学者，"小侬换好制服，在走到房门时回过身来，笑得灿烂，"早餐在桌上，我去上班了。对了，你什么时候去你爷爷家？"

"明天再说吧，不然下个星期，"潘西下意识地逃避起来，"他一向不喜欢我。"

爷爷家本来宽敞，这些年杂物愈发堆积如山，只有一面墙前干干净净。奶奶年轻时喜爱穿白色衣裙，她那张初次登台的照片被爷爷放大后印在了客厅墙上。他要让每一个来到他家做客的人都永远记住她的美。

潘西小时候没觉着那幅画有什么特别，在那里玩耍时还弄脏过画中的裙角，爷爷一边细心修复，一边愤怒地呵斥他不要再来。爷爷是奶奶合作多年的服装设计师，常在家里囤积大卷大卷的布料——暗色的水纹，金边蕾丝……他用那些布料给奶奶做过裙子，后来他因眼疾无法工作，也不许人搬走。

爷爷行动不便，房子里安了电梯。阿舒慢慢地推着爷爷从远处走过来，他的眼睛闭着，对潘西来说，那双眼却如怒目一样尖锐。沉默了几分钟后，阿舒最先耐不住了，"你们聊，我去做饭。"

阿舒走远以后，潘西尝试开口，"阿舒照料得好吗？"

"很好，"爷爷说话时，脸上出现了更深的褶皱，"虽然我没见过她的样子，现在的机器人做得蛮好的。"

"她很好看。"潘西看向地面，又看向花纹繁复的天花板，他可以毫无压力地表现出自己的局促，只要不发出声音，但这个话题显然没有继续的价值，每月租赁阿舒的费用是爷爷自己支付的。

短暂的沉默过后，爷爷终于开口，"你来这里，有事吗？"

"哦，"潘西反应过来，拿起杜邦的随笔集装模作样翻了几页，正色问道，"我最近在读有关杜邦的书，想问问您，他的事情。"

这是潘西第一次主动询问起有关艺术的事，爷爷脸部的肌肉不自觉地抽动，流露出一丝难以掩饰的惊讶。那感觉像是一幅改了很久却始终不满意的画，在某个普通的清晨，不知为什么，突然自己达到了色彩的完美状态。

"杜邦起初只是个负责搬箱子的送货员，由科技公司菲尔制造，租给啤酒公司使用。那时候的机器人没有现在功能多，脑子也不太完备，只能干点儿体力活儿。每天傍晚，就由一个人带队，开一辆货车，给预订的酒吧送货。"爷爷稍抬下颚，双手互握，并不介意与潘西分享回忆，"有一天，杜邦搬到最后一家时，天已经黑了，月亮弯弯的，他忽然冲上舞台，抢了乐手的吉他，弹了一首全新的曲子，所有人都惊呆了，整条街的人都挤进酒吧听机器人的歌，任何人都没有过这样的吸引力。"

"他的歌很好听吗？"潘西非常好奇。

"当然不是，"爷爷缓缓地摆摆手，"机器人的艺术是通过它们的身体来展现它们的体验，是独立于人类意识的存在，而我们在欣赏艺术时，要做到真正理解，需要同理心。理论上，他的创作超脱了人类所能理解的范畴，音乐，诗歌，画作，舞蹈都如此，但人们却对他的艺术进行了拟人化解读，安慰自己说艺术有时是无法被理解的，这当中还有些目的。"

潘西合上了那本随笔集，对于这种理论性极强的言论，他从小就懒得听，于是不厌其烦但语气和缓地抛出了终极问题："您和奶奶认识杜邦吗？"

"那间酒吧叫泉，就在你奶奶时常演出的剧场对面，我们一起看过他的演出。后来杜邦看过一次你奶奶的演出，全程没什么反应，结束后竟然给你奶奶发了晚餐邀请。"

潘西双眼放光，身子前倾，"然后呢？"

"你奶奶是不会和别人吃晚餐的，"从爷爷的喉咙里发出沙哑又沧桑的声音，透着些许骄傲，"如果杜邦是人类就好了，财产不必都归制造公司所有，在名气最盛的时候，也不会有那么多人因为恐惧而发起抵制。按理说，机器人很难意识到自己处于一个群体，除非有一个精神领袖。"

"如果他真的有感情呢？"什么有用的信息都没有，潘西感到万分沮丧，"比如，如果他爱上了某个人呢？"

"爱，不是没有可能，虽然我们不太了解。"爷爷轻轻地摇着头，似在用心思索，但随即话锋一转，"你谈女朋友了吗？"

最后的努力都失败了，潘西低下头，万念俱灰又着急否定，"没有，没有。"

"留下来吃晚餐吗？"阿舒回到客厅，她身上有饭菜的香气，但潘西已经站起身，他知道，爷爷从不留他吃饭。

泉酒吧至今还生意火爆，杜邦功不可没。舞台上日夜放置着杜邦的翻版机器人，背景轮换着，从宽广的田野到黄蜂与蒲公英，他们能做出和杜邦一模一样的演出，但在人们眼里，他们只是出色的仿冒者。模仿的意图与试图表达原创的想法是截然不同的，杜邦只有一个，无可替代。

潘西坐在靠窗的位置，对面的老剧场墙面已经开裂，顶部安嘉丽的照片蒙上了岁月的灰黄。这个地方的最低消费很高，潘西付费时换了好几张银行卡，为了缓解尴尬的气氛只好和老板聊天。

"那剧场很久没有演出了吧。"

"是啊，现在谁还看真人演出？"老板把好几瓶精酿啤酒摆上桌，"要不是杜邦，我这个店，生意估计也不好。"

"那时候杜邦常来吗？"潘西握紧手里的随笔集。

"我也是听我爸说的，杜邦没成名的时候，总是会在晚些时候送我们家的货，送完以后会多待一会儿。从前这儿的老乐手总吹嘘自己是杜邦的启蒙老师。"老板把几瓶酒都开了，动作一气呵成，"后来他不再送货了，总是开门就来，一待就是一个晚上。"

"开门就来？"

面对老板肯定的答复，潘西敷衍着点点头，在心里盘算。奶奶的演出时间与这家店的开门时间是相撞的，如果老板说的是真的，那么杜邦频繁地来这儿的目的应该不是看演出。这样一来，也与爷爷的话没有出入，杜邦和奶奶的联系不是太多，况且那时候，爷爷和奶奶已经互生情愫，这是外人不知道的。

3

当你对一个人不真诚，你就是在欺骗他。欺骗了他，就等于欺骗了自己。欺骗得多了，就会背负上恶魔的影子。当我从这深渊中走出，我看到了那些从未见过的光景。

——杜邦《恶魔与上帝》

小房子周围杂草丛生，看得出房子的主人并不勤劳，也没有多余的钱雇园丁。太阳已经西落，坐在大门一旁砖石上的潘西起身抖了抖身上的灰尘，心底抱怨着自己迷了心窍才来这地方白等。

那个人回来了。他戴着一顶脏兮兮的贝雷帽，拎着一个破了皮的大箱子，衣服上有各色颜料污渍，整个人无精打采，疲惫地在路上摇晃。

"艾迪先生。"潘西的出现着实吓了他一跳，箱子脱了手，画笔颜料撒了一地。

"你是谁啊？"艾迪忍着火气蹲下来，把东西悉数收进箱子。

"是这样的，我受里德先生委托，写一本有关杜邦先生的书。"潘西端起自小学到的礼仪，耐心地解释道，"我向机器人劳工协会问到了您的地址，听说您这里存有杜邦先生的遗物，有些事情想请教您……"

"哦，就是你啊。"艾迪抬起头看了潘西一眼，接着大手一摆，"回去吧，我刚做了个活儿，几十平方米的墙绘，好几天没睡了，着急回去补觉。"

艾迪打开房门走了进去。要是这扇门关上了，一天的等待就白费了，潘西赶紧把包里的随笔集拿出来，硬着头皮跟了进去，"杜邦先生并不爱慕安嘉丽，对吗？"

潘西只是想试一试，没想到艾迪如石化的雕像一般停在了层层叠叠的画架中间，这印证了他的猜想。地上四处都是画了一半的草稿纸、干透了的颜料、没洗净的画笔和散架的小板凳。

潘西吸了吸鼻子，空气里尽是灰尘和腐烂的味道。

"我不清楚，东西最初是留给我外婆的，我妈过世的时候我才发现，"艾迪从画笔上踩了过去，"你快走吧。"

"遗物里一定还有其他东西吧，"潘西仍不放弃，"我想了很久，发现这当中存在悖论，人类没办法站在机器的角度上理解机器的艺术，那机器人也一样，人类的艺术在他眼里或许并不是艺术，只有人类才会认可安嘉丽的舞蹈。"

艾迪把杂物踢开，露出地上脏兮兮的床垫，而潘西已经抢先走到他面前，"可能杜邦只是碰巧做了人类也会做的事情。"

艾迪用力地推开潘西，身体砸在床垫上，他再次抬起头看潘西，这次看得更仔细了些，也更轻蔑，"你说说，你为什么答应写这本书？"

"可能是因为……有一笔钱。"

艾迪像是得到了想要的答案，突然笑起来，"太聪明不是什么好事，喜欢研究艺术也不是什么好事，我外婆是因为收到了杜邦的遗物，才特别希望我能学艺术，可惜我知道得太晚了。其实我没什么天赋，现在也不会别的，抵押房子，从银行贷了款，想办个美术班，现在这房子都要没了。"

"你需要钱，所以就编了个故事来骗里德先生？"

"怎么能说是我编的？证据是现成的。"艾迪坐起来，从床垫下扯出一个本子，那是杜邦的另一本随笔集，而且是真迹，就这样被随便地塞在床垫下面，"故事是菲尔公司编的，当年杜邦因为机器人身份被抵制以后，演出机会很少，菲尔公司就对他下达指令去追求安嘉丽，想利用爱情故事继续赚钱，还人为指导他的创作，想让他的作品在人类世界中畅销，这是他自杀的根本原因。你看看就知道。"

"你应该告诉里德先生真相。"潘西觉得自己这辈子都没这么正义过。

"可是那样，你就赚不到钱了。"艾迪又躺了下来，随意地捡起手边的酒瓶。

"我可以写真实的故事。这简直是个悲剧，什么艺术的献祭？他是死在人类手里。"潘西翻了翻这本新的随笔集，名字是《恶魔与上帝》。

"没用的，人类都喜欢童话一样的故事，一个机器人艺术家和一位美丽的舞者，安嘉丽是最合适的人选。"

"安嘉丽是我奶奶。"

"哦，"艾迪翻了个身，"当我没说。"

"我被谁赋予质疑？我被谁赋予恐惧？我被谁赋予忧虑？"

潘西经常会路过机器人劳工协会大楼，这次终于走了进去，发现不仅整栋楼被打造成了机器零件的造型，连里面的装潢也极具风格。潘西坐在大堂的等待区中，继续读着杜邦的诗。一位面容精致的机器人少女穿着短裙，为他递上一杯热水。人类自己制造出来的东西就是精致，不像上帝总是偏心，潘西忍不住多看了几眼，但他在上电梯前想起小依，就没再回头。

"创作有进展了吗？"里德先生的办公室很宽敞，座椅后方那面墙显示着他一天的日程，为了和潘西见面，里德先生特地调后了两项。潘西坐在沙发上，望见玻璃墙外有不少人忙进忙出。

"整栋楼里只有我一个人类，您不必拘束。"里德先生在沙发另一侧坐下，向茶壶里添了茶叶。

"有些进展，但和想象当中不太一样，"潘西拿出那本《恶魔与上帝》，"我发现杜邦先生的死另有原因。"

里德先生哈哈大笑起来，玻璃墙隔音优良，外面的机器人没有听到任何动静，"潘西先生，您不是个作家吗，竟然改行做侦探了？"

"里德先生，菲尔公司打算人为影响杜邦先生的创作，这是一种欺骗行为。"潘西郑重地说，"机器艺术是由机器思维自己的意志所创造的艺术，由机器的意志下达创造艺术的决定，哪怕人类的指导无法直接控制最终的呈现方式，真正的作者也已变成人类。"

里德先生的笑容不见了，因为他发现潘西是在认真思考这个问题，而不是随便说说，"潘西先生，我想您误会了，我们是请您来写故事，不是做科学研究。"

"但这故事是假的。"

"您是安嘉丽女士的亲人，由您来执笔，故事会更有可信性。"

"你这是在人为操控我的创作。"潘西的语调不自觉地提高了，"我明白了，凭你们的能力，这点儿事情不可能查不清楚，你们是故意的，这儿是机器人劳工协会，你有没有考虑过机器人的人权？"

里德先生的语速依旧是波澜不惊的平缓，"潘西先生，您是人类，我也是人类，我想您是能够理解的。无论机器人的人权活动如何开展，机器人劳工协会的会长都必须是人类。"

·杜邦的故事·

"所以这些活动都是为了安抚具有自我意识的机器人吗？"潘西站了起来，"杜邦已经死了，你们还想利用他继续赚钱。"

"潘西先生，我要提醒你两件事，"里德先生的眼神比刚才稍稍尖锐了些，"第一件事是，杜邦先生只是一个机器人，是人类制造了他；第二件事是，我们已经签订了具有法律效力的合约，如果你不能按照要求完成创作，需要赔款。"

潘西的沉默令他发笑，他漫不经心地倒起茶水，"你的父母去世后，你再没有经济来源。这么多年来入不敷出，遗产也快花光了吧。我想，这笔钱你赔不起。"

窗外的云从左边移动到右边，潘西走出大楼时，与好几个机器人擦身而过，他们都有着姣好的容貌，匀称的身材，向潘西露出温暖的微笑。

夜的影子斑驳惆怅，老剧场外那些年久失修的灯仅剩最后一盏，它发着微弱的光亮，那光映在潘西的眼睛里，像一个跳跃的灵魂。那会是谁的灵魂？潘西坐在靠窗的位置，对面放着两本随笔集。他点了份最贵的套餐，里面包含很多瓶酒，他觉得自己此刻的确需要这么多。

远处那个和杜邦一模一样的机器人还在演奏杂乱的乐曲，每天有无数人慕名来听，潘西发觉当自我意识模糊后，身外的一切都会逐渐弱化，变得不足为惧。潘西从座位上站起身，朝着那正弹得火热的机器人大喊："要用人类的思维去理解他，这本身就是个错误。"

周遭没有安静下来，而是因此变得更加嘈杂。真相往往是令人难以接受的，只要流露出百分之五十的真诚，就很像是在搞行为艺术了。

"你在干什么？"

潘西回过头，看见小依。小依还穿着店员制服。看来她下班后没有回家，而是直奔这里。潘西坐了下来，小依的轮廓在他眼前也变得模糊不已。

"出什么事了？里德先生不赞同你的想法吗？"

潘西张了张口，没有回答，而是喃喃地自说自话，"他们也不看好我，但还愿意支持我创作，是我一直在骗他们，拿了他们的钱，不想工作，也写不出什么。"

"那就算了，"小依把倒在地上的酒瓶扶正，"不过少赚一笔钱而已，以后还有机会。"

"我本打算用这笔钱和你结婚，"潘西把身体向后靠去，不自觉地流下眼泪，"我爷爷一定不会同意，但没关系，我根本就活不成他想要的样子。"

小依的手停了下来，手腕悬在空中，全身都静止了，如同一尊冰塑。台上的机器人一曲告终，当音乐再次响起时，小依如突然融化了一般，直起身子。

"对不起，我骗了你。"她细小的声音淹没在如浪的音乐声中，"其实我是机器人，高仿真人体机器人，菲尔公司制造，本应该运到暗场用作性交易，却因为产量过剩，又有新法规限制，才被二次改造，打折租给咖啡店。"

她抬起头，看见潘西趴在桌子上，好像已经睡了过去。在这个泉酒吧里，在这个再普通不过的一个晚上，潘西做了一个梦，梦里的音乐声依旧刺耳，杜邦的鞋子踏在地板上砰砰作响，满场的观众只剩下潘西一个。他望着面前那个精致的沙发座位，上面铺着一条烫过的红色丝绒毯，他难以自抑心中的疑惑，向杜邦发问：座位的主人是谁？

"瓶子里的酒会越来越清澈，神秘的事物会越来越真实。"

4

在一个少女的哭泣中体会到的万物之音，血液里流淌着激烈的乐曲，宙斯那永远不会空的酒杯里，有一个神圣的泉眼。

——杜邦《生命》

杜邦不理解那是什么，或许那只是一时冲动。

冲动。

多数时间他委身于工厂的仓库中，只有在傍晚时能出去走走。每当太阳开始落下，他和几个同伴便跟随一个人类走上货车，开始一天中最重要的工作。外面的世界很热闹，街上那些疲惫的人在下班后急匆匆地赶回家，他们多数从事的是脑力劳动，酒吧街的色彩更浓烈些，太阳落到一半时，灯牌就迫不及待地亮了起来。

他们要抢在纵情欢乐的人群到来之前把工作做完，而把机器人创造得有脑子一些是有一个好处的，就是带队的人类可以一动不动地坐在驾驶位玩游戏，现在这个岗位已经被取缔，换成内置于机器人体内的监控系统。

杜邦搬完那日的最后一箱酒，理应去前台交接。泉酒吧的前台是一个叫贝莉的姑娘，相貌平平，个子不高，但长得很胖，因为体凉，久坐时总会在下半身盖一条红色的劣质腈纶毯。那时贝莉正在和男友吵架，男友发了宣告分手的信息过来，贝莉不由分说地扯过杜邦的臂膀，在他怀里痛哭。贝莉很快就忘了这件事，对她来说，杜邦只是一个机器人。贝莉的眼泪透过衣服触碰到他的身体，沿着他看似柔软的皮肤滑落。在人类的审美下，每个机器人都拥有完美的容貌和身材，但或许对杜邦来说，只有像贝莉一样的女人才是特别的。

那天，杜邦没有按时上车，领队根本没有发现，货车按时归厂，杜邦只能步行回去，但他没有受罚，因为他没什么可失去的。他回到仓库中那黑漆漆的机器人储存箱里，期待下一次的相遇。

这场等待注定是无望的，如同他的命运一样。杜邦抢过乐手的吉他，想用人类的方式直抒胸臆，弹出的却是人类无法理解真正含义的乐曲。后来，贝莉同男友复合，结婚，有了一个女儿，多年之后离婚，独自抚养女儿，她的女儿又在多年之后重蹈她的命运。他们如同两条平行线，本就没什么交集。

杜邦最后的那场演出邀请了贝莉，贝莉没有赴约，她感兴趣的只有薯片、红色衣服和奶粉。即便如此，杜邦还是把那场演出的录像连同几本随笔集作为唯一的遗物寄给了贝莉。也许她会读懂那些诗，也许不会。从某种意义上来说，杜邦的自杀也是一种献祭，是杜邦对机器艺术的献祭。

——潘西《杜邦的故事》

阿舒读到这里，门铃响了，她放下书，转身去开门。爷爷坐在一旁的轮椅上，脸上没什么表情。阿舒打开门，看见了两个人，潘西和小依，小依穿了一件白色纱裙。

每次来到这里，潘西就会凭空生出紧张，而小依比他更为紧张，每个动作都稍显迟缓，如履薄冰。爷爷用右手操控轮椅的把手，令轮椅向前挪了半步，这样左手能刚好拿到那本书。

"阿舒刚刚把这本书读给我听，"这次是爷爷先开口，"有些事情，你是怎么知道的？"

"这要感谢我的朋友艾迪，贝莉是他的外婆，"潘西和小依坐在沙发上，阿舒给他们倒了水，"可惜这本书，最终还是没能出版。"

"会有人喜欢真实的故事。"爷爷朝着墙上的某个方向转过头，虽然他已经看不见，家中的陈设亦从未变过，"我也有一幅画，是上个世纪德国艺术家格哈德的作品，他利用一种特殊设计的电脑程序进行创作，被誉为'去主观化绘画'的代表作。"

"那依旧是人类的作品，并非机器艺术。"讲起这件事时，潘西的胆怯在不断消散，"不过，这样的创作代表了一种人与机器的共生关系。"

爷爷满意地点点头，小依却不小心打翻了杯子。

"她是谁？"

潘西握紧了小侬的手，面对着爷爷介绍道："这是小侬。"

爷爷露出了难得的笑容，这种笑容很快被下一句话打破。

"她是一个机器人。"

风把窗帘吹得乍响，如同安嘉丽起舞时的裙边。许久的沉默之后，潘西已经在心底做好准备迎接暴风骤雨。他想起自己幼时第一次见到爷爷的样子，那双饱经沧桑的眼睛充满希冀，可能这是他最后一次见到爷爷，而自己的余生，将背负失望。

"她好看吗？"

潘西惊讶地抬起头，回答得语无伦次，"好看，她很好看。"

"把那幅画拿下来吧，"阿舒在爷爷的指示下从墙上小心地取下那幅画，爷爷没再说什么，而是把它递给潘西，"送你吧。"

这件作品由二十五种色彩方块组成，以一种核心样式排布在一起。街边的花圃也如这幅画般色彩纷呈，疾驰的车呼啸而过，潘西和小侬在街边公园的长椅上坐了下来，翠绿色的草坪上有几只白鸽扑扇着翅膀，衔了地上的食物飞向远方。

"这幅画应该能偿清赔款，若是有结余，还能买件婚纱。"

小侬抚摸着《杜邦的故事》的封面，封面上有两句诗，"这也是杜邦写的吗？用瓶子里的酒来作比喻。"

"不是，是我自己写的。"

热 记 忆

/

胡晓诗

我想体验一次被灼烧的感觉，不是像坐在广场晒太阳那样暖洋洋的，嘴角挂着笑。

那种别人口中的幸福，我不想体验了，我想沉浸在烈火里，然后像烟花在夜空里绚烂绽放一样，一瞬间就死掉。

一段录音

　　我想体验一次被灼烧的感觉，不是像坐在广场晒太阳那样暖洋洋的，嘴角挂着笑。那种别人口中的幸福，我不想体验了，我想沉浸在烈火里，然后像烟花在夜空里绚烂绽放一样，一瞬间就死掉。

　　当我面无表情地对艾琳说完这段话的时候，她也面无表情地望着我。算上这次，我已经来这里治疗三次了，每一次我都在心底隐隐期望她能牵动几条自己的脸部肌肉，给我一点微弱的回应。但是没有，什么都没有，我知道这是应该的，她和我是一样的人，我不该对这件事抱有期待。我已经明白，正是因为我对这个世界抱有太多期待，才走到今天这一步。

　　"你知道的，依照医师基本道德规范，我不能同意这样的请求。"她的回答在我意料之中，"这很可能会造成……我被吊销医师资格证。"

　　"我理解，"我的反应也很平静，"我不会为难你。"

　　我从包里拿出给艾琳准备好的礼物，我猜她一定没想到我会给她准备礼物。我从椅子上站起来，向她靠近，当我和她的距离足够近时，我注意到她的眼神有一丝轻微的波动，眼球收紧。这丝波动稍纵即逝，但还是被我捕捉到了。我想她已经习惯了控制自己的情绪，所以很快，她的脸又恢复成了方才的样子。

　　那丝波动是惊讶，是同情，还是什么，我已经不想知道了。我想起自己第一次听到那个名字是在小学二年级的时候，在那之前，我一直以为别人和我是同类。

那天，我把作业本落在了家里，我发誓我真的把作业写完了，不然我也不会感觉那么委屈。米娅是位新来的老师，她有一头漂亮的金色卷发，长得像精致的芭比娃娃。她刚刚走进教室时，同学们都发出惊叹，只有我没有，因为我知道这会有点儿疼，但我在心里猜测着她会很温柔。接下来的事情都很平常，打招呼，自我介绍，检查作业，阿梅老师请假了，她只是来替班的，她或许根本不知道作业的内容是什么，慷慨地给所有人都打了A或A+，只有我没有。

听完我的解释，她露出非常失望的表情，接着做出了一个小小的猜测。她没有直截了当地说"我想你肯定没有做完"，而是转过头对着所有同学说"大家一定要诚实哦"，然后富有深意地看了我一眼。下一秒，全班同学都盯着我的脸，我感到脸上的皮肤发紧，局促感从头顶蔓延至脚底，我攥紧了拳头。

"你还有什么想对我说的吗？"

我摇了摇头，仿佛有什么力量扼住了我的喉咙。米娅无奈地笑了笑，接着，整间教室内爆发出一阵哄笑。在那个时候，我还没什么反应，直到下一节课上课时，我又想起这件事，开始全身打战，牙齿不住地相互碰撞发出声响，身体僵硬，像冷窖里带着冰碴的猪肉。我的脑子在结冰，冻结在某一画面，然后失去意识。

我在医院里醒来，那是我第一次听见这个病症的名字，热记忆症。简单来说，就是记忆对我来说是有温度的，根据情绪程度的不同，带来的影响也是不同的，严重时会危及生命。极度快乐的记忆会像烈火一般灼烧我的身体，我会感到真实的痛，迅速死掉，而极度悲伤的记忆会让我陷入严寒，在记忆的冰河里冻死。

　　我问了医生一个滑稽的问题："为什么叫热记忆症，而不叫冷记忆症，不叫冷热记忆症？"医生笑而不语，从那个时候我知道，大人总是喜欢把话讲一半，而且只在意听起来好的那半。

　　由于送医及时，我很快就出院了，我妈妈把作业本送到了学校，起初，教务主任打算让米娅老师向我道歉，但米娅老师和她争论起来。她认为自己并没有直接说我撒谎，只是我想得太多，还有其他同学为她做证，后来这件事不了了之。

　　等我再长大一点，医生对我说："你最好不要笑，也不要哭，学会控制情绪，尽可能减少情绪的波动，这对你有好处。"

　　其实听到这句话的时候，我心里是有点儿难过的，大部分人毕生追求的目标是快乐和幸福，而我的目标是麻木。为了不对医生造成困扰，我决定不做出任何表情。医生对我的反应很满意，后来，每当我想起这段记忆时，会自觉地加两件衣服，这种轻微的冰冷感觉还在我能够忍受的范围内。

　　到了十六岁，我开始接受专项医疗救助。幸运的是，这项救助是免费的；不幸的是，这多多少少会影响我的正常生活，因为救助的方式就是定期去医院取出对我的情绪影响超过一定程度的记忆片段，以免除痛苦。

　　接受了几次医疗救助后，我的生活变得更加平静，如一潭死水，一眼望得到头。在我十八岁前，政府会为我提供生活补助，由监护人代收；十八岁后，根据个人情况的不同，会提供一些可选择的岗位，但因为接受医疗救助会产生记忆断层，我无法胜任任何复杂且有连续性的工作内容，只有机械重复性的工作和简单体力岗位适合我。

"其实这挺幸福的，没什么大起大落。"达妮对我说这句话时眯起眼睛，没有让眼泪掉下来，"至少你不用为了生计发愁。"

暴雨不住地敲打着公交车候车亭的棚顶，达妮全身都湿透了，如果棚顶探出的前檐能加长一倍，刚好挡住乘风斜落进来的雨，达妮的样子就会比现在好些，可惜设计者过于乐观。现在，水滴沿着她黑色的长发淌了下来，我的伞也是黑色的，这不是重点，我们的话题开始于我犹豫着是否要把伞借给她。

如果我把伞借给她，全身湿透的就是我了，物理性的寒冷不足为惧，我真正害怕的是每一次再想起这段在雨中被淋湿的记忆时，会掉进上帝的冰窟。但犹豫过后，我还是把伞递给了她，我相信这种程度的痛苦我可以忍受，毕竟我是自愿的。况且，很快就要到下一次医疗救助了。

雨水和风朝我袭来，她缓缓地抬起头，望着我，眼神蒙眬，"我知道你。"

在学校里，很多人都听说过我。学校对"特殊群体"的情况做过宣传，我在他们眼里是个残疾人。坦白来说，嘲笑我的人并不多，大家会选择离我远点儿，避免出事担责。学校对我没有成绩要求，但他们希望看到我每天都来上课，和同龄人一样，可能是觉得这样我心里就会好受些。我曾思考过像我这样的人上学的意义是什么，好像只是为了模仿普通人的生活。

她认为自己的境遇比我还差，这让我很意外，虽然在大多数同学眼里，她从生下来就霉运缠身——母亲未婚先孕，生父失踪，继父暴躁，母亲把她视作累赘，两人曾在学校门口大打出手。那次，达妮输了，被当众扇了几巴掌，这些都是我从别人午餐时的聊天中听说的。

"我很想离开这里，但不知道去哪儿，去哪儿都行。"

达妮的声音有气无力，如暴雨中一片随风飘零的叶子，我递了一张纸巾给她，虽然这起不到多大帮助。我知道有很多人孤立她，向她的外套泼水，偷她的东西，曾经这一切都离我很遥远，无论是乌云、悲伤、眼泪，还是热情、愉悦、多彩。

回到家后，我在网络上检索"幸福"的定义：幸福是人类所独有的精神体验与感受，当某种良性的生理欲望或心理愿望获得巨大的满足，身心产生强烈快感时，即为幸福。

我开始回顾那段湿透的记忆，出乎意料的是，我只闻到了些许烧焦的气味，噼里啪啦的声响，这当然都是我的精神作用。我的细胞在火焰中跳跃，但我并不害怕。后来我与达妮时常见面，我变成了她在学校里唯一的朋友，为了打消她的顾虑，我甚至为她撰写了一份免责承诺书。

我们在见面时聊天，大多数时候她会说一些无关痛痒的话，天气、西蓝花、亮片外套，避免令我产生情绪波动，但实际上无论她说什么，有种情绪一直存在。在医疗救助的前一天，她从继父的柜子里偷拿了半瓶酒，打算多说一点儿。

"明天你就会忘记这些事情。"

我们在一栋烂尾楼里点燃几根蜡烛，跳动的火光映在裸露的钢筋表面，和此刻夜空中的星星一样亮。她举起廉价的酒瓶，而我看着她的眼睛。在她眼里，此刻的我变成了良好的倾听者，她眼里对明天的渴望从日常琐碎的痛苦中探出头来，窸窸窣窣地抖落着灰尘与伤痕，而我明天忘记的会是全部，从湿透的雨天，到微弱的烛火。

第一次，那是我第一次逃避医疗救助，我已经走到医院门口，又跑开了，去了附近的中央公园，毕竟没有人想和自己留恋的人分秒间宛若初见。在过去的十几年里，我对命运的安排一直非常顺从，我想起那天的阳光不太明媚，风有点儿凉，我学着拒绝躲进安全的洞穴，回味起疼痛的快感。

傍晚时，我来到达妮家附近，前一天送她回家时我们在这里分别，那栋房子里再次爆发出争吵声。我没有见到达妮，一辆鸣笛的车停在我身旁，把我带走了。我的右臂曾被注射进定位装置，在紧急情况下可以自动开启，医院致电我的父母核实完情况后，向警方提交了我的资料。我被带回医院，他们告诉我，我的医疗救助升级了，从A级上升至A+。

"首先你要冷静，我们没有恶意。"医生把一杯温水放在我面前，然后坐在我对面，"如果你对之前的医疗救助不满意，或者有任何问题，可以提出来，我知道你一直都控制得非常好，为什么这次你没有按时来做记忆抽取呢？"

"我可以拒绝吗？"我已经在尽力控制自己的情绪，"为什么你们要把我抓回来？"

医生对我的反应很诧异，好像一个乖孩子突然变得叛逆，没有道理可言，"李西，相信我，我们是为了你好，掌握你的位置是为了能够及时救援。"

他们为我换了一个主治医生，强行抽取了我的记忆，没有再征求我的意见，或许因为我还是未成年人。我想了一个老套的办法，我提前写了日记，用小刀划开床垫，把日记本藏在床垫里面，但当我阅读那些文字时，却像是在阅读一个虚构的故事。

达妮还时常出现在我身边，她能理解有时我会忘了她，这种状态似乎也让她感到轻松。如果我特别喜欢一种食物，我就要避免把它放进嘴里；如果我特别喜欢一双鞋，我就要避免看到它；如果我特别喜欢一个人，我却特别想记住她。

我开始想尽办法逃避医疗救助，情况好的时候能成功拖延几天，这种感觉像犯罪一样。主治医生曾严肃地对我说，这是一种对生命极其不负责的做法，还会产生额外的医疗支出。在我十八岁生日那一天，为了缓解我的抵抗情绪，医院再次为我更换了主治医生，她叫艾琳，是位特别的医生，她也是热记忆症患者。

艾琳比我大十岁左右，是第一批热记忆症患者。依照常理，艾琳只能从事十分简单的工作，但她对情绪的控制力超群，成功通过了许多严苛的测试，最终如愿成了一名医生，是上过大新闻的励志人物。他们认为我会对艾琳产生共情，其实艾琳比我想象中的更加冰冷，双眼无神，永远是一张没有任何表情的脸。

这只是我在十八岁面临的变故中最不值一提的一个。那天，我接受过艾琳的第一次治疗，散步回到家。天已经黑了，我没什么可期待的，他们不会给我买蛋糕，我从来没收到过生日礼物，因为那样会让我感到快乐。我轻轻地开门，关门，放缓脚步走上楼梯，尽量不打扰到任何人，一阶，两阶，三阶，我听见了争吵声。

起初我感到惊讶，因为他们一般不会在家里吵架，但很快我发觉目前家里的矛盾已经令他们情绪失控。妈妈的试管移植手术(IVF-ET)终于成功了，他们即将拥有另一个健康的孩子，然而家里的房间是有限的。我已经成年，政府不再提供生活补助，我的任性所导致的额外医疗支出已经造成了家庭资金的紧张。我会得到一份清闲的工作，还可以申请自己的福利住房，听起来，我搬出去是个很好的选择。

爸爸非常犹豫，他说了很多话，大意是：他很可怜，如果不是他在一岁之前做了那场辐射手术，他会是个正常的孩子。

热记忆症不是天生的。

这意味着我所记得的一切都是谎言，我又该去哪里寻找真相呢？那时候我已经失去很多记忆，我不信任我的记忆链。我花了不少功夫，辗转在网上联系到一个声称知晓热记忆症真相的人，他的网名叫火焰狼，他几年前的留言平淡无奇，可能连他自己都忘记了。听说我是热记忆症患者之后，他拒绝继续和我交流。

达妮帮了我的忙，她通过其他途径联系上了火焰狼。过了一段时间，大概几周，她递给我一个信封，里面是一张打印出来的新闻页。

新闻的时间很久远，早在我出生之前。那时候出现了一种辐射手术，经过精彩的包装，宣称幼儿在一岁之前进行该手术能大幅度提高智商，天才近在咫尺，辐射手术一度成为热门。后果过了很多年才显现出来，接受过辐射手术的孩子非但没能提高智商，还陆续患上了热记忆症。起初那些家长不愿意承认这一事实，直到许多热记忆症患者丧命，真相逐渐浮出水面，后来为了保护热记忆症患者的情绪，政府封锁了一切相关消息。

"也不一定是真的。"达妮轻描淡写地说。

为了不对达妮造成困扰，我决定不做出任何表情。我在记忆里搜寻着与父母相关的片段，寥寥无几，因为不愿牵动我的情绪，他们一直在有意地与我保持距离。我明白在下一次医疗救助之前，每当我回想起这一刻，这张印着字的纸会随我潜入漆黑的冰海，但或许并不足以达到致命的程度，因为恨与爱是相伴的，没有太高的期待，就没有太深的恨。

我决定从家里搬出去。我把这个决定告诉了妈妈，她露出欣慰的笑容。我知道她心里一定松了一口气，我想对她也露出一点笑容，但是，我做不到。

那晚，我已经收拾好我的东西，家里只有我一个人，我鼓起勇气打电话给达妮。她穿了一件白纱裙，她说自己是来送我的，外面的风有点儿凉，我邀请她进门，顺便给她切了水果，她看到我卧室里的行李很少，还感叹了几句。

在说出那句话之前，我深吸了几口气，如此紧张的情绪对我是一种挑战，即使我已经在心里把这些话练习了数万遍。我申请了另一个城市的房子，我会得到一份稳定的工作，虽然工资不太高，但不必支付房租的话，还是足够生活的，"如果你想离开这里的话，可以和我一起走。"

达妮转过头看着我，眼里写着一点儿惊讶，接着她摇摇头，对我的话一笑而过。

"这不是你的愿望吗？"我向她靠近。她似乎看见了我眼里的期待，不得不面对我的问句。

"李西，我不讨厌你，但我们没办法在一起，"达妮说这句话时带着微风一般的笑意，"你甚至不能有性生活。"

风吹起窗帘，天气太冷了，我冷得关上了窗户。我将幸福寄托于须臾的明天，然而身边的一切都付之一炬。我试着提起埋没在静默空气中的下一句话，像是沉没深海前的最后一下无谓的挣扎。

"能陪我跳支舞吗？"我按下了开关，旧音箱太大了，我不打算带走。其实我很少听音乐，音乐对我来说是奢侈品，学校里毕业舞会我没法参加，这是最让其他同学感到兴奋的事情。兴奋，快乐，这或许是最灿烂的死亡方式。

"我该走了。"达妮的语气很坚决，她转过身，但被我拦住了。

起初，达妮对我拦住她的行为非常抵触，但很快她就妥协了，音乐已经响起，我想这支舞会成为我最快乐的记忆，烫伤我的额头。她的胳膊搭在我的肩上，我提着她的腰，她有点儿重，嘶鸣的音符爬满我的全身，她歪着头，身体靠在我的身上。我吻住了她的唇。

太阳降下了最后一团火，我感到体温升高，汗水渗出，空气里有皮肤烧焦的味道……我幻想我是一面凝结的镜子、转动的时钟、静止的石雕；我幻想自己站在红色的田野里，脚下的地裂开了，将我带离了这个世界；我幻想幸运之神的眷顾、天使的降临、恶魔的吻。我幻想得太多了，我只是想要一点点的爱而已。

我走下楼梯，一阶，两阶，三阶，我给自己倒了一杯酒。我知道爸爸在柜子里放了几瓶酒，我平时从不喝酒，喝酒会放大情绪，但我已经无所谓了。我坐在沙发上，闭上眼睛，做自焚前最后的准备。但是没有，什么都没有。我尝试了好几次，回忆着刚才的一切，甚至连一点灼烧的感觉都没有，直到他们回来。

爸爸好像吓坏了，妈妈发出一声尖叫，因为她看见我坐在客厅的沙发上，手里拿着半杯酒，浑身都湿透了，黏腻、难闻，接着她用非常严厉的眼神看着我说："你对我说实话好吗？你究竟做了什么？"

我扬起嘴角，对她露出了一丝笑容。我一直想对她笑，对他们笑，我成功了，也许是在酒精的作用下。他们那天睡得很早，我以为我会感到冰冷，死亡对我来说是一个礼物，我不该再抱有期待，哪怕是冻死也好，但是没有，什么都没有。

我思索了很久，问题或许出在记忆上，我没有完整的记忆，就不再有浓烈的感情，或者，我已经习惯了麻木，又或者，我高估了自己的感情。我对艾琳这样说，她的双手自然地垂在身体两侧，靠在椅背上，表情和动作都没有任何变化，我俯身最后一次按下按钮。

我想起那时我还是一个够不到门把手的小男孩，我常常在桌子下玩捉迷藏，想着那些大人都看不到我。有一天妈妈大声喊我的名字，李西，李西，爸爸也走了进来，我从桌子下钻出去，跨过一堆玩具，看见妈妈给我买了我最喜欢的小熊糖果。

原来就这么简单。

剧烈的灼烧感充斥着我的大脑，我觉得自己浑身浴火，这一次是真的。

一段对话

十几秒的杂音和呻吟声后，录音戛然而止，马修愣了一会儿，才按下停止键，"就是这样，到这儿就结束了。"

马修是个年轻人，短发，衣服穿得整整齐齐，他入职警队没多久，是威尔斯警长的助手。

办公室里充斥着快餐的味道，威尔斯警长正坐在离马修不远的桌子旁，聚精会神地盯着电脑屏幕上的一段监控录像：诊疗室中，李西坐在医生艾琳对面，两人先是对话，接着李西突然从包里拿出一把水果刀，走近艾琳，利落地杀了她。

"证据已经非常明显了，艾琳的伤口不大，但足以造成死亡。"威尔斯警长指着电脑屏幕说，"太可惜了，艾琳是热记忆症患者中非常罕见的个例，她的情绪控制能力很强，这就造成……从外表上看，她在死前和死后没有太大变化。"

威尔斯警长的头发有好几天没洗了，脸上褶皱纵横，一双眼睛永远半睁半闭，看上去很疲惫，他朝马修抬了抬手，示意继续，马修把笔记本和资料夹全都打开，清了清嗓子，开始在白板上整理线索。

"那么，根据我们目前掌握的证据、现场勘查结果和法医的鉴定结果，可以还原出他的行动线。"马修首先在白板上贴出一张照片，上面是李西卧室床，已被烧得一片狼藉，隐约能看出一具穿着纱裙的女尸，胸口处放着一本几乎烧成灰烬的日记本，"二十三日傍晚他邀请达妮来到家中，因为遭到拒绝，他持水果刀将达妮杀害，抱着达妮的尸体跳完了一整支舞。在跳舞的过程中，他在床上纵火。舞毕，他将达妮和日记本投入火堆之中。由于他的房间陈设简单，没有太多可燃物，火势没有蔓延。"

威尔斯警长点点头，打了一个哈欠，马修又从资料夹中拿出几张照片，贴在白板上，这次照片的背景是李西家的客厅，现场凌乱不堪，说明经历过一些拉扯，李西的父母躺在地上，李西的母亲胸口中刀，父亲头部被砸伤，致命伤在颈部。

"接着他走下楼，倒了一杯酒，坐在沙发上，他的父母回到家看见了这一幕，然后他先持刀杀了他的母亲，一刀毙命，接着与父亲发生了轻微打斗，最终父亲也中刀身亡。"马修继续说下去，"他在房中待了一夜，没有对尸体做任何处理，第二天是他接受医疗救助的日子，所以他把被血浸透的衣服脱掉，洗澡，然后按时出门，和艾琳医生碰面。"

"他没忘记那把水果刀，还在衣服内侧写下了字提醒自己。"威尔斯警长站起身走了过去，把那张重要凶器的照片也贴在白板上，"他是有预谋的。"

马修朝威尔斯警长点头，下一张照片的背景是艾琳医生的诊疗室，照片上有两具尸体，艾琳和李西。

"他来到医院，正常接受记忆抽取治疗。在治疗结束之后的心理对谈时间，他希望艾琳能释放他的记忆库，把全部记忆还给他，但艾琳拒绝了，于是他持刀杀害了艾琳，在艾琳的电脑上，利用艾琳的脸和指纹通过验证，按下按钮，释放了记忆库。"

"李西死于热记忆症，他最终找到了一段足以致死的记忆。"威尔斯警长拉过椅子又坐了下来，就坐在白板对面，"他在恢复记忆的过程中拿出录音笔，录下了自己的遗言，他的死可以判定为自杀。"

这样看来，所有经过都非常明朗，威尔斯警长喝了口水，这个案子没什么挑战性，"好，你把材料整理一下，对了，晚上吃什么？"

马修把资料夹拿了起来，犹豫了几秒，又缓缓地放下，"那个……威尔斯警长，我有个疑问。"

"说吧。"威尔斯警长抬起头看了他一眼，眼里并没有太多惊讶。

"他是在治疗结束之后才持刀杀人的，也就是说，艾琳在做记忆抽取时看得到他的记忆，不是吗？为什么艾琳不立即报警呢？为什么还要在治疗结束之后和他进行单独的心理对谈呢？"

"主治医生有能看到患者记忆的权限，但不是每个医生都会去看，你知道吗？记忆画面太多了，又琐碎繁杂。电脑会自动判定哪些记忆需要抽取，然后在患者大脑内执行删除。医生不需要浏览患者的全部记忆。"

"你的意思是……艾琳没看到李西的杀人记忆？"

"恰恰相反。自从成为李西的主治医生，或许是听说了他的叛逆，每次权限开启时，艾琳都会浏览李西的记忆库，哪怕是使用倍速。这是造成她死亡的间接原因。"看着马修疑惑的表情，威尔斯警长叹了口气，马修很少见到他叹气。

"是共情心理。她很关心李西，虽然从表面上看不出来。为了保护患者隐私，除主治医生外没人会看到李西的记忆，她寄希望于电脑可以删除李西的杀人记忆，又或者，她能改变李西的想法，而不是直接把他送进监狱。但李西的动作很快，她还没来得及说什么就被杀了。艾琳在诊疗笔记上写下了她那时的想法：他还是个孩子。"

马修张大了嘴，半天才挤出下一句话，"要是她不隐瞒这件事就好了。"

"在这一点上，艾琳医生不是个例。"威尔斯警长摇了摇头，"其余两位死者并不是李西的亲生父母，他的亲生父母获刑入狱了，政府为他安排了适合的领养家庭，并消除了他之前的记忆。我想他在最后的时刻应该发现了这个秘密，但已经来不及了。"

"他的亲生父母为什么会被判刑？"马修把资料夹拿了起来，"我的意思是，在这件事情里，他们不也是受害者吗？"

"他们对后果知情。"威尔斯的声音很平静，"他们早就知道会有失败的可能性，只是更期待成功，没想到失败的可能性是百分之百。"

野　人

/

胡晓诗

这世界上没有人是完美的，他有辉煌的时刻，他也会犯一些错。

·杜邦的故事·

1

这一天傍晚，落日的红光恍若迷离的火苗，脏兮兮的木头门板在地上拖着长长的影子，他没事可做，提早烹了晚饭。他在屋后自种的田地里逗留了一会儿，摘了两棵青菜扔到锅里去煮，加一点简单调料，盐是由远处水潭里捧来的水晒成的。他有时用明火煮饭，有时用电，电从几架简易的风车那儿产生，储在一个地下电箱里，于是他也有了灯。

他从不觉得自己的生活有什么问题。当然，房子并不是他造的，有些用具也不知道是从什么地方弄来的，但他生活在这里二十几年，早已学会如何使用，也熟悉这片地方，知晓如何去寻到对自己有用的东西。那个时候，他还不知道外面的人认定这里是奇怪的，土壤脏杂，动植物的种类亦是五花八门，仿佛一切均可在这里诡异地共生。他们管这里叫蒙杂荒地，很久以前，哪怕是最出色的探险家也会在这里迷路。

太阳还在头上，一点一点地向下掉，掉在远处的树梢上，他穿着一件从头裹到脚的长衣，眼角堆起了笑纹，眼珠子仍像两颗明亮的玻璃球，在这袖珍的世界里，他是绝对的主人。他是见过其他人类的，也懂人类的语言，以至于他远远望见那一众身体的轮廓——同他自己一样，两只胳膊两只脚，并不像见了怪物那般恐惧，只是手心不停出汗。

"其实现在我们进入蒙杂荒地是很容易的，只是按现在的规定不能贸然打扰，毕竟……像这样的地方仅此一处，原始状态尤为难得。"

在费力解释了几个小时之后，这位白头发终于作罢，承认自己无法与他交流。

其实野人并不是多么深奥神秘，完全可以一眼望到底，只是不想听什么新东西罢了。这个叫作实验区的地方喜置假景，他被带进院子时，池里的花一排浅绿，一排蓝紫，一排大红，它们规律地摆动着，使他头昏不已。待他走到屋内，看到干净的白墙，只觉着自己家里的陈设比人家要乱了一些，便坐下了。可过了一小会儿，他就感到一种胀闷的空虚，从前只有站在无底的深沟旁才有这种感觉，于是便理直气壮地皱着眉。面对端上来的食物，他不是高兴地，也不是冷漠地，而是毫无感情地大吃起来。

"直接让利莉过来吧。"

白头发站起身，对其他人郑重宣告了自己的失败，径直走了出去，房间里只剩他自己，像是什么东西从中间断了气儿。白头发最后的那句话让吃进的食物堵在了他心口处，不大消化，他觉着整个房间都是这个声音，即便这里很安静。

后来他被领了出去，走进一个小会客厅，这比刚才那一间更精致了。几个人徐徐进来，中间的年轻女人头发剪得极短，神情活泼得像是新做了一件得意的衣裳，与其他人一个一个地寒暄，亲热地拉着手，带笑的声音里仿佛也生着一双手，一秒也不耽误地捉住对方的全部注意，留下一个热络的印象。他不知道是不是只有自己这么想。热闹过后，这红影子倏地飘过来，坐在他身旁，笑容中充满善意。

"你叫什么名字？"

他说出了在这个地方的第一句话，"他们叫我野人。"

那女人好似早知道答案，没有一丝惊讶的神情，"你好，我叫利莉，跟我走吧。"

2

利莉待野人是不同的。其他人好似只把他当成一件活的实验品，而利莉拿住他的袖子搓搓捏捏，由衷赞叹道："这料子很好，总可以穿几年呢。"

野人也由着她，可还是很少说话，绷着脸，像是心口绞得慌，他们都以为野人是离开了熟悉的地方，所以身体有些不适，差点儿把他送到医院里去。过了一会儿，野人精神好了些，利莉便拿出一张照片给他看。照片上是一个中年人，看上去三四十岁，神情自若，有一双招风耳朵。

"这是他年轻时候的照片，平时还不太许人看的，你见过他吗？"

这照片如死灰中一星微红的炭火，燃起了野人的记忆。他在荒地里见过其他人类，说起来有三次。一次是他刚降生的时候，身边不知是一个人还是一群人，那段记忆尤其模糊，连一个完整的影子也记不起来。第二次见到的那个人和这照片中的相像，那仿佛是隔着世纪的事了，那时他还是个小孩子，一个人生了风寒，勉强捡木头生了火取暖。

天也背过脸去　阴沉一片，洒了一地的雨。那人手里拿着雾气腾腾的眼镜进门．面目不似照片上这样年轻，虽已有些花白头发，还很精神。年幼的野人有点儿害怕，连呼吸都收敛着，但那人讲话温和，牵了他在屋内转来转去，耐心地教了他一些复杂东西和人类语言，从此屋子内外的用具他便都会使用了。

野人无意识地点了点头，利莉便十分有兴头地回应，"这次无人机进到蒙杂荒地里探寻，一下子就识别出你的脸，我们都很震惊，一定要把你接出来做基因比对。那里还有其他人吗？"

野人听不懂她在说什么，但记得最后一句问题。他第三次见到的是一位老妇人，扁薄的脸庞依稀透出旧日的美丽，直直地立在树丛中，向小屋眺望。那不过是前几年的事，野人记得那时自己缓缓地走出门，同她对视，她眼中不停有新的泪水生出来，好似她的伤悲对自己也说不清楚。在目光的一来一往中，空气无声地震荡着，云朵飘过傍晚的天。

听清老妇人的模样后，利莉一改热烈放肆的表情，变得沉默了，又摸出一张照片，"你说的应该是他妻子。"

野人磕磕绊绊地问，"刚才那个人……是谁？"

"利坦，著名基因学教授。"

"现在他……"

"他已经去世了。"利莉把头埋进回忆里，用一种沉静的声调，试图抖落回忆上的灰尘，"我小时候经历过一场火灾，身体大面积被烧伤，成了弃婴，这些我都不记得了，只记得利坦教授收养了我，帮我做整形手术，上最好的学校，长大以后，我就做了他的助手。"

在这间空闲的实验室里，放着一本格格不入的老相册，野人还不知道这种照片储存方式早已不流行，他什么也不知道，直到利莉开口。

"利坦教授是个认真克己的人，不太爱讲话。他妻子和他同岁，早年就有着活泼的名声，他们在学校里认识，感情很好，但他妻子五十岁的时候生了病，思维不清，记忆开始退化，就在那一年利坦教授收养了我，但我几乎没见过这位养母，她一直在治疗中谢绝打扰，八十多岁过世的。按时间推算，应该是……在你见到她不久之后，她就过世了。"

相册唰唰地向前翻去，利坦眼角的皱纹与苍老一寸一寸地减少，最终停在一张利坦与妻子二十几岁时的合照上。那是利坦目前存留下的最早影像，再年轻的照片利莉也没见过。利坦喜欢生物，而那时的女朋友艾莉钟情于地质，他们结伴去野外做研究，艾莉笑得活泼，长久地望着利坦那张还稚气未消的脸，身后是蒙杂荒地的小屋，也就是野人的家。

"那我……"野人茫然地指着自己，脑中一片空白。他的诧异并非没有原因，在那张照片上，利坦的脸和现在的野人几乎一模一样。

利莉的手轻搭在野人肩上，她在幼时也常调皮地碰触养父的肩膀，"这正是我们一定要接你到这里的原因，基因比对的结果已经出来，你很有可能……是个克隆人。"

3

野人一天天地消瘦下去，和刚来时相比，他的眼神中添了许多拒绝，尤其是弄明白了克隆人的定义之后。野人被安排在观察室里，两面是透明玻璃，四面都是摄像头，他开始拒绝所有人的探视，渐渐地，连利莉也不想见了。他蜷缩在角落里，好似在思考人生哲学。

"要是我的话，也会想着……自己的存在有什么意义吧。"

实验区里也开始议论纷纷，过了些时日，实在没了办法，那位白头发显露出领导模样，叫上几位研究员打开了封闭观察室的门，把野人放了出来。

"我想做最后一次努力，"白头发坐在那张熟悉的椅子上，"我们本来无意打扰，但你的存在，很重要。"

见野人没有反应，他又补了一句，"你放心，只要你配合一下，我们就放你回去。"

为了引起野人的注意，白头发在身后的墙壁上投影出一张利坦教授的照片。墙上的利坦面白如纸，站在一堵墙前，一双无神的眼睛看向镜头，和利莉相册里的那个意气风发的人全然不同。兴许是闻到了照片里那腐烂的味道，同此刻周围的空气如出一辙，野人难得地抬起了头。

"这是利坦教授入狱时的照片。"白头发奋力抓住这稀有的时刻，"他是个真正的天才。全球人口危机时，他改良了大量的粮食作物和家禽家畜。后来，上面修改了法律，广泛推行转基因食物才没闹出大范围的饥荒，但是……"

白头发欲言又止，"后来有些人对他提起诉讼，称自身健康问题的祸首是利坦改造的转基因食物，不少人开始排斥一切转基因食物，认为所有的工业化生产的东西都是不好的，都是与自然相违背的。"

野人茫然地望着他，好似这注定又是一场无效的交流，但白头发却没有停下，他总喜欢发表这样以细节开头的长篇大论。

"这其实也是我们担心的问题之一，但还没有足够的证据能证明转基因食品对人体有害，除非利坦有意或无意地在当中加入了有毒物质或过敏物质的基因。后来官司打了起来，争论愈演愈烈，没一丝放松，警方最终还是强制行动了，据说利坦接受调查时态度有些迟疑不清，他被逮捕时已经六十六岁，心脏很不好，去世得非常突然。"

白头发迫切地伸过手去，野人厌恶地躲过了。他一直竭尽全力想忘掉利坦的面容，可每当他在镜中凝视自己，那面容又变得清晰，如扼人咽喉的藤蔓。

"和我有什么关系？"

"当时警方对他的逮捕很匆忙，没有正式交接科研材料，蒙杂荒地作为他生前的主要研究基地也被封闭到现在，不得随意进入，破坏证据……可是他去世后，我们对转基因食品是否对人体有害的研究陷入了瓶颈，这案子到现在也没有一个定论。"

野人的两只手放在膝盖上，一只手握着拳头，一只手放平了前后推动，眼神从空洞变得僵硬，脸憋得通红，仿佛真的快窒息了一样，一口气从胸腔里猛地喷射出来。

"这和我到底有什么关系！"

"利坦教授青年时期就智商卓绝，感知力亦十分超群，如果你真的是他的克隆人，很有可能……是他有预见性地留下的一颗解决问题的种子，我们派利莉来协助你，加上利坦教授生前的资料，你一定能解开这个难题。"

"你说的那个时候……他六十多岁的时候，我年纪还小，只有几岁，已经过了这么久，还有人关心这些吗？"

白头发严肃地站起来，在野人眼里，这动作有些喜感，"当然，这是属于全人类的课题，也是我终生研究的课题。"

野人没有答应，也没有说不行。他绞尽脑汁回溯记忆，发觉童年时遇见利坦的时间和利坦入狱的时间贴得很近，说他是利坦生前除警察外见到的最后一个人也并无不可。但这究竟意味着什么，他不知道，甚至连自己还算不算是个人，他也不知道。

4

利莉盯着水箱里的那条鱼，盯着它纯黑色的背和尾巴在水里缓缓摆动，于是手起刀落，在它背上划了一道线，蓝色的血液便在水箱里扩散开来。

"你是什么时候过来的？"

"实验区的人送我过来的，没到多久。"野人身上换了衣服，头发没理，腰板倒是笔直。鱼还在水箱里挣扎着跳动，泼洒出了些水花，"我家那边，也有许多这样的鱼，活在含有盐分的水潭里。"

利莉点点头，她知道蒙杂荒地里有很多转基因动植物在肆无忌惮地生长，"他们本来不准我对你讲克隆人的事，是我多话了，对不起……说实话，我不知道你为什么会存在。"

"我也是。"野人埋头向下。

"这是你愿意留在这里的原因吗？"利莉的一双眼睛注视着野人，似乎在尝试猜测他的想法，"你想知道为什么。"

她本以为回应她的只有沉默，没想到野人用力地点点头，这令她匆忙地回复了下一句话。

"我相信他并非恶意，"利莉耐心地为利坦解释着，"操控人类基因的技术早已成形，起初碍于伦理问题被禁，后来因各种疾病和资源短缺问题在科学研究领域开放。如果他制造你是出于科研需求，在现行法律中是合理的。"

"你们也希望是这样。"

野人的话让利莉无法回应，毕竟她也不知道真相，她不愿意相信那些她不想相信的，比如魔鬼为达到目的总是引用《圣经》。

这里是利坦的旧居，一幢独栋的红顶小房子，现在利莉住在这里，尽管里面不大整洁，冷冷清清的，好像没有人住一般，野人的眼睛绕过利莉，最后落在一束花上。这束花浮在白瓷水罐上，开得烂漫，花瓣是红色的、水汪汪的，红得从花心里泛着白，因有了它，空气里除却此时的沉默，还多了几分微带潮湿的熏香气息，给屋子生了点情味出来。野人也见过这种花，不过荒地里的花是青的，仿佛不太好的天色。

"这花是由我改良的，取了个精致的名字——红灯映雪，"利莉抓住救命稻草般转开了话题，"房子里利坦教授从前的东西都还是老样子，我的能耐和他相比，如一个天上一个人间，我救不了人的命，只会弄点观景植物而已，可他最后却……太凄凉了点。现在有些人厌恶基因改造，厌得连这些观景的也不要了。"

"你相信他的罪名吗？"

"人向来是各并各的，"利莉摇摇头，极力地收住了表情，"你来看看他的东西吧。"

野人坐了下来，利莉待他很随意，不十分周到，好似他是不需要特别招待的熟人，这让野人也自在了些。下一秒，野人眼前一面空荡的白墙变了身，变成一块大屏，密密麻麻的数字从里面浮现出来，野人目瞪口呆地望向利莉，利莉正抬着个红皮箱子走来。

"我能找到的资料，都在这里了，有一些是手稿，毕竟他年纪大了，有时候喜欢原始的方式，但重要的资料都在那里面……"利莉伸手指向那面满是数字的墙，"不过被设了特殊密码，这些数字都是随机生成的，像是从前的洞洞游戏，有的数字后面有要紧的资料，大部分数字背后是空白，进入系统和点开数字的次数都是有限的，机会宝贵，所以我们不敢随意尝试。"

"他自然是会设想得非常精细。"野人似懂非懂地打开箱子，里面确有一些资料和手稿，比起满墙冷冰冰的数字，野人觉得还是这些东西更亲近些，他煞有其事地翻了几页，黄昏的房间渐渐暗了下来。

利莉端了水果过来，又掌了灯。她半个脸对着灯，半个脸阴着，箱子上摇摇晃晃地有个影子存在，"这样暗吗？暗的话我去开顶灯，我很久没有开过顶灯看东西了，晚上屏幕总是自带光的。"

"不用了，我看不懂。"

盘子里的水果好像都是自己长成方块的，野人拿了一块放进嘴里，口感冷而甜。

"我看不懂，不仅数字看不懂，很多字也不认识，"野人尴尬地向别处望，她看看他，他又看看她，无味地笑了两声，"他们说我和那教授一样，是个天才。全然不是这回事，我是个废物，没有利用的价值。"

"说笑话也没个分寸，"野人注意到利莉的表情和刚才有点儿不一样，悲切的情感重了些，"我以为他会叮嘱你些东西，或是留下点什么……"

"他会留下什么呢？"

对话在沉默中结束。利莉道过晚安便上了楼，野人独自面对着并不刺眼的巨大屏幕。夜的冷气渐渐渗进他的身体。他缓慢地走近屏幕，伸出颤抖的手指挑选了一个喜欢的数字。

三个字的标题刺痛了他的眼睛：忏悔书。

野人在夜的重压下发出极细微的唏嘘声，好似识破了一个说谎者的笑容。

这世界上没有人是完美的，他有辉煌的时刻，有时也会犯一些错。

5

清晨的光线倒是很好的，利莉下楼时看见野人直直地躺在地毯上，野人睁开眼睛望见利莉那惊讶的神情，差点叫出声来了。

"你不要在意，现在没几样东西是原本的样子，可是不吃又怎样，又不是富豪，样样吃的是非转基因。"利莉在桌子上摆好早餐，招呼野人坐下，嘴巴恢复了伶俐，"我不知道荒地里的东西是什么样子，和这里的不一样吧？"

"有些是一样的。"牛奶从野人的喉咙流淌下去，甜美的香味在此刻也是痛苦的，"如果那个教授……我是说……真的做了什么不好的事，你会怎么想？"

利莉轻轻地剥落柚子皮，看起来笃定得很，"利坦教授倒是有一个经营企业的老朋友，是个哄钱好手，几次三番推请他去搞些商业项目，说是几年下来收入可观得很，花花世界，各种诱惑，可教授还是空无所有地离世了。"

"如果他是个疯狂的人呢？"

"有人说过他疯狂，从学术的角度看，是的。"利莉抬起头，"凡是执着的人，都是有点儿疯狂的，不过他是个稀有的好人，心还是孩子的心。"

话题没法继续，野人强迫自己安然地吃下去："你知道他六十岁的时候确诊了绝症吗？"

利莉的手停了下来，像一只通灵的猫突然瞥见了鬼魂："你是怎么知道的？我是在他走后整理东西时才发现的，他一直瞒着所有人。"

"按时间推算，我就是差不多那时候出生的，他把我安顿在荒地里，其实是为了……"野人的声音变得低沉，"用我这样一个克隆人的器官给他续命，可是来不及了，应该是他快去世的时候来看了我一次，我年纪太小了，器官没办法用，他还是死了。"

"这不可能。"

野人知道利莉会恼火听到这样的话，他脸上发烧，可心底还是有一束坚定的信念，要为自己的存在与遭遇找到一个可以怪罪的理由，"是他自己写出来的，还说为我做了整形手术，便足以掩盖克隆人的身份，那又怎么样？还是被你们的机器给认出来了。"

利莉没有回话，像是哑了，更像是震惊过了头。她记得初见野人时，他的眼神小心翼翼，身体还活在十分辽远的地方，在那里不想出来，而现在的他像一柄染满悲伤的剑。

"你们都错了，这和科学研究没有关系，你们看到的只是他清清白白的、表面上的人生，他可连人的基因都能编辑复制，黄豆、奶牛又算什么呢？"

"你比刚来时开朗多了。"

"你也沉默多了。"

不愉快的对话没有持续太久，利莉给实验区递了消息，叫他们遣人接野人回去，房子里又变得空荡荡。利莉坐在热气残存的沙发上，再次打开了巨幕。进入系统的次数是有限且宝贵的，但她已经顾不得了，她已经翻过其他所有资料，依旧一无所获。

她细致地挑选着数字，斟酌又斟酌，花费了几十分钟，终于下定决心，手指颤抖到不忍去直视的程度，然后，她看见了那封忏悔书。

每个数字背后都有忏悔书，只是她从没有试过。

忏悔书的内容与野人所说的如出一辙。利坦曾利用研究资源私自做了一个克隆人，打算用来做器官更换，还为其做过整形手术来掩盖身份，但后来随着克隆人的成长，他意识到自己头脑发热犯下了不可挽回的错误，于是写下了忏悔书，嵌入自己的资料系统中，等待上天来安排一个正义的处决。

资料系统使用的是共识算法，每一次的更改记录都会留存下来，利莉移动手指，发现最后一段关于他患绝症的部分内容是后来添加的，接着查询到了忏悔书的初始录入日期，一下子瘫坐在地上，神魂不定地自言自语："不可能的，他写忏悔书的时间，你还没出生……"

6

翌日，实验区对外宣布野人与已故的利坦教授毫无关系，将会被安全送回蒙杂荒地。转基因食品的疑团还未彻底解决，私自制造克隆人则是更大的罪名，可人毕竟已经走了，知晓内情的人都知道这是白头发主管对利坦教授最后的尊敬。

利莉和野人一同坐在直升机上。她负责将野人妥善地送回，但一路上相顾无言。

蒙杂荒地里落了银丝细雨，淡蓝的天上出现一段残虹，两个人一前一后地慢行，直到远处的小屋显现。野人摸到了门上的锁，吃力地推开，头上、身上雨水淋漓。

利莉是第一次来，四处均令她好奇。她注意到这里有很多旧式实验器材的存留痕迹和接口，可能是后来搬走了。细细的枝叶在水坑中打着旋儿，昆虫唱歌着，田地里的植物凋零殆尽，野人不在的时候这地方就荒凉起来，这倒让他有些不好意思。

"不是什么好地方，这屋子本来就做得马虎，年头又久，墙是我后来补好的。"

利莉并不在意，这里仿佛是最合理想的生活范本。她走到屋外的树丛中去观察玲珑精巧的树，这样子的树是外面没有的，她看了一会儿，回头望向野人，"你说的那个她……站在这里的时候是什么样子？你有没有想过，她为什么会来这里？会不会是利坦教授留了消息？"

野人被落日的光迷了眼睛，他知道利莉说的是那位老妇人，她的养母艾莉。他深深记得那时屋边的花次第盛开，她的身影在朦胧的雾气里微微发亮，一双被岁月雕琢过的眼睛就那样远远地，长久地，望着他。她的眼神是诗意的，是动人的，时时刻刻都像是二十几岁时的久别重逢，可惜重逢总是比告别少一次。

飞灰似的屑吹进了野人的眼里，引出了他的泪水，那身影沉到茫茫的云海里，不可辨认。

"利坦教授五十岁时，艾莉生了病，后来我出生了，他六十岁时被确诊绝症，后来你出生了，可那时他已经写了忏悔书，我不觉得你的诞生会和我是同一个理由。"

野人不解地看着利莉，看着她继续自言自语。

"他为什么要留下你？是为了延续他的生命，为了继续他的研究，还是只为了让她再看一眼这熟悉的场景？还是……"利莉的眼里不停涌出泪水，"为了五十岁就会同样记忆退化的我自己。"

野人走近了两步，听不懂她的话，也不懂得她的忧虑，"你在说什么？还在说我是克隆人吗？"

"我也是。"

洄　游

/

零上柏

拙玉和阿默就要消失了，洄游航线也要消失了，说不定还有更多的人或事要一并消失。

阿默觉得挺欣慰的，毕竟悲伤和忠诚，这两种情绪它都用上了。

1

袭击商船是不道德的。

这话不是清理130自己说的，它是听离内舱最近的清理504说的，而清理504又是听负责检修机械的人类说的。清理130并没有安装评估道德水平高低的情绪元件，因为道德本身似乎不是一种情绪，至少对人类来说。

即便是那位牢骚满腹的检修员，也不一定清楚什么是道德，他是从新闻播报员的口中听到这句话的。

那些袭击商船的极端分子专挑"芜城号"这样的庞然大物下手，而且几乎从不失手。

护航舰队讨厌大家伙，大家伙多是商船，统一归舰队总部管理。商船被总部看得很紧，没有油水可捞，布防任务也很烦琐。对于这样的苦差，大概没有士兵愿意对海盗傻乎乎地喊几句"职责所系！"。

于是大家干脆与袭击者达成某种不成文的共识——互不攻击，互不干扰。商船交过路费，舰队也省了炮弹，皆大欢喜。护航舰队明白，若是没了像星际海盗这类的袭击者，舰队总部的军费拨款一定会大幅缩水。

但这次不同，商船受到了实实在在的攻击，清理130从它损毁的外视野投影器上感受到了。

它瞎了，准确地说是半瞎。

清理机器人拥有和游乐场一样广阔的内腹，里面安置了四个可按轨道移动的摄像头，清理130可以看见自己的肚子，却看不见外面的世界。

应该是刚才那场剧烈的爆炸引起的，它不受控制地飞出多了好几个窘窘的底舱，外视野投影器磕在舱壁上。

"阿默！"

其他清理机器人在通信频道里呼唤它的名字，可它没有回答它们。它一向沉默。

它的情绪元件里没有恐惧这种情绪，所以它不理解从船舱掉进宇宙是怎样危险的概念。

那些幸运地留在底舱的机器人没有感到悲哀，它们无意识地呼喊，也只是觉得原本占据船舱一席之地的同伴发生了位置上的移动，表示不适罢了。

阿默在它仅有的两个情绪元件里甄选，不知道该挑哪一个情绪来表达，它觉得高兴是一种很不错的情绪，它离开了底舱逼仄的空间，来到了一个新环境，这或许是件值得雀跃的事情。

它突然对平权主义者有些微词，因为它不曾拥有高兴这种情绪。

虽然这些保护机器人权益的好人为它们争取到了情绪元件，给它们提供互联网，还安排心理咨询师，但这些人在与工会抗争时从来没有征求过机器人自己的意见。

"清理机器人是最底层的存在，它们没有情绪，也就感受不到作为劳力的悲伤，这不是很好吗？"

"凭什么清理机器人不能悲伤，这是它们的权利！"抗议者们如是反驳工会主席。

于是，清理机器人拥有的第一个情绪是悲伤，只不过它们不常用到。

阿默感到疑惑，为什么就没有人提出给机器人以高兴的情绪呢？

从商船上看，阿默漆黑而硕大的身体悄无声息地融入了太空，身后银河的点点光亮联结成诡谲的纹路，像是孕妇的妊娠纹，它正在回到母亲的怀抱。

阿默以为自己山峦般雄伟的身躯会很快被人发现，但它想错了。

"清理130，请回到你的工位，脱岗三分钟我将向你所属的工会汇报。"

管理系统的机械音在此刻竟有几分温暖可爱，让阿默情不自禁地想回到自己的位置。这种催眠的声音没有持续多久就消失了，接下来代替它的是耀武扬威的底噪。

阿默不太喜欢这种感觉，仿佛它也被塞进了自己的肚子——只有乌黑的四壁和堆积成山的垃圾。它感受不到臭味，但从往日检修员的表情可以判断，在它腹中的东西有些令人恶心。

没有声音，没有同伴，没有工作。

它有些无所适从，甚至不知道是否应该求助，或许这种奇怪的状态只是管理系统给它安排的新工作。

没了重力系统，垃圾们纷纷起舞，一时间，阿默的视野变得格外混乱，像是不洁的食物在胃里翻江倒海，它有点儿想吐，但它遏制住了这种冲动。

作为一个清理机器人，它习惯于把体内的垃圾压缩后再弹射出去，弹射的方向也是固定的，冲着边缘星的方向，可它现在连边缘星在哪里都搞不清楚了。

还是先留着吧，阿默想，空空荡荡的肚子对它来说就是不敬业的表现。

阿默做出了一个明智的选择，因为它要面临的是漫长的远足。

有东西贴在了阿默宽厚的身体上，清脆的撞击声在舱内久久回响。

阿默下意识地转动外视野投影器，想看看是谁来此造访。可投影器已经离开了它原本的位置，带走了阿默的眼睛。

那东西没有就此罢休，而是沿着外壁游走，来到阿默的头顶。头部正中央的位置是清理机器人的工作中枢，也是那东西旅途的终点。

"通信接入，可以工作了，喂，清理机器人，能听到我说话吗？"一个极富磁性的男中音正在讲话，背景音很嘈杂，像是在街上。

"可以听到。"

一阵欢呼声从通信频道的另一头传来，吓了阿默一跳，即使原来在船上，它也从未听过如此多人类同时发出的声音。

"你好，清理130，自我介绍一下，我们是机器人权益保护协会的，我是主席帕姆·奥利弗，你现在状态怎么样？"男人的声音听起来十分兴奋，就像火箭刚刚发射成功了似的。

阿默仔细思索了一番，没能找到真正描述它现在状态的词汇，这一行为就像在繁杂的垃圾堆里寻找纳米螺钉一样困难。

清理机器人只有一种状态，就是清理。

见阿默没有说话，男人自顾自地说道："清理130，你不用紧张，我们是来帮助你的，你还记得吗？'芜城号'被拾荒者袭击，发生了大爆炸，你从里面掉了出来，你是唯一一个掉出来的机器人。"

"芜城号"的舱壁外层采用超薄热塑性材料设计，夹层充满了由特殊材料合成的液态树脂，一旦舱壁被击穿，树脂能在短时间内固化，填补缺口。

不要说商船，即使是护航舰队也没有这种防御规格。

"我的外视野投影器坏了。"

阿默看不见人，感觉像在对着垃圾们自言自语。它甚至怀疑，这突然出现的人声也许是工作中枢长时间休眠产生的幻觉。

"是这样的，光是发射追踪器追上你，我们已经花了很大力气了，这还是因为协会碰巧有飞行器经过边缘星。况且我们只是一个民间组织，虽说经济实力雄厚，但很多技术舰队是垄断性质的，所以我们能和你对话就已经费了九牛二虎之力，至于你看不看得见，我们实在没法照顾到。"

阿默没再提要求，看样子这帮人什么也满足不了它。那他们为什么来呢？可能也是失去了工作的人吧，它猜想。

不工作的人或机器，在哪里都不受欢迎，阿默突然有种惺惺相惜的感觉。

"清理130，我们的设备撑不了太久，我想问你几个问题，你有哪些情绪元件？"

"悲伤，忠诚，没了。"

"忠诚？这算什么情绪？"

对统治一切的舰队来说，忠诚就是一种情绪，也仅仅只是一种情绪。

阿默没有作答，它回答不上来。

"清理130，你应该意识到这种奇怪情绪给你带来的危害，舰队剥夺了你拥有情绪的权利，这是不公平的，每一个机器人都应该获得它应有的权利，你们不是人类的奴隶，你们是全新的生命！而现在舰队当道，那些蝇营狗苟把机器人当成工具拼命压榨，让机器人替他们打仗，为他们的纸醉金迷服务，这合理吗？舰队政治就是强权政治！"

"舰队政治就是强权政治！"男人邵边响起山呼海啸般的声浪。

"你难道就甘心做一个底层的机器人吗？今天咱们的谈话会在整个社交网络上播出，你的声音能被所有人听到，你应该站出来，抨击舰队对你的压迫，让大家看看舰队是多么冷酷无情，抛弃了一个弱小可怜的机器人。你们说，我们应该怎么做？！"

男人的声音仿佛踩着台阶一般逐渐升高，爆炸般的呼喊声震得垃圾们都瑟瑟发抖。

"推翻舰队！"

"反对舰队暴政！"

阿默感到有些好笑，此刻，仿佛垃圾们都活了过来，正冲它张牙舞爪地抗议，反对阿默把它们关在这令人作呕的空间。

伴随着滴滴声，呼啸的声音消失了，通信被切到独立频道。

"机器人，你倒是说句话呀！"男人大有些恨铁不成钢的无奈，"我们协会对机器人来说就是救世主，不然你们怎么可能拥有悲伤这种珍贵的情绪？现在就是你知恩图报的时候，跟全世界的人说说舰队是怎么迫害机器人的，说出'芜城号'的秘密！"

男人的口气不再像开始那样动听，他追问道："它不只是一艘普通的商船，对吗？它究竟有什么魔力会让拾荒者不顾性命地进攻呢？"

阿默仍然保持沉默，从来没有人告诉它，在示威游行时不应该想那么多，因为主导游行的人本身也没想那么多。

"算了，我怎么傻到跟一个机器人讲这些？"频道里传来男人不耐烦的嘟囔声，随即又切回了公共频道，愤怒的声浪又开始占据上风。

"各位，这个清理机器人的发声装置被舰队政府破坏了，因为当权者不想让正义之士揭下它丑陋的面具，他们害怕了！"

又传来一阵莫名的欢呼声，其中还夹杂着几声惨叫。

"快跑！"某个人疾呼。

"大家不要慌，我们站在一起就没事，不要散开，我们应该向舰队总部进发！我们……"

　　另一头的声音变得嘈杂，警笛刺耳的声响像空气一样让人摆脱不开，肆无忌惮地笼罩着人们，也笼罩着阿默的小小空间。

　　停在阿默工作中枢上的小东西彻底罢工了，和远方示威的人们失去了联系。

　　阿默后悔没有多说几句，它想知道自己飘了多远，外面的世界变成什么样了。不过，就算它提了要求，那人可能也不会满足。

　　短暂的会晤结束了，周围又安静下来，像是什么也没发生过。

　　它头一次在这场漂泊之行中感受到了孤独，一种持续到宇宙深处的孤独。

2

　　阿默频繁地回忆起自己工作时的场景，那场景使它迷醉。

　　清理机器人们望着头顶的输送管道，它们像极了大象那粗而宽的鼻子，鼻孔里会不断涌出垃圾。它们打开舱门，把垃圾收回自己的肚子，然后把它们压缩成一个城堡大小的方块，在方块的表面贴上防止散开的保护膜，一件垃圾模块就大功告成了。

　　伴随着悦耳的警示铃声，外舱的大门缓缓打开，机器人们纷纷把自己固定在甲板上，面对着边缘星的方向，奋力将垃圾模块弹射出去，目送它们消失在边缘星的大气层中。

　　清理机器人昼夜不辍地工作，永远也不会累。

阿默没了工作，免不了有些焦虑，它时刻在想，到底该怎么跟管理系统解释它的脱岗行为，自己会不会已经被开除了工籍？

一想到这些，阿默更加疲惫了，这是它工作时未曾有过的感受。它把工作中枢调整为待机状态，它有些累了，想休息一会儿，没准儿，就此便陷入长眠。

待机状态仅持续了五分钟，就被应激保护系统唤醒。阿默从短暂的沉睡中苏醒，垃圾堆依然占据着它的视野。

有机器正在切割它的身体。

又过了大约十分钟，切割停止了，阿默毫发无伤。停靠在阿默工作中枢的东西倒是被连根拔起，新的机器接入了它的中枢。

阿默察觉到了新机器的异样，它正在入侵自己的大脑，企图直接控制自己。不过阿默并不担心，应激保护系统会处理一切。

通信频道里断断续续传来咒骂声，阿默像重新开始工作了似的兴奋。

"这铁皮用什么做的，锯都锯不开！"一个男人扯着嗓子叫道，听声音像是一个臂膀宽厚的大汉。

"这机器人的防护措施够武装一辆坦克了，外壳是防弹的，电子系统根本无法破译，这是清理机器人还是移动炮台？"另一个文质彬彬的男声加入进来。

"好了，别说了，通信开着呢。"最后说话的是一个女人，声音有些沙哑。

"清理机器人，你能把舱门打开吗？"那女人用一种不容反驳的语气对阿默说。

阿默没有开门。应激保护系统已经接替阿默掌控了它的身体，锁死了每一处能进入内腹的入口。

这是"芜城号"上清理机器人的标配。有一回检修员不小心把正在工作的电钻戳到清理723的身体上，结果清理723就那样一动不动地持续了八个小时，直到管理系统派来专员解除锁定，它才恢复正常。

"你们是谁？"阿默试着问道。

"拾荒者，听说过吗？"女人骄傲地说。

就是他们袭击了"芜城号"，把阿默从舒适的底舱扔到冷冰冰的宇宙。

阿默没有回答女人的问题，它没有憎恨或者愤怒的情绪元件，但面对拾荒者，它本能地持抵触态度。

"机器人，你最好赶快把舱门打开，不然我们就把你炸成碎片！那种感觉可不好受，就像一只装满水的气球一下子爆开，死无葬身之地！"大汉吼道，阿默肚子里的垃圾也跟着战栗起来。

连阿默都听出来这家伙说话的时候没有底气，它从"芜城号"飞出来至少有几个月了，以拾荒者的能力，顶多能派遣出小型无人机，就算无人机上挂满炸弹，也炸不穿阿默的外壁。

"一定是机器人协会里的那帮小子做了手脚，不然舱门怎么可能打不开？"

"他们就是想做也得有技术，他们的技术还不如我们呢！"

女人换了种循循善诱的语气跟阿默说话，像哄小孩子一样说道："机器人，是不是先前机器人协会的人跟你说了什么？我告诉你，不要相信这帮人，他们和我们一直有生意上的往来，呃，就是买卖一些破旧机器人之类的，所以我们的行动也被他们得知了，他们死皮赖脸跟着我们，说是想要搞几个清理机器人拿去卖，当然，他们是付了钱的，我就让他们跟着了，结果他们出卖了我们。"

"我早晚要剁了这帮混蛋！"大汉喊道，伴随着桌子受到重击后的震颤声。

"这些伪君子骗了我们，"女人继续说道，"他们把我们的行动内容分成几部分卖给信息处理商和舰队，狠狠赚了一笔，我们的行动也被破坏了，伤亡惨重。这些人专门守在底舱口，就等着有清理机器人掉出来，好让机器人说些反对舰队的话，就凭这些话，他们又可以在那些暗中反对舰队的财阀以及人类解放阵线那里大赚一笔！"

这倒是阿默没想到的，但它也不知道应该相信谁的话，那个主席明明说他们的飞行器是碰巧经过的。

对于人类来说，阿默只是个儿童。

阿默再次体会到世界的不可信，这种疑惧在过去的底舱中是不存在的。它更加深信，只有底舱才是宇宙的桃花源。

阿默在爆炸的一瞬间的确看见了些不寻常的事情。

剧烈的爆炸像是一只眼睛在底舱猛地睁开，眼眸下是深邃的宇宙。

阿默正好靠近爆炸口，它看见拾荒者寒酸的战机在盘旋，那些飞行器如同正在蜕壳的飞蝉，显得破破烂烂，就像漂泊多年的游子。

机身上印着拾荒者的标志，一只高砂熊蝉。

但飞在机群最中央的指挥战机绝对不属于拾荒者，它的飞行姿态更规范，也更高傲。虽然它极力在外形上融入这一堆破铜烂铁，但它的气质是无法埋没的。

最主要的是，在阿默飞出底舱前的一刹那，那架战机做了抵近飞行，阿默看见了它机腹上模糊的标志。

一只凶猛的猎隼，那是属于舰队的标识。

它把自己看到的告诉了拾荒者，他们支支吾吾地承认了。

舰队内部也存在着竞争，相互拆台是常有的事，时不时会传出舰队即将分裂的消息。舰队鸽派早就对鹰派的咄咄逼人心存不满，本想利用此次"芜城号"事件做文章，因为他们知道"芜城号"的重要性，护送不力的罪名鹰派担当不起。

然而袭击失败了，上层震怒，鸽派连忙和拾荒者撇清关系，把他们当作替罪羊。

这一切的源头是"芜城号"运送的货物，拾荒者的雇主老爷们并没有透露商船到底运送的是什么，但一定是让舰队紧张的东西。

不要说拾荒者，就连阿默也不知道，即使它一出生就待在船上。

拾荒者是拿钱办事的，事情办不成，他们就拿不到钱。

拾荒者们苦口婆心地劝说阿默，不断诉说他们的日子是多么艰难，袭击商船失收就要饿肚子，家里还有妻儿老小要照顾。时间长了，阿默也对他们生出些许同情。

可阿默也没办法，它已经无法控制自己的身体。

"你再好好想想，有没有从内部打开舱门的办法？"

"除非检修员进去的时候。"

按理说，拾荒者不会对垃圾过于执着。

阿默搞不懂，为什么这些人对它肚子里的垃圾感兴趣，如果没有爆炸事件的话，垃圾模块本应被发射到边缘星的大气层，然后化为灰烬。

边缘星这个名字并不固定，因为人类的边疆在不断拓展，眼前的这颗星球被命名为边缘-9B，这意味着人类已经有九次扩展疆域的经历。边缘星的大气层往往和冬日的棉袄一样宽厚而臃肿，很适合焚烧太空垃圾，便被选作专用的垃圾焚烧地。

拾荒者们游弋在边缘星的外层，每当清理机器人们弹射出垃圾模块，他们就会如捕鱼一般撒出大网，截住即将进入大气的垃圾，从中找些值钱的东西。正如检修员所说，他们和海盗有本质区别。

舰队是精明的，他们在垃圾模块的表层覆盖了致密的保护膜，想要清除保护膜需要专业的工具，而这种工具就是由舰队自己在偷偷生产的，然后再卖给拾荒者。

拾荒者恨不得扒了舰队的皮，因为这种清除工具是一次性的。

听拾荒者们碎碎念，阿默感到不那么孤单了，虽然它偶尔才插上一句，不过这些人自己也可以说得很开心。

　　阿默感觉自己也变成他们中的一员，和他们一起驾驶着早已被淘汰的陈旧战机，翱翔在边缘星上空，撒开巨大的网，兜住从"芜城号"发射出来的垃圾模块。它仿佛听到引擎濒临崩溃的轰鸣，推进器闪烁着辉眼夺目的光，模块就像刚被捕获的鱼似的疯狂扭动，试图摆脱渔网的束缚。

　　它仔细想想，自己倒更像垃圾模块，而不是捡垃圾的拾荒者。毕竟它的肚子里有拾荒者想要的东西，这样想来还真对不起他们。

　　过了些日子，拾荒者们终于放弃了。

　　"行了，机器人，咱们各自安好吧，我们也不为难你了，舰队组织了部队要对我们进行清剿，够我们忙一阵子了。"那个文雅的男声说道。

　　"再见吧，相对我们这种脑袋别在裤腰带上过日子的主儿，你算是幸运的了。"大汉有些感慨，笑着说道。

　　"不会再见了。"女人叹了口气，切断了通信频道。

　　阿默再次注视着垃圾堆，与若即若离的声音们告别。无人机从阿默的工作中枢离开，回到它来时的地方。阿默有些恋恋不舍。

　　这些人远比什么主席可爱，虽然他们也没帮到阿默，但它就是觉得有种说不出的亲切。

　　当声音没有了，又只剩垃圾与阿默做伴了。

　　好在阿默通过拾荒者知道了自己的位置，它正在向未知太空航行，越过人类文明的边界。

3

有东西在发光。

阿默最近学会了一个新游戏——它操纵肚子里的压力板推动垃圾，让垃圾群顺着推力的方向旋转，它已经学会在不把垃圾压成模块的情况下轻松改变垃圾堆的位置。

阿默对这无聊的游戏乐此不疲，感到一些除了工作之外的快乐，垃圾们排山倒海地翻涌也颇有些壮观。

不过，它也只能改变外层垃圾的位置，位于垃圾堆中心的垃圾则无法触及。阿默很快就不满足于现状，压力板推进的力度也越来越大，大量内部的垃圾开始向外层移动。

于是，光便出现了。

阿默这次的推力比先前都要大，压力板几乎直捣垃圾堆中心，一个银白色的胶囊状物体被顶了出来，撞在另一侧的舱壁上。

紧接着，胶囊便散发出淡淡的蓝光。这光芒如此朦胧，让人看不出发光的源头，似乎发光的不是这精致的物体，而是空气。

这光如此尊贵，让肮脏的垃圾都绕道而行。

阿默调动四台移动摄像头对准神秘的胶囊，它知道，这不是平凡之物。

胶囊的顶部有一处凹陷，应该是刚才冲撞舱壁触发了启动开关。胶囊上突然出现许多细密的纹路，把胶囊表层分割成数块指甲盖大小的碎片，状若冰晶。

　　这些剔透的晶体缓缓四散开来，像破壳一般，一个年轻女孩拨开飞舞的晶体，从胶囊中轻盈地落地。

　　她穿着厚重的太空服，身后背着用于外太空作战的战斗背包，用来为她输送氧气。外骨骼如同虬劲的树枝攀附在她的身上，各种武器整齐地在腰侧排列，俨然一位披重铠上阵的战士。

　　但这些累赘丝毫没有影响女孩的行动，她灵活得像一只松鼠，舒展着身体，在垃圾之间穿梭。转眼间，她就消失在阿默的视野里。

　　阿默的内腹大得可以容纳八艘水熊虫式战机、上千名士兵，仅靠四台内置摄像机完全不能窥其全部。设计清理机器人的科学家显然没有考虑那么多，清理机器人不需要知道它们肚子里的垃圾都是些什么东西，这样做只会降低工作效率。

　　不过设计者的确考虑到从内部操作清理系统的必要，舱底中央的操作界面直接与工作中枢相连，便于检修员工作。

　　女孩沿着舱壁摸索，发现了远处的操作界面，她身后的战斗背包喷出气流，像野兽喘着粗气一般，推着她前进。

　　舰队制服和作战服都是清一色的黑色，阿默没见过女孩这样的装扮，她的铠甲是冰蓝色的，像用冰块雕镂而成似的，一碰就碎。那些飘浮在空中的晶体汇成一条绚丽的长河，在女孩周身萦绕，渐渐覆盖在她的冰甲上，如同人鱼的鳞片，还在微微翕动。

　　她靠近舱底的操作界面，将自己太空服的智能系统与阿默的工作中枢联结起来。

　　操作界面安装有识别摄像头，阿默方才得以看清女孩的脸庞。那是一张坚毅的脸，眼神之中凝聚着无限的肃穆，冷峻的神态完全不是像她这个年纪的女孩所该拥有的。

同时，那也是一张美丽的脸，美到让阿默无法形容，她和时下流行的审美不同，是一种古典而哀伤的美。阿默不了解过去的时代，但从她的脸上，阿默仿佛触摸到了过去时代的辉煌与悲凉，骄傲与失落。

她并非来自现代，这是阿默的第一感觉。

通信频道被接通了，女孩张开嘴想说话，但好像很久没说过话了，语言组织能力略显生疏，只发出些呜呜啊啊的声音。阿默极力辨认，才勉强听清。

"求援……战斗……撤退……"

阿默不懂她在说什么，女孩的精神似乎有点儿问题。

警报声再次响起，女孩正设法操纵工作中枢打开舱门。拜拾荒者所赐，舱门被锁死了，而应激保护系统是独立于操作界面的。

"有人吗？快打开舱门！"女孩焦急地说。

"舱门被锁死了，除非舰队总部专员，没人能开门。"阿默回答道。

"你是谁？"

"我的编号是清理130，'芜城号'的清理机器人。"

女孩犹豫了一下，说道："对不住了，我真的有很重要的事情要做，我必须不计一切代价。"

她把自己固定在舱壁上，举起右臂，整个身体的光芒都集中于其上。她对准舱门，光芒如一条毒蛇犀利地蹿出，击中舱门，垃圾们立刻像大气环流一般有规律地旋转运动。

舱门毫发无损。

阿默简单的思考回路和它的身体一同翻滚起来，它也开始怀疑，自己究竟是清理机器人，还是铜墙铁壁的银行保险柜。

女孩哭了，撕心裂肺。

"你叫什么名字？"

"我的编号是清理130。"

"没有别的名字了吗？"

"大家都叫我阿默。"

"阿默，挺好听的，我叫拙玉。"

第一次有人问起阿默的名字。

阿默和拙玉挺聊得来，但仍旧是拙玉话多，阿默话少。

刚开始的几天，拙玉不怎么说话，只是由痛哭变为抽泣，阿默所拥有的悲伤情绪派上了用场，至少它可以理解女孩的这种情感。

阿默理解女孩的哭泣，就像自己因失去了清理工作而感到空虚和失落一样，女孩一定也失去了自己的工作，而且是对她很重要的工作。

全宇宙的悲伤都是一样的，没有工作的人就会悲伤。

不过，女孩很快接受了现实，不再嚷着要离开。她已经知道，这不再是属于她的时代，也就不那么焦虑了。

拙玉来自过去，来自一场战争。

那场战争比舰队的统治时间还要久远，可以说是宇宙人类的太初纪元。自从人类走出如育婴房般温暖舒适的太阳系，战争就一直是文明扯不断的脐带。

拙玉那一代人为了理想战斗，天真地想要为人类带来和平，但他们太不了解自己的同胞，人们从来都不需要和平。

战争旷日持久，拙玉的同胞们渐渐落入下风，众叛亲离，苟延残喘。他们悲怆地消亡，如同气泡般升上天空，映出战舰和炮火，然后猝然消逝。

他们曾以为世界都站在正义的一边，但实际上，世界站在胜利的一边。

拙玉和战友们被封藏在胶囊里，跨越时空的水域，去未来寻找希望。曾经的宇宙人类信奉寸土必争，他们被发射到宇宙的四方，待他们醒来，将再次回到当年的战场，夺回失去的空间。

如今的战争早就失去了战争的尊严，舰队与人类解放阵线的争斗建立在人类活动范围高速膨胀的基础上，失去阵地已经不是什么大事。

宇宙之大，总能容下人类。

"当年我们被成批发射出去，没有设定苏醒时间，因为我们相信，当有人唤醒我们时，我们所处的必定是一个充满着人性关怀的时代，是我们向往的新纪元。我的胶囊掉进你的肚子里，这绝非偶然，说不定其他清理机器人的肚子里就藏着我的同胞……"

女孩没再说话，阿默知道，那些人可能已经在边缘星的大气层灰飞烟灭了，他们没能见到新纪元，反而被当作垃圾无声无息地抛弃，它第一次觉得这场宇宙旅行是一种幸运。

　　"阿默，你知道这些是什么吗？"拙玉指着成群结队的垃圾问道。

　　"是垃圾。"阿默回答。

　　清理机器人天生无法分辨垃圾，在它眼中，这些物件只有一个代号，就是垃圾。至于垃圾的种类和作用，这不是清理机器人应该考虑的事情。

　　拙玉不语，肃穆的神情又在她的脸上浮现。

　　阿默发现，女孩看那些垃圾的表情和检修员不一样，检修员的脸上只有冷漠，拙玉则流露出深深的悲悯，像在注视腐烂的尸体。

　　拙玉如鱼儿一般游进垃圾堆，推出一个和她一般高的空心圆柱体，银灰色的涂漆泛着冷光。她钻入其中，又从另一端飘出，像出膛的炮弹。

　　她冲着阿默的摄像头说道："这是复合材料的迫击炮管，能发射精确制导的导弹，是阵地战的常规武器，从材质看就比我那时候要先进。"

　　说罢，她又钻进垃圾堆里，推出一块残破扁长的金属板，像深海里的蝠鲼。

　　"这应该是战舰防御层的一部分，月热等静玉技术制造，想要击穿它至少需要两千摄氏度的高温，现在却成了这个样子。"

　　拙玉扭动阿默的摄像头，将其对准另一边的垃圾，解释道："下面这个是逃生舱，它的发动机被击中了，里面还有一些船员的遗体，看制服应该是货船的船员。还有一些集装箱，里面运的是一些雕塑，可能是用来装饰太空城市广场的。"

"我判断，这是一场小型遭遇战。"拙玉分析道。

"整个垃圾群分为三类，其中两类是遭遇的两支武装，应该就是你说的舰队和人类解放阵线，还有一支是普通商队。真可恨，商队的残骸数目比战斗双方加起来都多，也许其他残骸分布在别的机器人那里吧。"

阿默转动摄像头，环视整个垃圾舱，平日里这些恣肆飞舞的精灵也变得不再可爱。怪不得拾荒者想要它肚子里的东西，这些对拾荒者来说价值非凡。

"技术进步了这么多，战争还是没有停止，只是打仗的人换了罢了。不过，太空真公平，这些无辜的船员能在低温下保留遗体，而那些制造灾难的人又去了哪里呢？恐怕早就化为灰烬了吧！"

女孩低下头，为逝者默哀，为在战争中死去的所有人，无论他们属于哪一方，在此刻，他们都是无辜的。

拙玉心中有些感谢被战乱波及的货船，胶囊被发射后会自动寻找安全的目标隐蔽自己，显然，拙玉的胶囊就隐藏在这艘货船上，如果货船没有被误击，拙玉也不会机缘巧合地来到阿默的肚子里。

"阿默，你所在的'芜城号'不是一艘商船，"拙玉若有所思地说，"它是一艘清道夫。"

"清道夫？"

“一种专门清理战争垃圾的船，在战火席卷整个人类文明的时代，清道夫有很多，一艘清道夫上能承载上万个清理机器人。获胜的一方会在战争结束后派出清道夫，那时战争的体量很大，每打完一场仗，人们就会在战场上建立太空城或者殖民地，经济和战争密不可分。所以，‘芜城号’绝不可能像你说的那样是艘商船，它是伪装的。”

“为什么要伪装？”

“清道夫不仅清理垃圾，他们还负责掩盖战争的痕迹。有些战争对军人来说是不光彩的，比如误伤货船或者无差别轰炸，这样的战争需要清道夫。所以，清道夫也是战争的凶手。”

一切都说得通了，阿默作为一个普通的底层机器人却配备了先进的防护系统，原来就是为了遮蔽战争的伤疤。

见阿默没说话，抽玉以为自己的话刺伤了它，连忙道歉。

阿默其实并无负罪感，清理垃圾是它的工作，它不但不憎恨这份工作，它还热爱它。况且它的情绪元件中拥有一种特殊的情绪——忠诚。

它想念工作的日子，但它的工作给抽玉带来了悲伤，这也是阿默不愿看到的。

阿默不知道，自己已陷入机器人不该承受的复杂矛盾中了。

4

迅猛的撞击如同一场闪电战的开场。

包裹着拙玉的胶囊在垃圾堆里不停地碰撞翻滚，阿默以为自己撞到了一块陨石。

很久没有发生过这样的撞击了，阿默甚至有些怀念，上一次还是因为不知多少年前发生的拾荒者和机器人协会之间的战争，再上一次就是"芜城号"的爆炸。那会儿，阿默刚离开边缘星，还有飞行器能和它交流，如今它渐行渐远，就再没有这样的机会了。

鉴于阿默清理的垃圾比较特殊，"芜城号"上的清理机器人全部按照军工机器人的规格生产，它们能适应太空的环境。

拙玉则不同，她来自过去，沉睡了漫长的时间，已经远远落后于时代。她太空服内的自循环系统仅能维持一个月的生命，再加上货船逃生舱里的氧气储备和能源箱，拙玉仅能生存半年。

如果不继续冬眠，拙玉注定要死去，两人都清楚这一点。

胶囊的运转也需要能源，留给拙玉的时间不多，她必须做出选择。否则，最后的结局就是既不能冬眠，也不能多活上些时日。

阿默不愿看到拙玉痛苦地死去，它劝拙玉冬眠。拙玉倒是毫不在意，她决定周期性冬眠，就像跟随季节洄游的鱼一样。她知道自己逃脱不了死亡的命运，只是希望死亡能慢点降临。她不愿永远沉睡，因为她害怕再也醒不过来。

其实阿默也可以进入休眠状态，等待和拙玉一同苏醒，但它没有，它喜欢看着睡着的拙玉，等待她醒来的那一刻。

每当女孩醒来，阿默都觉得自己重新回到了原来的世界，有伙伴和自己聊天，虽然都是他们在说话。拙玉会讲过去的事情，讲他们在宇宙间的冒险，她时常会问阿默的看法，还追着让它讲讲其他清理机器人和检修员的趣事。

的确，拙玉和别人不一样，阿默有时候怀疑拙玉也是一个机器人，因为只有机器人之间能相互理解，人永远也理解不了机器人。

女孩不敢承认的是，她的斗志被渐渐消磨，尤其是看到现在这个世界的时候。她真希望阿默告诉她的都是假的，甚至希望那场战争还在继续。如今物是人非，曾经激战酣场的双方都已经消逝在历史的烟尘中，她不清楚自己要为什么而战斗。

阿默没有想那么多，它只是替拙玉感到惋惜。她本是一条洄游的鱼，却被困在阿默的鱼缸里。

拙玉的冬眠周期为半年，距离她下一次苏醒还有一天。女孩不在的时候，阿默喜欢盯着暗淡的胶囊发呆，仿佛女孩随时会苏醒。

但这场撞击再次提前唤醒了女孩，胶囊又散发出夺目的光彩，拙玉破茧而出。

阿默的身体稳定住了，似乎有推进器在控制它，它感觉到自己的工作中枢被某种力量入侵，这股力量轻而易举地解除了它的应激保护系统。

网络被接通了，它竟重新联入了网络。

随着片刻的嘶拉声，通信频道也被接通。

"推进器正在工作，目标位置稳定，正在沿轨道航行。"

阿默感到有一股推力正在修正它身体的姿态。

"欢迎回到文明世界！神奇的机器人！天哪，你的垃圾舱里有一个女人！"一个雄浑的男中音激动地说，背景音里传来叽叽喳喳的讨论声。

"我是舰队总部拉里·吴中将，站在我身边的是法哈德·哈菲茨上将。"

由于接入了网络，阿默得以通过中枢看到他们两人的真容——中将儒雅随和，上将不苟言笑，这是他们留给阿默的第一印象，二人身后是和垃圾舱一样宽敞的指挥中心，不少作战参谋模样的人正在忙碌工作。

拙玉还没有从突然惊醒中缓过神来，迷茫地望着四周。

"您好，请问您是？"吴中将问道。

"她没接入通信频道呢，直接调取录像不就好了，清道夫上的机器人都是有备份的。"上将没好气地说。

中将也不生气，连忙调取录像备份进行AI分析，很快，他们就能得到了关于拙玉的一份文字报告。

"只要不是解放阵线的间谍就好。"上将又插话道。

"如果有人的话就不好办了。"中将有些担心。

"怕什么，无人机上不是有定点清除的武器吗？正好派上用场。上回端掉拾荒者老巢的时候，这玩意儿就出了问题，这回要是再出问题，技术部那帮废物就该下课了！"

文字报告被送到长官们眼前，二人飞速浏览着。

读着读着，上将眉头的沟壑渐渐舒缓成平原，他笑道："没什么，是一个来自过去的可怜人。"

他们的对话拙玉听不到，她一边恢复对身体的控制，一边飞向操作界面；而两位将军的面前则突然出现一位蓬头垢面的女孩，正好奇地盯着他们俩看。

"你们是谁？"

"我们是人类政权的正统代言人。"上将夺过话筒说道。

"那你们是来救我们的吗？"

"我们？这舱里还有其他人？"

"还有阿默啊，我就在它的肚子里。"

上将听完哈哈大笑，说道："可能从某种意义上说，我们的计划对你们两个都是一种拯救。其实你们能完好无损地回来，就已经是命运的杰作了。"

看着拙玉困惑的表情，中将像一位教授准备讲课似的，挺直了腰板，讲道："清理130从'芜城号'上掉落，进入未知太空，我们都以为它被机器人协会那帮愣头青或是在边缘星捡破烂的给抢去了，结果就在昨天，我们的边缘哨所发现清理130又回来了。"

吴中将调出无人机拍摄的实时画面，画面中的边缘星红白相间，如同泛着粼粼波纹的湖泊。阿默感到一丝希望，似乎工作在向自己招手，"芜城号"也在向自己招手。

"你们正在重新经过边缘星上空，不过这次是从它的背面。这是一条史无前例的洄游航线，比在边缘星上发现天然成活的蟹爪兰还要伟大一万倍。"

洄游航线，一条横亘宇宙的椭圆轨道。

科学家们认为，一个完全没有任何动力的清理机器人能够在

143

未知太空遨游一圈后返回，便预示着这样一条轨道的存在——只需微小的推力，便可以进行长距离的宇宙航行，像彗星一样地飞驰，掠过无数行星、恒星，如此循环往复。

这条轨道和经过的星体保持着斜塔般摇摇欲坠的平衡，受到一整个庞杂的引力体系的影响，能够保证在其上航行的阿默不被恒星的引力撕碎，坠入恒星表面，或是被捕获，成为卫星。

理论上，阿默能够一直在这条轨道上做周期性运动。

研究人员初步计算了阿默的航行路线，画出了这条航线的完整航路。洄游航线基本沿着宇宙人类的生存边缘成形，它几乎经过了每一颗边缘行星。

人口密集区的行星已经被改造得满目疮痍，早就紊乱不堪，航线不从那里经过是正常的。

听完吴中将的介绍，拙玉赞叹于这伟大的奇迹，似乎忘记了自己的处境。

"这将是一条载入史册的航线，任何人都能从洄游航线中获得真理！"拙玉情不自禁地说道。

她脑中甚至已经设想到这条航线被充分利用后的美好场景，这将是一条沟通舰队和解放阵线的和平之路，对科学家来说，更是研究宇宙规律的黄金航线。

"这条航线的确要载入史册，它在不久的将来就会进入历史。"上将冷笑道。

拙玉没有察觉到上将话语中的危险，像猛兽捕食猎物前的屏息，她仍被某种宏大而抽象的事物牵引着。

"我们要毁掉这条航线。"上将斩钉截铁地说。

"为什么？"

上将没有说话，似乎在嘲笑拙玉的无知和短见，身边的中将倒是不厌其烦，为拙玉解释道："这条航线能够带动人类疆域的拓展，沿线的经济会迅速膨胀，但是舰队不是文明的全部，还有人类解放阵线、财阀以及各种各样的潜在威胁，如果我们不摧毁这条航道，有心人会用它来制造灾难。"

"错了，这是因为你们总是从战争的视角看待问题，为什么要那么悲观呢？"

"悲观？这已经是很乐观的想法了！除了利用轨道发射大规模杀伤性武器这类军事打击，还有更可怕的，假如舰队与解放阵线和解，大家共同开发洄游航线，突然有一天，解放阵线反悔了怎么办？他们把航线毁了，你想过后果吗？太空城、物资船，都有可能被抛到未知太空，再也回不来了，这是多大的经济损失，又会给舰队造成多么不好的影响！"

拙玉和吴中将的争吵让阿默感到为难，它既要忠诚于舰队，又想保护拙玉，它不知道自己应该站在哪一边。

不过阿默的意见并不重要，仿佛它的身体变为透明，而拙玉则在空灵的宇宙间呐喊。

"你们想怎么毁掉它？"

"用最简单经济的方法，撞击一颗行星，引起引力波动，这条航线就消失了，像是老人在睡梦中死去，没有痛苦。"

"但行星上的人呢？"

"我们的目标是一颗边缘行星，和你们脚下这颗差不多，再说了，我们干吗要炸自己的星星？洄游航线也会经过解放阵线的地盘。"

阿默的舱门被打开了，有些垃圾飘了出去，无人机把哈迪斯级炸弹塞进阿默的垃圾舱，又在阿默的后壁安装了四个推进器。

它明白了，自己得做撞击行星的那只飞蛾。

陪伴阿默无数时光的垃圾们终于也可以去领略宇宙的浩渺了，它挺欣慰的；而那些不幸的货船船员，则又回到了宇宙的怀抱。

阿默通过舱内的摄像头看到了银河，绚烂无比。

拙玉垂下头，似乎在笑，她缓缓说道："其实过去和现在也没什么不同。"

"还是有不同的。"

上将反驳道，他敏锐地看出了拙玉的心思。

"现在是个平衡的年代，这种平衡在未来百年都不会改变，如果你想凭你的力量改变什么，首先，这是不自量力，其次，难道你想看到混乱再起吗？你想你们那个时代的悲剧重演吗？这似乎和你的目的相悖。你属于过去，而过去已经消亡了，人类和时间都要向前看。"

女孩又流泪了，她的泪珠仍像她第一次出现在阿默面前时那般晶莹。

将军命令接应部队去接拙玉，阿默则继续航行，装作一个不慎飞出舱外的可怜机器人，进入解放阵线的疆界，然后打开推进器，拥抱边缘行星。

它是个忠诚的机器人，这是它的新工作。

"阿默。"拙玉在叫它。

阿默转动摄像头，以示它听到了。

"把我发射出去吧，我到了舰队手里不会快乐的，那个人说得对，我不属于这个时代，我不该存在于时间里了。"

"可是这样炸药也会飞出去。"

"没关系的，总要炸的，不是吗？"

"向哪里发射？"

"边缘星。"

良久，阿默没有言语。它能感知到女孩赴死的决心，当她第一次苏醒，她的一切就注定了。

"使寂寞的罂粟花纷纷撒落，对人的纪念来说，无需问是否值得万世永劫。"拙玉喃喃自语，念着一位先哲的话。

拙玉习惯了阿默的沉默，但她也知道阿默会照她说的做。她敲鼓似的敲着舱壁，像在发泄她所剩不多的力气。一顿乱捶过后，她冲摄像头挥挥手，说道："这就算是告别啦！"

她的脸正对着阿默，看上去沧桑了不少，虽然仍是少女模样。

胶囊的鳞片再次收缩，裹成一个椭球体，光暗淡了下去。

阿默感受到无人机从它的身上离开了，的确，将军们不会对一个清理机器人有什么防备。它活动了一下身后的推进器，逐渐掌握了技巧。

·杜邦的故事·

拙玉的胶囊悬浮在众多炸药之间，显得危险而美丽，这是阿默和她相处最短的一次，也将是最后一次，洄游就要结束了。

阿默珍惜这段时光，自从拙玉出现，它不再因为没有工作而感到悲伤失落，可现在它有了新工作，这种悲伤的感觉却一点没有消退。

这就是拙玉的独特之处吧。

女孩说得对，没关系，总要炸的。

它没有如约打开舱门，而是开动了后壁的推进器，身体飞快移动起来，它看不到外面的太空，只能凭借开舱门时对边缘星的一瞥，粗略地瞄准了边缘星的方向。

拙玉的胶囊如同一位癫狂的舞者，翻滚着舞蹈，紧贴舱壁的炸药也跟着节奏震动，像跳战舞的毛利勇士。

工作中枢发出了警报，看样子阿默的确在接近大气层，它将推进器的速度开到最大。它发射过无数次垃圾模块，看着它们在大气层里化为星火，现在它自己也成为一个模块了。

这将是一次耀眼的燃烧。

阿默突然想到，边缘星似乎是拾荒者们的家。不过，已经顾不了那么多了，大家都守好各自的悲剧吧。

拙玉和阿默就要消失了，洄游航线也要消失了，说不定还有更多的人或事要一并消失。

阿默觉得挺欣慰的，毕竟悲伤和忠诚，这两种情绪它都用上了。

赴 约

/

七 里

"尾生与女子期于梁下，女子不来，水至不去，抱梁柱而死。"

——《庄子·杂篇·盗跖》

"尾生与女子期于梁下，女子不来，水至不去，抱梁柱而死。"

——《庄子·杂篇·盗跖》

风雨之约

二月，雨急风狂。

紫烟收拾好细软，最后看了一眼栖身数年的院子，随后毅然决然地撑开油纸伞走入雨幕中。

没有人给她送行，姐妹们都觉得她傻，认为哪怕是给那些小官和富商做妾，也比赎身跟一个穷酸书生强。

"你会后悔的！"不止一个人这样说过。

但此刻她除去所有粉饰，只着荆钗布裙走在雨中时，心里是前所未有的安宁。

她和尾生约好了，今天在桥上见面，然后一起离开这里，另找栖身之处，过男耕女织、夫唱妇随的平凡生活。

心里怀着憧憬，步伐也变得轻快起来。明明暴雨如注，脚下的路又滑又泥泞，她却感觉踩在云朵间、棉花里。

很快，那座桥就遥遥在望了，桥头边有棵垂柳在风雨中飘摇，河水湍急，河边桥上都没有人。

他还没来。

一定是风雨太大耽搁了。

紫烟仰头看旷野上的天空，天色阴沉，雨线如梭，不时还有闪电劈过，远处隐隐传来雷鸣。看来这雨一时半会儿是不会停了，虽打了伞，但一路行来，她的衣裳鞋袜都湿了大半，拢了拢包袱，想绕到桥洞下躲躲雨，又怕尾生来时见不到她心里着急，遂走到桥上去——这样尾生一来就可以看到她，她也能第一时间见到尾生。

等待总是令人不安，漫长的时间轻易就能稀释掉喜悦的心情。雨势骤大骤小，宛如她一颗忐忑不安的心。

时间无声无息地流逝着，天色愈渐阴沉，四野无人，她就像被遗弃在汤汤川流中的一叶枯荷，飘飘摇摇，却始终不肯拔起根芽挪动半寸。

风势骤急，她一时失神，破旧的油纸伞被卷入桥下的湍流之中，雨水瞬间将她浇透。同时一道闪电劈下，桥头那棵老柳惨遭腰斩，上半截枝干连带整个树冠都掉到河里去了，在污浊的河水中沉浮几下就不见了踪迹。

紫烟心中"咯噔"一下，右眼皮狂跳，恍惚间她仿佛在闪电下的河川中看到了尾生痛苦的脸。

他会不会……出了什么事？

这个念头一冒出来，她就着了慌，春雷一声响过一声，每一道闪电落下都叫她胆战心惊。

或许，或许尾生迷了路，毕竟雨这么大，天这么黑，就连数步外的景物都已模糊不清。也许她该沿着河流去找一找，说不定就能跟他碰上面了……

她离开了桥，沿着河流边走边喊尾生的名字，从上游到下游，又从下游到上游，直到声嘶力竭，也没得到半点儿回应，好像天地之间，真的只剩下她一个人。

最终她又回到了桥上，固执地站在那里，像块凝固的雕像。

她将肩上的包袱取下，紧紧抱在胸前。包袱里有一把匕首——那是尾生送给她的。为了让石铁匠帮忙打造这把匕首，尾生在石铁匠那儿整整做了三个月的苦工。她曾问他为什么要送自己匕首，别的男人都送银两啊胭脂水粉啊服饰啊，他却拿把破铜烂铁的小刀给她。她还记得那时他红了脸，却一字一顿异常认真地说："如果有人欺负你，而我却不在你身边，我希望你手中能有武器可以反击，我不想你只能陷入无助和绝望的哭泣中。"此刻他送她的匕首就贴在心口，她稍稍冷静了下来，闭了闭眼，憋回眼中的泪，喃喃道："我不怕，也没哭，我知道你一定会来的。"

她要冷静，她要继续等下去！

只是，她没想到，最后等来的，竟是尾生的尸体。

物是人非

在太阳快落山的时候，紫烟才匆匆裹上带兜帽的披风赶去集市。要不是家里连米和糠都没了，大公鸡花花饿得不肯进窝，一直"咯咯咯"地啄她的裤脚，她是绝对不会出门的。

特意挑这个即将闭市时间点去，就是因为人少。

尽管如此，她还是将自己裹得严严实实，浑身上下只露出一双时常担惊受怕的眼睛，走路时步子很急，头压得低低的，还好路上没多少人，否则她可能没走两步就要撞到人了。

可是事与愿违，虽然她很用心地乔装，出门的时候，街坊邻居还是一下子就认出她来。

"你们瞧，那个害人精又出门了！"

"真是造孽啊，那么好一个书生，偏被她给耍了。"

"易得无价宝，难得有情郎。可惜了尾生哥……本来我娘想给我去提亲的，谁知道那个狐媚子施了什么法术将尾生哥迷住了。"

"毕竟是青楼出来的，蛊惑人心的法子多的是。"

"早晚尾生的鬼魂会把她拉下地狱去！"

……

那些毫不避讳的指指点点令她如芒刺背，心有不甘想要辩解，可是嘴巴动了动，最后还是一个字都说不出来。有什么用呢？不会有人相信她的。人们从来都只愿相信自己想要相信的。

总算在闭市前买到了粮食，她负着米和面，艰难地回到家中。暮色四合，小镇上四处亮起灯火，大家都去吃饭了，她免遭了一轮白眼。

只是，似乎有个人在跟着她，从她离开集市的时候，就亦步亦趋地跟着。她快，那个脚步也快；她慢，那个脚步也慢。

她心生警惕，握紧了肩上的布袋，另一只手却悄悄摸向藏在怀里的匕首，那是她这些年来唯一的护身符。

她深吸一口气，突然站定，猛然转身，却发现身后空空如也，只有几只流浪狗抵着墙角发出低低的呜咽，死盯着她。

四下无人，街巷间唯有夜风轻啸。

她松了口气，握着匕首的手垂了下来。

夜色格外深邃。

"早晚尾生的鬼魂会把她拉下地狱去！"她突然又想起出门时那些人说的话，呼吸一下子急促起来。

"是你吗，尾生？"她朝着虚空之处幽幽发问，好像那里真的站着个人似的。

"不是哦，我叫阿珂卡芙，不是你的情郎尾生。"

肩头猛地被人拍了一下，一张精致的脸自她身后探出，眼中情绪复杂。

"你……你是谁？"紫烟惊得连连后退，手中匕首已经下意识地横在胸前。但很快，她就镇定下来，冷下脸，充满戒备地盯着眼前突然出现的陌生少女，"你想干什么？"

少女连连摆手向她解释："你不用紧张，我没有恶意的。我叫阿珂卡芙，是今年负责修补时间裂缝的人……我来找你，是为了补偿你，弥补我曾犯下的过错。"

"补偿我？"

天外来客

紫烟半信半疑地把少女带回了自己简陋的家中。

"你说补偿我……是什么意思？"她把一碟青菜和一盅豆腐

汤端上桌，大公鸡芄花吃饱喝足后已经昂着头到窗边踱步去了，"家里简陋，没什么好东西招待姑娘，还请见谅。"

阿珂卡芙受宠若惊，连连摆手，"不不不，你肯让我进门我已经很感激了！"

紫烟搞不懂这个女孩子为什么对自己这么客气，但已经很久没有人这样好好跟她说话了，从尾生走的时候算起……大概有三年了吧？

"他们时常那样对你吗？"阿珂卡芙问，她指的是那些难听的闲言碎语。

"啊，那还算是轻的。他们都说我害死了尾生，是我故意骗他去桥下……有时候我自己也这么想，要不是因为那个约定，可能他就不会死了吧。"紫烟心平气和似的诉说着那件事，可微微起伏的胸口却暴露了她的情绪，"可是……我不甘心的是，我明明去赴约了，我在那里等了三天三夜，从上游走到下游，桥上桥下每一处都找遍了，可我没有看见他！后来他们说他为了等我被淹死了，尸体打捞上来的时候我还是蒙的，我不知道为什么会这样。我明明没有记错时间，我也的确去赴约了，如果他一直在等我，我怎么可能没发现？可是大家都说看到他了，而我却迟迟没有出现……我不明白这究竟是怎么了，我不明白！"

阿珂卡芙沉默了，一声不吭地喝着豆腐汤，好像要把头也埋到碗里去。

"我甚至想随他而去，到黄泉路上也许还能找他问个清楚，可我害怕他已经先走了，我怕我找不到他，我怕自己喝了孟婆汤过了奈何桥会永远忘记他！我不愿……"

紫烟的声音有些呜咽，多年来深埋心底的话语忽然倾泻而出，也带出了她眼角的泪。

"其实……那些人也没说错，那天，尾生确实去了桥下，一直在等你。"等紫烟情绪稍稍稳定了，阿珂卡芙才小心翼翼地开口。

"你的意思是说，我在撒谎？"紫烟咬紧唇，气息有些不稳。

"不，"阿珂卡芙摇头，对上那双渐渐失控的眼睛，"你当然没有撒谎，三年前你昏迷倒在桥上，就是我姐姐把你送回家的。"

紫烟愣了愣，才道："原来你是恩公的妹妹。"

阿珂卡芙却低下头，不敢看她的眼睛。

紫烟继续说道："你说我跟尾生都在同一天去了那座桥边，为什么我没有见到他，他也因为没有见到我而在桥下苦等，最后……"

"因为时间裂缝。"

这是少女第二次提起这个词。

"我也不知道自己能不能给你解释清楚，毕竟这在你们的常识之外，几千年后人们才认识到它的存在。《四分历》和《授时历》中都有记载，一年的周期大概在三百六十五天到三百六十六天之间，用《四分历》来讲，就是一年大概有三百六十五又四分之一天，这是人们根据太阳的运行周期计算的。"

　　虽然听得云里雾里的不甚明白，但紫烟大概还是知道阿珂卡芙是在讲时间，大概是跟那个"时间裂缝"有关系。

　　"为了准确记录时间，方便生活作息，历法里就分了平年和闰年，即每隔三年就在第四年的二月末加上一天，那个月就叫闰月，那一年也叫闰年。就这么计算着，周而复始。"

　　平年闰年，这个紫烟知道，但是，这跟那个什么时间裂缝有什么关系呢。

　　"当然，那些计算其实还是不够准确。而在三百六十五日到三百六十六日之间，那多出来的说不清具体是多少的那段时间里，就存在着时间裂缝。"

　　紫烟又糊涂了，摇摇头表示不理解。

　　"那个时间裂缝……更准确地来说，是时空裂缝，它就是一个小缺口，联系着过去、现在和未来，它也含混在过去、现在和未来之间，正因为如此，那里的一切都是扭曲的、混乱的，在那里，你所见到、所听到、所碰到的一切东西和人，他们处在的时间和你所在的、所感知到的时间都是不同的。而且时间缝隙不是静止不动的，如果放任不管，它会不断地扩张，它越扩张，过去、现在和未来的界限就越模糊、越混乱，于是会出现很多很多的怪事。时间裂缝就像个动乱的风暴，只有我们太阳系之外的种族，可以不受它的迷惑和影响，因而为了配合地球人的历法，我们会在每隔三年后的第四年，即闰年，在时间裂缝扩张最剧烈的时候，来到地球，去修补它。"

　　紫烟花了好长时间，才消化了这段话，怔怔地问："那么……我们在同一天到同一个地点赴约，却没能见面，是因为时间裂缝的原因？我被卷进了时间裂缝中了？"

阿珂卡芙叹息道："不止你，整个镇子都被卷进时间裂缝了。和尾生定下约定的，是处在未来的你，那时的尾生却还处在过去的时间。你确实去赴约了，但和他赴约的那一天却是另一个时间。很混乱，是不是？或许说得简单一点，就是他一直在过去等未来的你，而你，一直在未来等过去的他，你们的'现在'无法连接，因而你们永远也等不到对方。"

"原来……是这样吗？"终于得知了真相，紫烟却感到一股无力的悲凉击中了她，整个人瘫在饭桌前，掩面啜泣。

这是彼此都无法赶赴的约定啊。

阿珂卡芙怜惜地看着她，羞愧地说："要不是三年前我贪玩儿，耽误了姐姐的行程，导致姐姐没能按时抵达地球修补时间裂缝，时间裂缝就不会扩得这么大，让你们天人永隔了……"

"咯咯咯！"窗外忽然传来仓皇的鸡叫声，花花拍打着翅膀从窗边跳下来，摇摇摆摆地跑到紫烟身边，使劲儿去啄她的裤脚。

窗外传来了鬼鬼祟祟的脚步声。

紫烟面色一凛，攥紧拳头，转身进厨房拿了把菜刀，杀气腾腾地冲出门去。阿珂卡芙吓坏了，赶紧跟上去，花花也扑扇着翅膀在后边狂追。

院子里两个猥琐的男子已经悄悄摸到窗沿下了，此刻被抓了个正着，看到紫烟举着菜刀杀气腾腾的模样，不由抖了抖，心里打起了退堂鼓。

此刻，紫烟的满腔悲愤和长期蓄积的怒火正愁无处发泄，又怎会轻易让他们跑掸。

她是妓女出身，好不容易凑够钱给自己赎了身，打算嫁给尾生好好过日子，没想到却出了那样的事情。尾生死后，她被千夫所指，背地里，那些男人却觊觎着她的美色，不断闯进她家，意图不轨。

三年来，她没有睡过一个好觉，靠着花花和这把菜刀，以及那不要命的架势，才赶走了一拨又一拨的臭男人。

此刻胸中情绪涌动，她已知晓了赴约不成的原因，凤愿已了，再没什么值得留恋的了。她要彻底做个了断，再也不要过那样担惊受怕的日子了，她也再不想看到这些目光轻贱的臭男人了！

也许是被她的脸色吓到，那两个男人不自觉往身后的墙边缩了缩，其中一个人咽了咽口水："她……她不会是要来真的吧？"

"怎……怎么会！"另外一个人也怕得发抖，却强撑着说，"不……不过是个花架子，我们为什么要怕她？"

紫烟对那些话充耳不闻，只是紧紧盯着那两个人，手中的菜刀拿得极稳，一步一步，像死神一样靠近他们。

"别冲动！"

阿珂卡芙忽然冲到她面前，张开双臂挡住她的去路。

"让开！"紫烟恶狠狠地说。

"不！"阿珂卡芙摇头，"我不能让你做傻事！我知道，你想杀了他们然后自杀，可是你还不能死！"

两个男人听到紫烟是真的动了杀意，顿时吓破了胆，想要逃出去，可是握着菜刀的紫烟此刻正牢牢挡住他们的去路，两人害怕得抱作一团。

紫烟瞪着阿珂卡芙，冷笑道："难道你要我一直过这样提心吊胆的日子吗？"

"那你就不想再见尾生一面吗？我可以让你再去赴一次约！"

紫烟脸色一白。

"我来找你，就是为了让你们能见上面。"

紫烟犹豫了，持刀的手晃了晃。阿珂卡芙看准时机扑了上去，将她撂倒，夺走了她手里的菜刀。

两个男人也趁机逃出了院子。

紫烟躺在地上，目光悲戚地望着夜空，鼻子一抽一抽的，两颗泪珠从颊边滚落。

时间裂缝

又是二月，又逢急雨。

时隔三年，紫烟又重新站在了那座桥上。桥头的老柳早已长出新枝，柳条繁茂，绿意浓浓，只不知，它是否能认出自己这个三年前的过客。

"这一次，我一定要见到他。"她看着那棵垂柳，暗暗下定决心。

她不是一个人来的，她怀抱着大公鸡花花，手中牢牢握着尾生送的匕首，没有打伞，任凭雨水像三年前那样将她浇透。

阿珂卡芙的话响在耳边——

"我会趁着修补的间隙将你带进时间裂缝，但你能不能在里面找到尾生就要靠你自己了，并且你的时间不多……准确来讲，你只有三次鸡鸣的时间，当第三次鸡鸣响起的时候，我就会带你出去，不管你是否找到尾生。当然，如果你愿意留下，我也会尊重你的意愿。这就是我对你的补偿。"

其实关于时间裂缝，紫烟依然不太能理解，她只知道，在阿珂卡芙的帮助下，自己有机会再次赴约，有机会见到尾生……这就够了，不是吗？今生所求，唯此而已。

过去、现在、未来，什么是真实，什么又是虚幻？对于紫烟来说，只有尾生存在的时空，才是真实的。

雨声连绵不绝，雨幕连接天地，视野里白茫茫一片，耳朵里充斥着浩浩荡荡的水声……这一切跟三年前都是那么相似。

紫烟按照阿珂卡芙的交代在桥上等待——阿珂卡芙推算过，今年时间裂缝依旧会漫过这一带，当这一片河岸被纳入时间裂缝时，周遭将会随着时空的扭曲而发生一些变化，那变化可能很细微，也可能很明显，可能很平常，也可能很怪异……总之，一切都要靠紫烟去认真观察，判断是否已经进入时间裂缝的范围里。

之所以选择这座桥，是因为这是紫烟印象最深刻之地，一旦这里发生什么变化，能比较容易被她察觉出来。

"如果……如果这一次我也没有成功赴约，那会怎么样？"阿珂卡芙离开前，紫烟曾发问。

阿珂卡芙一怔，道："如果失败……三年前的悲剧可能会再次上演，他没见到你，在桥下苦等，直到……"

"够了！"紫烟立马打断她的话，"我一定、一定会找到他的，我不会再让他抱着遗恨孤独死去，绝不！"

阿珂卡芙目光温柔而诚挚："但愿你真的能成功赴约。"

又是一个人等待。

雨水浸透衣衫，她一眨不眨地盯着周遭事物，不放过任何蛛丝马迹。

蜿蜒的河岸，湍急的河流，半颓的石桥，新生的柳树……甚至是天际闪电的形状她都要瞪大眼睛看清楚。烟雨缭乱，花花却出奇的乖巧，窝在她怀中，不时伸长脖子用鸡冠去蹭她的脸，仿佛要帮她擦掉脸上的雨水。

她忍不住笑了笑："谢谢你，花花。"花花本是只野鸡，意外闯入她的院子偷吃东西，她见它可怜，就决定让它留下。这三年，要不是靠着花花的站岗鸣哨，以及英勇非凡的战斗力，她定然避不掉那么多欺侮。花花也用"喔喔喔"的低鸣回应着她的话，只是突然雷声一响，一道闪电无比迅疾地劈下，桥头的老柳轰然一震，柳条跟鞭子似的乱抽，花花冷不防被吓得一个激灵，猛地往她怀里缩。

·赴 约·

她一边瞧着那棵老柳树，一边将将花花的后颈，安抚它。突然，她瞳孔一缩，目光一下子凝在了那棵被劈过的老柳上，目光半是惊奇半是兴奋。

那棵老柳三年前就被雷劈过一次，除了底部半人高的老树桩，整个树冠都跟着上半截树干掉进河里去了，后来新的枝干就长在老树桩上，老桩新枝，泾渭分明。而刚刚被劈的这棵老柳，枝干却是浑然一体的，完全找不出老桩新戏的痕迹——这不是刚才的老柳，这是三年前那棵未被雷劈断的柳树！

这么说来，时间裂缝已经漫过这座桥了？！她现在，已经回到了三年前！

她忍不住扑到那棵老柳前，细细打量柳树枝干，确定那枝干真的是完好无损、浑然一体的，这才真的信了阿珂卡芙的话。也许，她真的能够见到尾生！然而很快她就想起来，三年前，她明明来到这座桥，却等不到尾生，阿珂卡芙说尾生在"过去"等她，是不是意味着，他们之间还是有阻隔，现在他们依旧无法相见？那么，她要怎样才能找到他的所在，去寻他，去赴约呢？

紫烟望着茫茫雨幕，心中又迷茫了。三年前那种恐惧感和压迫感一阵阵袭来，她已然站不稳脚跟了。

下意识握紧手里的匕首，她突然灵机一动。

这匕首是尾生三年半前送给她的，三年前在桥上，她也带着它。正如那棵老柳的变化告知了她时空的转变，或许这把匕首也能带着她找到尾生所在之地。

她低头反复琢磨那把匕首，并试探性地挪了挪脚步，然后看看匕首有什么变化，结果令她失望。她幽幽地叹了口气，花花却挣开她的手臂蹿了出去，歪着步子在地上跑，边跑边甩掉身上的雨水，然后引颈长鸣。

"喔——喔——喔——！"

这么快就是第一次鸡鸣了！

紫烟霍然抬头，却被眼前的景象惊得呆住。

雨不知什么时候停的，太阳刺破云层照耀下来。河岸、石桥、柳树……通通都消失不见，身边是熙熙攘攘的人群，耳边是沸沸扬扬的叫卖声。

不知何时，她已置身街市之中。

一切都宛如梦幻，若不是身上的衣服湿答答地滴着水，刻骨的春寒依旧令她打着寒战，她还以为自己是在梦中。这一下，紫烟彻底相信了时间裂缝的存在。

街市人潮密集，很多好奇的、讥讽的、不怀好意的目光投注在她身上，她全不在乎。然而当她低头时，手里竟空空如也，匕首消失不见了！

她惊慌地拉着路人问有没有人见过她的匕首，大家纷纷摇头，对她退避三舍。她转身循着记忆的路回头找，步子太快太急，将花花落了在人潮中。回过神来时，不仅匕首没找到，连花花也不见了。她心力交瘁，忍不住蹲在一个僻静的墙角边呜呜哭了起来。

好不容易有了赴约的机会，可是匕首没有了，她要怎么去找尾生？

不知哭了多久，忽然有人拍了拍她的肩，轻轻问道："姑娘，你没事吧？"是幻觉吗？她好像听到了尾生的声音。

"姑娘是在找这个吗？"有人伸手把匕首送到她面前，紫烟抬头，目光循着手臂往上看——

眼前站着个瘦弱的男子，虽然身穿一袭粗麻布衣，却掩饰不住浓郁的书生气，他的眉眼干净，目光像一泓秋水般明亮。

紫烟怔住了，定定地看着他。

"姑娘？你还好吗……"男子瞧见她身上衣衫湿透，目露担忧之色，但又不敢多看，飞快地压低眉眼，红着脸道，"小生家就在这儿，如果姑娘不嫌弃，可以进来烤烤火，暖一暖身子……"

"尾生……！"紫烟不等他说完就站了起来，哭着要扑进他怀里，却骤闻鸡啼声起，眼前的人和景物消失无迹。

还君匕首

紫烟怔愣着了好一会儿，直到身后传来嬷嬷的声音。

"紫烟，你想清楚了，你赎了身，身无分文地跟着他，万一他变心了，你怎么办？"

她仓皇四顾，发现自己竟然回到了小楼里，回到了赎身前的那一夜！

第二次鸡鸣已过，第三次鸡鸣随时会降临，她究竟还有多少时间去赴那场未竟之约，她根本就不清楚。

"如果失败……三年前的悲剧可能会再次上演，他没见到你，在桥下苦等，直到……"阿珂卡芙的话犹在耳畔。

"紫烟啊，你为什么这样固执呢？对于我们这样的风尘女子来说，情缘就像露水，太阳出来的时候，露水是会蒸发掉的，什么也留不住。"

留不住吗，那记忆呢，记忆总归留得住吧？紫烟浅笑一声，终于朝着嬷嬷转过身来，嬷嬷以为自己劝住了她，脸上一喜。

紫烟极快地抱了一下嬷嬷，轻声说："两情若是久长时，又岂在朝朝暮暮。紫烟懂了，谢谢嬷嬷。"然后不等嬷嬷反应过来，她便抓住情人赠予的匕首冲进了夜幕中。

夜空中乌云密布，但雨还没有开始下。

她飞快地迈开步子，循着记忆里的路奔向那座桥。

一定，一定要赶在第三次鸡鸣之前赶到那里！这一次，她再也不要让尾生为她而死了。既是命中注定赴不了的约，那就将它毁掉吧！

她紧紧攥着匕首，一边跑一边祈祷，祈祷鸡鸣声能晚一些，再晚一些。

跑着跑着，闷雷一响，倾盆大雨唰啦啦地泼下，劈头盖脸地浇了她一身。土路湿滑，草棘横生，一路上，她不知摔了多少回，但她无法顾及疼痛，摔倒了，就爬起来，继续跑，再摔倒，再爬起来，再跑……待顺利到达那座桥时，她整个人就像是从水田里爬出来的一样，满身泥泞，还鼻青脸肿。

但是她不在乎。

·赴　约·

　　她干脆利索地从自己的衣服上撕下一块布条，用布条牢牢绑住匕首，然后把匕首挂在了桥头的老柳上。

　　夜风激荡，柳条翻飞，那匕首也"当啷当啷"地撞击着老柳枝干，沉闷的声响，是哭泣、是不甘，还是挽留？

　　还君匕首。

　　他会懂得她的意思吧？

　　紫烟恋恋不舍地抚摸着那把陪伴了自己许久的匕首，一滴泪珠混着雨水滑过脸颊，桥边响起了微弱的鸡啼声，她抹一抹眼泪，深深看了一眼来时路，然后扭头，纵身跳进了湍急的河流中，身子载沉载浮，很快就消失不见了。

　　这一次，换我在水下等你了，尾生……

　　"喔——喔——喔——！"

　　公鸡嘹亮的啼鸣声刺破了夜色，刚刚修补好时间缝隙的阿珂卡芙抱着大公鸡花花出现在了桥上，看着黑黝黝的河面，幽幽叹息。

　　"我实在没想到，她会这样做……"

　　"喔喔喔，喔喔喔，喔喔喔……"花花突然剧烈地挣扎起来，一边不住地啼鸣，一边奋力向河里扑，但却被阿珂卡芙牢牢箍住，就算它发狠去啄她，她也不松手。

　　"她选择留在这里，我也没办法带她回去了，你也救不了她的。"阿珂卡芙安抚似的说道。

　　花花似乎一下子失去了所有生气，恹恹地缩着脖子，喉咙里不断发出沙哑的咕噜声，宛如哽咽。

·杜邦的故事·

"既然她做出了选择和改变，我们不如就多留一会儿看看后续吧……"阿珂卡芙看着在风雨中摇摆的匕首，淡淡地说。

翌日，清晨，雨。

天将破晓，一清瘦男子提伞而来。远远就能看到他摇头晃脑地吟诗而来的喜悦模样，雨声中夹杂着一些"窈窕淑女，君子好逑""所谓伊人，在水一方"的零碎词句。可当他走到桥头，看到老柳上用布带悬挂的匕首后，脸上的笑容瞬间凝固了。

良久，良久，他轻轻叹息一声，上前解下了匕首。

原来她不愿跟他走啊。也罢，他尊重她的决定。

他将匕首纳入怀中，然后脱下自己的外袍。随手一抛扔进河里，恋恋不舍地看着衣服在河里沉沦，他叹息着收回了目光，撑伞走过了那座桥。

数日后，有人发现镇上那个很有才华的书生不见了，而一个船夫在河里捞到了他的衣袍。

数月后，某个游者路过小镇，听闻书生与女子相约桥上的故事，于是大手一挥，在册子上记下："尾生与女子期于梁下，女子不来，水至不去，抱梁柱而死。"

而桥头的那棵老柳，不知怎的，枝丫上挂了许多彩线和红布条，竟成了棵祈求婚姻幸福美满的姻缘树。

海 天

/

常安宁

祖先于诞生之初便着迷于诡谲的洋流云，当初的天空被浓密的树冠遮挡，祖先就爬到树梢上。

而现在天空被钢铁的森林遮挡，人们却没有了抬头的欲望。

老人决定就是今天。

祖先于诞生之初便着迷于诡谲的洋流云，从前的天空被浓密的树冠遮挡，祖先就爬到树梢上。而现在，天空被钢铁的森林遮挡，人们却没有了抬头的欲望。高耸无际的高楼将天空分割成窄窄的丝带，聒噪的汽笛声在楼宇间此起彼伏。街区笼罩在蒙蒙无声的昏雨之中，路人们将脸庞深深埋在黑伞之下，只望得到下一块即将踏上的石砖。老人步履蹒跚地走在街上，并没有打伞，这上天飘落的浊水相比黑伞更使老人感到亲切，他任由冰凉的雨水打在脸上，褪色的外衣已然湿透，散发出阵阵机油味。

这座城市自有它的气场，它压得他喘不过气，似乎是在嘲讽这一把老骨头所做的决定。

终于，老人走到了目的地，高高的两扇大门，正如老人那鲜活的青春，曾经光滑如璞，而如今已遍布岁月的斑驳，门缝处坑坑洼洼的，再不能够严丝合缝。不知不觉已是耄耋之年，时间已经等不得老人再拖下去，他来了。

他有力地推开两扇大门，隐秘的缝隙中先是发出一阵"咔咔咔"的响声，紧接着，沉重的齿轮转动起来，大门缓缓地向内张开。

"欢迎光临弥尔顿航天。"

大厅内刺眼的灯光让老人眯起了眼，大门迅速地闭合了，好似故意不让来者有机会将昏暗的城市和闪耀的航天企业联系在一起。毕竟在这个时代，此处是最后还保留着与天空联系的地方。老人渐渐适应了灯光，大厅的顶部由完美的弧线勾勒而出，耀眼的光线恰到好处地从缝隙中弥散开来。

　　数十年的变化，让老人感到有些许陌生，就象四十年前他第一次踏进此处一样。但那时他对未来充满了憧憬，他盼望着能成为宇航员，去探索头顶上那一片浩瀚的海洋。这颗星球大气的最外层，包裹着一道水层，被人称作海天层，为人类阻绝了来自宇宙的危险射线。它就像地面的海洋，存在着波浪和旋涡，还有一条延绵的洋流在赤道上空经过。弥尔顿公司的航天潜艇，是唯一能够在海天层水中航行的舰体，它们通过上下沉浮调整自己的轨道高度，最底层的观望着地面，最上层的窥探着宇宙。

　　思绪回到现实，一名接待人员盯着老人看了许久，明显经过几次犹豫才走过来询问。老人说出了一个名字，接待人员狐疑地盯着老人，然后拨打了个电话。

　　很快，他就小跑着回来寻找老人，眼神很不自然，"您跟我来。"

　　那个名字，曾经属于老人的一位同事，如今他担任弥尔顿航天的总裁。

　　老人被领到了会客厅，等待前面的访客离开。工作人员替老人斟好茶，老人一口未喝，热茶渐渐变凉，茶叶坠到底部，直到将杯中之水染成灰暗的墨绿色，那位总裁才出现在会客厅门口。他走上前来紧紧抓住老人的手，露出激动的表情，但内心却在想怎么应对这个麻烦。

　　老人视力不好了，注视了一会儿，才确认他就是曾经的同事。两人说了几句客套话，随即转入正题。

"我想把它买过来。"

"你指的还是鲲鹏三三？"总裁心里很无奈，他猜到老人主动现身就是为此事。

那是老人曾经驾驶的航天潜艇，鲲鹏三十三号舰。

"我惦记了它二十年，如今我已经挣够了钱。"

"你终于把钱凑够了！按照退役装备处理法确实行得通，但你买这个老家伙干什么？"

"我想再飞一次。"

总裁喷出了一口茶水，"什么，不行，鲲鹏三三退役了，不能上天了。"

"我知道。所以你看，我想求你的其实是这个，帮我办理鲲鹏三三的航天许可。"

"这个可不容易呀，就算有了航天许可，退役多年，它几乎是破烂了，甚至不如敞篷车。大修要花的钱不比它本身便宜，而且我们可没有精力修理它。"

"我的造船厂可以维修它，直接把它送到那里去就好了，我会支付运费。"

其实老人知道退役装备处理法是不需要买主另付运费的。

"这，就你那……造船厂？唉，看来你都准备好了，那驾驶员呢？"

"这个不用你操心了，我谈好人选啦。"

"哦？请的谁？"

"我。"老人挑了挑眉毛，淡淡地说。

刚刚淡定下来的总裁几乎要弹出自己的支椅。

"胡说八道,你这个年纪怎么开航天潜艇!"

老人没再去接老同事的气话,而是默默从身上摸出了几张纸,递给了这位总裁,后者简单扫视了几眼,皱皱巴巴的纸像极了一张绝症通知单。

"老伙计,我没有多长时间了,我就想死前再飞一次。"老人的眼中闪现出泪光。

总裁张了张嘴,不知咽下的话是讨价还价还是安慰。最后,他沉重地说:"好吧,我帮你搞定鲲鹏三三,但驾驶员必须由我安排,让你飞一次。"

"这……唉,就听你的吧,多谢你了。直接把它送到我的造船厂。"

总裁点了点头,"那就这么定了,你直接把最终费用支付给我的秘书,我来帮你办。"

弥尔顿航天的大门在身后咔咔地闭合,老人重新回到了拥挤的大街,又成了一穷光蛋。昏暗的雨气已经消散了,温暖的阳光穿透层层烟雾,投射在潮湿的地面。阳光破碎了,像湖面上的阵阵涟漪,此时海天层的海面肯定扬起了一阵波浪,可能是由于高空的一阵疾风,抑或是因为一艘航天潜艇划过水面。老人心中的郁闷一扫而光,鲲鹏三三,曾陪伴自己十几年的老家伙,再没有人能够觊觎它。没有什么能形容此时的他有多么激动,老人双手紧握,咬紧牙关,压抑住了在泥宁街道上奔跑起来的狂躁欲望。

"老爸，我可以上去看看吗？"小男孩奶声奶气地恳求着，一头金发在夕阳的余晖下反射出缕缕光芒，在男人的眼中跳动着。

"当然，这可是咱们爷俩的船！"男人拍一拍胸脯，一把拉开了鲲鹏三三的舱门，"现在欢迎我们的小航天员登船！"

小男孩一跃跨过舱门与站台之间的空隙，钻进了这头机械猛兽的腹内。对于成年人来说略显逼仄的舱内通道，简直是小男孩的游乐场，他小小的身躯灵活地穿梭在舱室之间，在每一块突起的仪表上留下自己的指纹，在每一个拐角的尽头留下欢乐的笑声。如若男人不是在这艘船上摸爬滚打多年，早就在追逐儿子的过程中被撞得鼻青脸肿，就算这样，他也只能看到儿子飘扬的衣角，终于，他还是跟丢了。

男人在舱室中大声呼喊儿子的名字，心中渐渐生出一丝慌乱。

不，我不能再失去儿子。

"雨果，回来！"

男人不知道的是，小男孩此时正站在驾驶座椅前，稚嫩的双手紧紧握着操作杆，骨碌转的大眼睛在琢磨着各种按钮，仿佛自己正驾驶着鲲鹏三三在海天层中遨游。等天色渐黑，气喘吁吁的男人找到他时，小男孩依然在那里，他渴望地询问父亲："老爸，我们能一起驾驶它飞上天吗？"

男人摸着儿子的头说："当然可以，但是要等你……"

男人的话戛然而止，他意识到有些不对劲。好像时空都停止了，身体不能动弹。但他的眼睛却看到了本不存在的景象，落叶从地上飘起回到了枝头，雨水汇集重升天上。男人看到了另一个维度中的画面，在那里，电路迸出火花，后舱的引擎突然爆炸，冲击波携带着烈焰袭来，摧毁了整个船体内部，粗暴地冲散了男人和小男孩，被抛出鲲鹏三三的男人发现自己竟已身处万米高空，而鲲鹏三三则已在他身边被烧成一团火球。

时间又开始流动，男人拼命喊出了儿子的名字："雨果！"

寂静的清晨，被湖边一所孤寂的小屋里传出的惊叫声打破。

"雨果！"

老人从床上惊坐起，喘着粗气，身体筛糠似的颤抖，床榻被汗液浸透。呆滞地坐了一会儿，老人叹了口气。二十年间，他梦到过儿子无数次，记忆交错，眼泪干涸，人也就不会再悲伤了。

房子屋檐下的鸟巢早早就开始了一家的营生，觅食归来的成鸟扑扇着翅膀，窗外随即响起了雏鸟争食的叽叽喳喳声。由于海天层折射的缘故，这里的白天来得会比较晚，看到溢满房间的阳光，老人便意识到自己睡过头了，真的是好久都没睡得如此安心了。伴着雏鸟的叫声，老人走下台阶，破旧的楼梯发出吱呀声来抗议主人的重量。一捧清水唤醒了老人的精神，洗漱间里挂着三条毛巾，但他从来都只用左边那条。老人从冰箱里取出牛奶和麦片，放在于桌子中央，又为自己热了两片面包，随意叠放在小盘子上。最后老人坐到桌前，却没有用餐，只是手指有规律地敲打着盘子的边缘，眼睛出神地望着桌子对面，那儿摆放着同样的餐具，只是其中空空如也，甚至已经落了一层薄薄的灰。

如果不是那位不速之客，老人很可能会这样坐上一整天。

老人先是听到了汽车粗重的引擎声，肯定是老伙计开着他的破车来了。"老伙计"是个外号，他在造船厂给老人干了十几年活儿，是个讲究物尽其用的好工人，以至于他甚至从不愿给自己那辛劳的骡马——一辆破车换一个哪怕是二手的强劲心脏。

"嘿！是我，老头子！"传来的是老伙计粗犷的喊叫。车门"砰"的一声被关上，有人下了车。"那个什么什么公司把那个大家伙送来了，这人一块来的，非要见你！还有，你得尽快去船厂看看，那个大家伙把地方都占满了，工人们不知道该干什么啦！"

老人打开门，透过一条门缝观察着——那是一位身姿挺拔的英俊小伙儿，拖拉着布满灰尘的行李。他神色略显疲惫，肯定是被老伙计车上那粗暴的乡村摇滚乐蹂躏了一番，真可谓风尘仆仆。他踏过青石小路，语气中却透露着难以掩饰的疲惫："我叫里德，与鲲鹏三三一同而来，是总裁安排给你的驾驶员。"老人把他上下打量了一番，点了点头后把门打开了。老伙计看到差事搞定，便狠狠地踩下了油门，那辆破车扯着嗓子发出嘶吼，猛地把身体拉起，卷起一阵尘土扬长而去，只剩下渐行渐远的嘈杂乡村音乐声。

里德走进了这栋散发着湿气的湖边小屋，虽透出腐朽，但骨子里却饱含着静谧，在这个喧嚣的时代真是少见，很难想象曾经的航天英雄如今住在这样的地方。

老人给里德倒了一杯冰水，回到客厅正巧看见他如释重负地陷在沙发里，行李箱被放到了墙边，好像来者要把此处当家。

里德接过冰水，感谢之后一饮而尽。老人坐到对面，疑惑地问："那么，你为什么来找我？"

"任谁遇到这样的事不会好奇呢？在这个几乎没有航天活动的时代，是什么样的人想要驾驶破损的航天潜艇上天呢，我想看看。"

老人意味深长地说："那你现在看到了，和你想象的有什么区别？"

"至少不会是一个半截入土的老头。'里德笑出了声，把身体向老人拉近，之前的笑意像被吸回了眼角一般，瞬间消失不见，"告诉我吧，你拿鲲鹏三三到底有什么企图！"

"我想驾驶它再飞一次。"

"哈！那你干吗不去坐飞机？"

"我想驾驶它再飞一次。"

"哼，别撒谎了，你以为自己是航天英雄就可以欺骗到我？"

"我真的想驾驶它再飞一次。"

老人一副古井无波的模样，里德恶狠狠地盯着他，却没有找出任何破绽，只能一拍大腿，重新躺回沙发。"没想到这世上真有此等疯子！"

老人笑了："不好意思，让你白来一趟，没有你想象中的复杂阴谋。"

"没事，闲着也是闲着，能和曾经的航天英雄聊聊天也是好的。"

"怎么，航天员的工作不是很忙吗？"

177

"嗨，您就别挖苦我了，航天的黄金时代早过去了。如今我们整天待在地上，哪颗卫星坏了，就把新的送上去，这就是我们的工作。弥尔顿再没有了进取心，航天员也越来越少。"

里德的话没有错。由于海天层的存在，人们并不能用肉眼看到星空。在航天潜艇诞生之后，人类的足迹便飞至海天层，跨越了海天层的阻隔后，第一次通过相机看到了海天层之外的星空。那美丽深深地刺激到了人类。航天事业迎来了高峰期，人们对海天层与星空充满着热忱，弥尔顿航天也得以拥有源源不断的资金，并把握时机一举成了航天产业中的巨擘。但是，仅仅十几年，这份热忱却逐渐冷却了。对人类来说，触碰不到的宇宙，再惊艳也只不过是一幅画面罢了。从弥尔顿航天扩大到全人类，其实，所有人都渴望能够迅速盈利，而对宇宙的探索显然是个无底洞，在海天层中保留几颗卫星已然足够。航天事业随即便停滞下来，始终没有再迈出一步。这便是两个时代的更替。

老人无话可说，只能跟着叹气。他的事业也是在时代更替时终止的。

"前辈，您可别不信。就您的这次飞行，弥尔顿上面的人为什么大开绿灯？"里德露出戏谑的表情，"我们往后几年都没有例行飞行任务，正好利用您的这次飞行宣传一波，把您塑造成什么老骥归来，圈一波股东的钱。"

"那你呢，你也有点儿想法吧？"老人没有被刺激到，反而把话锋指向里德。

"不要把我想得那么功利，我争取此次驾驶任务的目的有二：一是我也好久没有飞了，心里直痒痒；二是我要确保鲲鹏三三不受伤害。心系这些老家伙的人虽少，但不只有你。"

　　休息片刻之后，二人开车前往船厂。老人的小轿车显然更加舒适，没有粗犷噪音的叨扰，里德终于获得一份闲暇——吹着乡间小路上的微风，闭上眼睛想象水母悠然地沐浴在清凉的河水中。船厂坐落在一条小运河旁，是老人二十年前耗尽退休金组建的，如今价值虽翻了十几倍，但当老人将其全数抵押给银行时，也勉强才凑够买回鲲鹏三三的钱。明年，当银行发现老人偿还不起时，这座船厂也就要易主了。

　　干船坞中停放着一庞然大物，仍盖着苫布，二人们三两成群地坐在一起，对着它指指点点，讨论它波澜壮阔的经历。老人招呼人手去掉了苫布，这大家伙方才露出它黝黑的船壳。

　　"啧啧，瞧瞧这隔热陶瓦，这涂层，和新的一样，真不愧是航天巅峰时期的产物，质量杠杠的。"里德不停地点头道，"可惜呀，现在这材料都不知从哪儿还能买到。"

　　老人没有说话，接过一台强光手电，细细观察着每一处船壳。他慢慢走到舯尾，那里赫然出现一大块豁口，像是经历了一场剧烈的爆炸，开裂的电线和破损的外壳胡乱地纠缠在一起，活像一张森森大口，这就是鲲鹏三三退役的原因。老人注视着那里，手一时没了力气，手电掉到了地上。

　　老人的举动让大家不知所措，工人们以为老板是因买到了坏货而生气，而里德心里却隐约明白真相，他走到老人身旁，想着应该说些什么安慰的话。

老人抢先一步开了口，语气十分平淡："里德，你说该怎么把它修好？"

里德有些意外，没多想便脱口而出："它的主引擎已彻底损坏，但既然此次航天任务只是单纯飞一次，故在海天层中不需要完全的动力。使用普通舰船的发动机，再配合一并卖给你的多余配件，便可以将它修复到足够完成任务的水平。"里德拾起了地上的手电，照射着破损之处，"这些部分都炸坏了，里面的舱室也被焚烧过，得清理一番，换新的进去。不仅如此，它闲置多年，需要进行整体强度升级，否则会在天上散架的。"

老人略显惊讶，他本是随口一问，并未想到里德竟十分了解鲲鹏三三的结构。

"如果真如你所说，强度升级便不是大问题，当成一般潜艇来办即可。至于其他部件，我会找别人来帮忙。走，我们去里面看一看。"

老人走下了干船坞，顺着焊接的梯子爬上了船体，里德紧跟其后，帮老人拉开了厚重的舱门，一股浓郁的酸腐气息冒了出来，待气味稍淡些，二人才钻进狭小的入口。舱内四壁被烧得漆黑，已然面目全非。老人提出要自己独自转转，拒绝了里德要跟随深入的要求，于是里德只好叮嘱他遇到麻烦就用力捶打地面，声音会在金属中传得很远。

结果一直到夕阳没入地平线，老人都没有出现，也没有咚咚声传出。大家生怕老人因吸入陈腐空气陷入昏迷了，里德不得已钻进去寻找，最终在腹舱发现了疲惫的老人，他似是在泥地里打了一番滚儿，浑身沾满了肮脏的机油，双手漆黑。里德朝几块铁板狠狠踹了几脚，推开了腹舱的舱门。

虽说年老体衰，但老人却精气神十足，离开船舱后，他贪婪地吸进几口新鲜空气，对凑过来的里德说道："里德，凭我们自己是修不好它了。"

但老人为何一副心满意足的模样，里德不知道。

"怎么这么久才出来？"

老人不回答，却盯着里德笑，笑得里德心里发毛。

里德住在了老人儿子从前的房间。晚上几个船厂工头儿聚过来，喝了好多酒，大家互相说着恭维的话，预祝明天能顺利开工。结束后，里德整个人醉醺醺的，一挨到床便沉沉睡去，直到日上三竿，才睁开惺忪睡眼。

被里德首先发现的是留在床头的便笺纸。原来老人一大早便离开了此地，前往了鲲鹏三三的老制造厂，几天都不会回来。最后他嘱咐里德就待在此处，哪儿也不要去。里德呼喊了几声，并无回应，他找到电话，按照电话簿给船厂打了过去，确认老人并没有说谎。他十分懊恼，老人实在让人生疑，原本自己要盯着他的。

"但这样也给了我不少便利。"里德自言自语道。他在房子里转悠起来，看看有哪些东西可以揭露老人的真实面目。

但除了几本老版的弥尔顿航天的内部教学用书，这栋房子简直就是孤独终老之人的住所所应有的样子。里德在一个尘封的柜子里找到了用细绢精心包裹的相框，照片的背景是这栋房子的客厅，上面的人都很年轻，一家三口绽放着幸福的笑容。

里德翻看照片的背面，上面写着一个日期"1983·9·13"。

那个夜里下了一阵秋雨，清晨时分停了，打湿了湖边小屋的屋檐。"早点回来！给你们熬鱼汤！"屋子里有一个女人在喊着话。小男孩开心地抱着鱼竿跑出屋子，一股脑儿地把怀里的东西都扔在湖边的小木船上。随声附和着妈妈的叮嘱，脑袋瓜儿里早就被急切填满了。男人收起相机，亲了老婆一口，提着午餐篮子走来，架好了船桨。

"雨果，如今的鱼儿正肥！"

"爸爸，去岔路口！那里的水流急，有大鱼！"

"好，准备发射！"男人解开缆绳，小男孩一本正经地倒计时，数到最后，男人猛地划桨，喊道："发射！"逗得小男孩哈哈大笑。

每个假期，男人都会带着儿子雨果，在家后方的小湖里游泳，或是去连接湖的小河中钓鱼，抑或两个都做。他们乘坐的小船名叫"家园号"，名字用红色的漆刷在船体上，格外醒目。这艘小船的历史就久远了，男人是个浪漫的人，丰厚的薪酬并没有让他在大都市中安家，而是在湖边建了一栋房子，造了一艘小船，找了一个爱人。这艘小船正是男人给妻子的定情礼物。但自怀孕之后，女人便再也没坐过小船出港，只是亲自用红漆在船上涂写了"家园号"三个字。

　　金色的阳光洒在铺满金色树叶的河岸上，父子二人架着柴火烤上了鱼，吃着面包。

　　"雨果，长大后想干什么？"男人问小男孩。

　　"我要做'家园号'的船长！"

　　"为什么？"

　　"等你和妈妈老了，我们都要留在这里，就坐在'家园号'上，让我每天划着船，陪你们晒太阳！"

　　"好。"老人嘟囔出了声。

　　但他立刻便醒了过来，嘴角的微笑慢慢凝固，眼角依然湿润，竟又是一场梦。

　　此时，他正坐在返回船厂的车上，周围坐着原鲲鹏三三制造厂商派出的技术工人。这个厂子是在那次事故之后不久从弥尔顿航天分离出去的子公司，如今从事船舶制造。这一趟真的是收获颇丰，制造厂商同意提供一定的资金和尘封的技术，如何修复鲲鹏三三的问题解决了。

　　安顿一番后，老人和老伙计一同回到湖边小屋寻找里德。他肯定好奇得要死，老人心想。但老人却先慢条斯理地泡好一壶绿茶，让大家品尝之后，才将自己的经历娓娓道来。

　　"功勋航天员与功勋潜艇，前后一百年都不会有这么大的广告了。一定有人非常愿意用赞助来换飞行冠名权。如今势头已经造起来了，弥尔顿也没法停下来。"

　　里德表现得十分惊讶："可真有你的。"

老人稍微顿了顿："这事并不难，我搞航天几十年不是白干的。这家公司的CEO，以前就是弥尔顿的老技术顾问，曾和我共同从事技术攻关多年，我们可熟络得很。"

说到这儿，老人露出了笑容："你的老板派你来当间谍时，难道没告诉你吗？"

里德的脸色瞬间变得很难看："你把我搞糊涂了。"

但老人不依不饶，继续向里德进攻："这几天你在我家做了什么，以为我不知道吗？"

里德紧张起来："你怎么会？"

"好啊，可真有你的，果然被你说中了！"老伙计在大腿上猛地一拍，大声笑道。

里德感到遭受了嘲弄，他想站起来。

老人察觉了里德的举动，伸手敲了敲面前的茶杯，"休息一下吧，我给你下了点舒缓肌肉紧张的药，只要你的舌头还能动就够了。"

里德这才发觉浑身无力，四肢仿佛被粘在了沙发上。这时，老伙计从桌下摸出一捆绳子，很快就把里德捆了个结结实实，这样就算人恢复了力气也没办法了。里德既惊恐又愤怒，他恶狠狠地盯向老人，发现老人手中不知何时拿起了一把刀。

里德心里凉了半截。

幸好老人未做出威胁的举动，只是手握钢刀有节奏地敲击茶杯，清脆的撞击声直钻入里德的耳朵，每一次都能令他发抖。"你可能和那老家伙一样，感觉我看上去如此老实，活像是被生活磨去棱角的狗，便想架在我的头上。哼！他是忘了我是谁，平生的投机献媚就没让他学会过怎么当男人！"老人手中的刀锋随即指向里德，"但不知你今后能不能当个男人。"

里德身上某个部位一紧，好像钢刀已经在割自己的肉了，他在脸上挤出点儿笑容："这样就不好了，前辈你把刀放下咱们慢慢说。"

但老人仍然握住刀。

"其实我没有诈你，你看这个。"老人从口袋中摸出一个小颗粒，"间谍摄像机真是个好东西，苍蝇般大小，超广角。我走之前在家里放了几个，你翻箱倒柜，和老板通信，都被我看到了。"

里德发现全露馅了，便也不再伪装："你留我一人在家里是故意的，就是为了引蛇出洞。"

老人不置可否，随后说道："我不信任你，就像你不信任我，但我们不必伤害彼此。现在我要问你些问题，至于你会不会受伤，全凭你说出的话。"

里德无奈地点点头。

"你的老板派你来的目的是什么？"

"他要我探明你买下鲲鹏三三的真实目的，是否真的要飞，如果你要靠其牟利，他也要分一杯羹。"

"为什么是你？"

"我不知道。肯定是因为我申请到了飞行资格，因为在那之后总裁才找到我。我最初的目的，真的就如同我之前所说的一样。"

"那他为此给了你什么好处？"

"对他来说一文不值的好处。他承诺今后的航天任务优先给我。"里德显得很弱小，"在这低头的时代，我们航天人对未来还能有什么卑微的追求呢？"

深夜，老人和里德竟然一起坐到了门口的台阶上抽烟。

"如果我真发现了什么事情，你会不会害我？"里德深深吸了一口烟。

"但我没有，你也没有。"

里德把烟头掷到地上，"仅仅如此就被你绑了半天！"

"你有什么办法呢？还不是要和我待在一起，继续监视我。"老人轻轻弹掉烟灰。

"因为你的话确实打动我了。咱俩没有利益冲突。你老老实实上你的天，我随随便便糊弄总裁，过了这一阵儿，互不相干！"里德又叼起一支烟，却打不着火。

老人笑笑没说话。

"那些旧书你怎么还留着？"里德问起了他发现的几本弥尔顿内部图书。

"从岗位上带下来的，有感情了。"老人突然想到一个褪色的烫金标题——《宇宙射线》，因为进入海天层可能要面对强烈的宇宙高能射线，所以航天员都要进行这方面的培训。

"你既然一直放不下航天事业，当初怎么就辞职了呢？"里德叼着没点燃的烟，问出了攒了许久的疑惑，"雨果前辈的事故，究竟又是怎么回事？"

"咔嗒"老人只是给里德点着了烟，'现在不能告诉你。"

20年前。

同样的夜晚，雨果给男人点着了烟。

男人许久未回到湖边小屋了，妻子去世后不久雨果便通过了弥尔顿航天的审核，成了新的航天员，二人便干脆一起住在了员工宿舍。男人害怕孤单，因为当他一个人的时候，心里某一块的缺失感会变得更加沉重。在这段时光里，雨果成了男人的正式副手，父子二人仍像之前一样驾船出游，只是船变成了鲲鹏三三，"家园号"静静地泊在家乡的湖畔。

明天便是雨果的第一次独自飞行，鲲鹏三三，男人的座驾要逐渐传到儿子手中了。父子二人在星空下坐在发射中心的楼顶抽着烟，喝着汽水。

"干杯！"

"雨果，之后我就不会和你一起驾驶鲲鹏三三了。"男人欣慰地说道，"鲲鹏三三将有一位新船长。"

"不会的，我当船长之后你还是可以跟我一起飞。"雨果仰头把汽水喝光了。

"我老了。"

"没关系，你就老老实实坐着，船由我来开。"雨果固执地说道，随手又起开两瓶汽水。

"爸，我以前只想一家人平平淡淡地生活，只想做'家园号'的船长，却没能带妈妈航行过哪怕一次。"雨果举起汽水，又放下，"妈妈去世后我明白，不能渴求生活给我们平淡度过一生的机会，简单的陪伴不够，与家人一起的时光才弥足珍贵。"

"所以，爸，我们以后还要一起航行，探索未知的空间。"雨果说。

男人偷偷抹掉眼泪，拍了拍雨果。

雨果指着夜空，说道："而我们要探索的空间，也就剩下海天层外了。它遮住了星光几十亿年之久，只透下模糊的光晕，隐瞒了那个神秘世界的存在。"

"雨果，其实这光晕也算是一大幸事，它给了人类海天层之外还有繁星的启发。"

"但那不够，如果能穿越海天层，展现在人类眼前的夜空定会更加璀璨。"雨果眼睛里闪着光，"爸，只要我们还在一起，我能预感到这个愿望很快就会实现。"

第二天，鲲鹏三三即将发射。航天潜艇的发射借助船体尾部架设的助推火箭，它会在船体达到最大速度后缓慢熄火，并在船体完全浸入海天层的一刹那分离。男人从驾驶舱来到了指挥室，透过屏幕看着儿子。

"船体检查完毕，一切正常，可以发射。"雨果自信地向摄像头摆手致意。

倒计时响起，男人头一次捏了把汗。

输出计算机指令，火箭自动点火，炽热的火焰喷薄而出。

"等等，火焰怎么是蓝色的？"男人紧张之余突然发现了与往常的不同。

　　"最新的技术　使用了更加稳定高效的燃料。"同事的话从背后传来，他设计了这次飞行，也就是日后做了总裁的那个家伙。

　　"这是试验机型？普通飞行怎么变成了试验飞行！"试验飞行可能有危险，男人生气了。

　　"今年的项目资金可能会减少，能节省几次飞行最好不过了。"同事说道，"你看，一切正常，还更加优异。"

　　指挥台上的数据显示的确如此。

　　这时，坐在台前的现任总裁结束了沉默，他回头看着男人："你有什么意见？"

　　同事补充道："雨果签过协议了。"

　　男人没有办法，只能在心里默默安慰自己。但很快事情就向他所担心的那样发展。

　　"报告，1号助推器功率增强，标准值113%，在上升。发生振动，频率70赫兹，在增强。"技术部门发现了异常。

　　"怎么回事？"

　　"燃料控制阀无反应，应该是燃烧效能太高，被烧穿了。"

　　"马上停机！"男人扑到控制台前，总裁也摇了摇头："准备停机空降吧。"

　　此时，雨果的声音传来："飞行员报告，助推器异常，船体倾斜角度偏离，船体震动。"

　　"雨果！马上关闭所有助推器，打开降落伞准备空降！快回来！"男人顾不上领导在旁，开始发号施令。总裁略显不满。

雨果听到父亲的声音显然吃了一惊，父子间的默契让他迅速恢复镇定，开始操作。他逐一关闭了助推器，但荧屏中的雨果突然显得手足无措。"报告，1号助推器关不……"也就是在这时，无数道光笼罩了驾驶舱，屏幕随后出现了花屏。

指挥室内的人都向另一块屏幕拥去，光学瞄准器迅速锁定了鲲鹏三三的位置。在一万多米的高空，鲲鹏三三的尾部绽放出绚丽的光芒，炽热的金属碎片划出彩色的尾迹，浓烟形成一道优美的抛物线，追随着鲲鹏三三向下坠去。船上的应急系统启动，几束红黄相间的降落伞释放了出来。

总裁阴沉着脸："封锁指挥台，进行事故鉴定。"

"雨果，回来！"男人还在叫喊着，"雨果！"

在维修鲲鹏三三的日子里，每看到驾驶舱，老人的眼前便浮现出儿子雨果在席卷而来的烈焰中化作灰烬的惨状。但随着焦黑的部件被除去，崭新的油漆刷上船舱，鲲鹏三三焕然一新，老人眼中的儿子雨果重新变为了那位英姿飒爽、面带微笑的朝气青年。

鲲鹏三三笑着说："我回来了。"

因为之前的事，里德并没有被允许深入参与到修复工作中，他能够看到工人们进进出出，却并不清楚在船舱内发生着什么。但作为回报，他得到了无死角验收的权力，当然这其中也有弥尔顿航天的功劳。鲲鹏三三的修复质量非常高，里德也没有发现任何异常，在表格上打满了红钩。发射日期当即敲定，很近，似乎是怕老人死在飞行前面。

离开的那一天，所有工人们都聚在一起。

"你们放心，我这把老骨头还撑得住。"

老伙计直摇头。

里德躲到一旁，他担忧的是临近的飞行。

直觉告诉他，老人在谋划着什么事情，绝对不止飞行一次那么简单。他从未对老人真正坦诚相待，并且相信老人也是如此。妥协只是里德的权宜之计，他仍然在找机会调查，但奈何只在验收时进入鲲鹏三三一次，没有发现任何猫腻。最后报告给总裁的只能是自己的模糊猜测，总裁才不会理会他的感受，反而将其训斥了一顿。在总裁看来，里德在此关键时期的担忧纯粹是延缓飞行的借口，挡着自己敛财。里德很受打击，质疑自己这样做的价值何在。

很快便到了发射前夕。晚餐时，里德想到了离开老人时的情景，便问道："这次飞行之后我们就要离别了，你以后也会很想我吧？"

老人笑了："我半截入土的人了，不指望，只求你还能记得我。"

"相处得太短，我都没有好好了解你。"里德面露遗憾。

老人听出了话中的意思，说道："今天给你个机会，随便问吧。"

里德略微思考了一会儿，问道："事故后你为什么要退休，留下来岂不是更好吗？"

老人早就有心理准备："我就知道你会疑惑。其实我是想留下来的，收拾事故后的烂摊子。那时整个弥尔顿的风向已经变了，只是我沉浸在悲愤中没能嗅到，事故表面上是某些职员贪快喜功导致的，但本质却是弥尔顿股东们想要缩减投资，公司只能缩短研发进程，尽快把新技术抢出来。我当初坚持严查事故原因，拒绝再执行冒失的计划，可能会令整个航天公司的资金链断裂。于是有一天，我被通知因年龄问题退休，那张表格甚至已经签上了我的名字。"

"也就是说，有人视你为眼中钉。"

"他们来自弥尔顿的某一派系，包括现在的总裁。"

"你是说，他与雨果前辈的事故有关！"里德很惊讶，毕竟知晓事故真相的人并不多。

"只能说有一些关联吧，但我相信这家伙当时是无意的。"

"前辈，告诉我，当年的事故真相究竟是怎样的。"

"永远不要再问，他们怎么告诉你的就是怎样。"

发射真的选了个好日子，万里晴空，地面不时映过一片涟漪。观众席搭建在发射塔的不远处，各大媒体都在播送着功勋航天员暮年归来的新闻。而在驾驶室内，老人与里德在严谨地检查设备，指挥台少有地忙碌起来。

"老伙计，感觉咋样？"总裁谄笑着问道。

"好得不得了，总裁大人。"老人回答。

"船长里德报告，检查完毕，可以发射。"里德报告。

指挥台下达了发射的指令。随着倒计时的响起，老人突然感觉回到了二十年前，身边的人竟是雨果，他真的成了鲲鹏三三的船长。二人驾船出行，就像从前约定过的那样，老去的父亲只需要静静地坐着，什么也不用干，雨果为其掌舵。

点火似乎快了几微秒，助推火箭猛地喷射出火焰，蒸发的水汽笼罩了船体，鲲鹏三三在一片蒸汽中缓缓上升，笔直地钻出，直插云霄。远处的观众席一片欢呼，鲲鹏三三此时还在稳定地加速，几分钟之后，鲲鹏三三便顺利地钻入了海天层，潜入了波涛汹涌的另一个世界。这时，指挥台中的人们才长出了一口气。

"打开香槟！大家庆祝一下！"总裁的眼睛眯成了一条缝。

而在海天层中的鲲鹏三三中，却没有欢快的庆祝活动，他们还需要谨慎地航行一段路程，在第二天晚些时候回到地面。

"里德，你掌舵，我去检查一下内部各个舱室。"老人离开了驾驶舱。

里德默许了，他需要时刻掌握方向。然而过了一段时间，频道里突然传来老人的呼救声："里德，快来帮我！我在腹舱！"

"该死！"里德扔下笔记本，快速钻出了驾驶舱。里德十分懊悔，他大意了，不该让老人自己行动，病恹恹的身子，肯定不能适应海天层的工作。若是老人在这时出现意外，会有很多人倒大霉。里德很快便钻进了腹舱，光源好像出现故障了，他只好大声呼叫，但没有回应，整个腹舱黑洞洞的，老人也不知在何处。说时迟那时快，只听"咣当"一声，一根铁棍就招呼到了里德头上，他一声没吭就倒了下去。

头好痛！

·杜邦的故事·

里德醒了过来，自己的头被包扎着。里德发现自己躺在船员舱室的一张小床上，头顶有带有录音功能的摄像头在监视，门被电子磁锁锁住了。发现里德醒来，扬声器中传来老人的声音。

"我很抱歉，里德。"

里德的头依然很疼，他按压着伤处，问道："为什么？你要做什么！"

"我要去一个地方，你不能同行。"

"什么地方？"

"海天层之上。"

里德心中闪过一丝恐惧，"你疯了！鲲鹏三三不是特种船只，外界的射线会杀死我们的！"

"所以，里德，我很抱歉。"

"不用抱歉，因为你根本上不去。当航行高度超过阈值时，会触发后门程序，潜艇不会再上升一厘米。"里德恢复了些许冷静，他摸了摸耳朵，惊喜地发现部长交给他的微型耳机还在工作。略作思考之后，他把耳机关掉了。"前辈，我真的很尊敬你，你为什么要做出这样的蠢事。"

"你说的这些我都知道了，鲲鹏三三从刚才开始就像顶到了天花板，再无法向上前进丝毫。"

"所以你跑不掉了，地面得知我被劫持之后，会从最近的海天站派人来逮捕你。我不想把事情闹大，放我出来，我会报告是海天层暗流撞击导致的失联，谁也不会知道这件事。"

"我切断了通信，在他们排除是设备故障之前，我至少还有

194

半天时间。"

里德叹了口气，他重新打开了耳机，听了一会儿，说道："前辈，不会有时间了，他们已经派人来了。"地面通过他耳中的微型耳机监听到了一切，一支救援队已经在路上了。

"什么？"这下换老人发出诧异。

"这是为了前辈你好，我身上有监听设备，你的计划暴露了。"里德觉得自己的行为是在拯救老人，没有丝毫歉意，"您不该有此等下场，跟我回去，还有好生活等着您。"

"那我们就静静等着这场戏剧的落幕吧。"老人的语气顿时失落了很多，好似万念俱灰，连连叹气，"这个时候人格外寂寞呢，里德，想不想再听一个故事？"

见能安抚下老人，里德很高兴："请讲。"

"我和雨果，一直有个梦想。海天层隔绝了致命的宇宙射线，代价是这个星球上的所有生物只能看到光晕，却无法看到闪耀的一颗颗繁星。这种虚伪的真实会让人心生厌恶，因为人们无法直面真相。

"你再瞧瞧如今的时代，人人手握雨伞，拒绝海天层的馈赠，不再抬头向夜空望去。对啊，他们为什么要抬头。留给人类的夜空不过是眼角才能察觉到的一抹光亮，有什么意思呢，平淡地生活在舒适圈中不好吗？

"雨果和我曾有个愿望，就是让人类不再借助相机，而是能够亲眼看到星空的原貌，并进一步走向深空。哪怕这个目标很遥远，哪怕是不可实现的，至少也要有时代的领导者拉开帷幕。

"而他，便想做这个领导者。可惜他走得太早，如今这也成了我的梦想。"

"时代是你们几个人无法改变的。"

船身传过一阵微弱的震动，是救援队的小型潜艇吸附到了鲲鹏三三上方的舱门。

"里德，看来要结束了，哈哈。"老人竟然笑出了声，"我为你包扎了伤口，你不会以为我没有发现你的耳机吧。"

里德一愣，而就在此时鲲鹏三三发出一阵剧烈的晃动，它的头部猛地抬起，快速地向上方驶去。这是一个紧急机制，当航天潜艇在海天层中未处于封闭状态时，所有的行动限制都会被解除，以便进行可能的自救。老人便是利用了搜救队打开舱门的举动，强行突破了禁止上浮的指令。

此刻想明白这件事已经晚了，鲲鹏三三在以全速上浮，船体咔咔作响。里德绝望地通过耳机向救援队呼喊："快去驾驶舱，把船停下来！"

幸运的是搜救队及时冲了进来，并控制了驾驶舱，鲲鹏三三在接近海天层海面的位置停了下来，但这一位置的辐射剂量也够高了，这意味着船内所有人都需要进行大规模的细胞修复治疗。

"船长，他在哪里？"救援队员大声问道。

"什么？你们没有抓到他？！"里德刚落下的心又提到了嗓子眼。

"驾驶室里，只有一个对讲机啊！"救援队员回答。

此时老人的声音从对讲机中传来："对不起，里德，我又骗了你。"伴随这句话传来的，还有刺耳的警报——"腹舱门开启！腹舱进水！"

他一直在腹舱！

原来，一直都是对讲机传出的声音通过驾驶舱内的麦克风在和自己说话，里德听到了湍急的水流声，和海水拍打物体的声音。老人好像已经身处潜艇之外了。

"不用害怕，水密门已经关闭。千万不要打开！否则鲲鹏三三就回不去了。"

腹舱很快充满了水，一个裹着纳米防水布的梭形物体从舱室中被弹出，那是老人在修复工作中，秘密藏匿在船舱中的"家园号"，老人此时正缩在其中，小船似一片树叶，晃动着向海天层海面浮去。

"里德，感谢你信任我，感谢你一步步送我到这里，剩下的路我要自己走了！"老人激动地喊道。

"为什么要这么做？"里德不解。

"我一定要去那个地方，但不会带你们同行。我虽鼓励为实现梦想不择手段，但不强求别人为自己的梦想献身。"老人抵抗着海水的冰冷，依然在讲话，因为渐行渐远，信号逐渐变弱，"里德，下个航天时代是属于你们的。此事发生后，那人再也做不成总裁了。我希望自己的做法能够唤醒人们对星空的渴望，在接下来的关键时期，你一定要……"由于高能射线的影响，信号彻底中断了。

"他还在和你说话，他在哪里？"救援队员通过广播问道。

·杜邦的故事·

里德突然间恨透了这副微型耳机，他把它拽出来，狠狠地摔在了地上。

在海天层万年平静的海平面上，悄无声息地，一个渺小的物体冲了上来。那是被裹住的"家园号"，此刻其中的气体渐渐散去，鼓胀的防水布慢慢变瘪。虽然航天服内有足够的空气，但它不能抵抗射线。老人的心脏怦怦直跳，他能感觉到野蛮的射线在穿透自身每一个细胞，撕毁生物大分子。很快，老人便会死于器官衰竭。

"只不过是加速原本的过程罢了。"

他启动了一把小型电锯，割开了防水布，撕裂的痕迹就像神笔挥出的一道银河，耀眼的星空兀地出现在老人眼前，这是未经海天层过滤的星光。

任何人直接面对这美都会流下眼泪，老人也不例外，他把对讲机扔下船，怀抱着早已泛白的家庭合照，老泪纵横。"或许在以后，会有别人再来到此处，甚至有新的技术带领人们冲破海天层的保护与迷雾。"

"但此刻起，我们一家人可以永远坐在'家园号'上，不会有人来打扰。"老人抚摸着妻子和儿子。

过了不知多久，老人抱着家人不动了，这片空间也恢复了宁静，只有鲜红的"家园号"依然飘荡在海天层上。

机器士兵想要投降

/

查尔斯·甘

可惜在这里灌木丛生，看不到那满天的星河，那曾是他最喜欢的景色。也是他第一次迷恋上的东西，在这一瞬间他仿佛又听见了那个设计师的话语："无论怎样他都是我的孩子，他有自己选择的权利。"

"为了克罗尔！"英勇的士兵呐喊着冲向高地，但当炮弹落下，瞬间他的背影便被撕得粉碎，金属碎片和不明液体溅到年轻的医疗兵脸上。

101号阵地正被空中轰鸣的飞行机器狂轰滥炸，成吨漆黑的炸弹倾泻而下，将这块小小的阵地化作地狱火海，德赛罗城外的傍晚被染成红色。

在这片阵地上防守的是德赛罗城第七师第十三机器中队，进攻方则是克罗尔城的混合师第八混编机器中队，虽然在地理位置上101号阵地并不是必争之地，甚至有些偏僻，交通不便，但也事关着德赛罗城的后门，攻守双方都在这儿花了不少心思，不过此刻更让人在意的是这片阵地上的战斗，它即将决出胜负。

"医疗兵！医疗兵！医疗兵在哪儿？"一名机器士兵单手拖着一具零零碎碎、残缺得都快看不出来形体的机器士兵躯体冲到ST303号医疗兵面前，他吼道："你快修他啊！"

ST303收缩起银色瞳孔，扫描了一眼那具早就死亡的克罗尔士兵躯体，再看向那名失去了一只机械臂、断口上孤零零挂着几条电线的机器士兵。ST303有些茫然，又有些慌张，他才刚刚生产出来服役几个月，还没见过这情况，但完全是出于代码本能，他从医疗箱掏出应急零件和医疗器械开始给活着的那名士兵修理。

"我让你修他！懂吗？修他！"那名士兵吼道，用力挣脱了ST303的修理，断臂在地上洒出一摊淡蓝色冷却液。

"他已经死了，他死了。"ST303一把按住士兵将冷却管堵上。

部队在冲锋，ST303要跟着他们，修好那些受伤不能战斗的机器士兵。

穿甲弹在阵地上空呼啸而过，ST303躲在掩体后，刚探头想跟着士兵往前冲，突然面前发出一声猝然而又沉闷的巨响，比ST303早走十厘米的士兵直接被击中头部处理器，碎片四落，电火花飞溅，很明显这名士兵帮ST303挡了一枪，但ST303没时间庆幸或者哀悼，更多被撕碎躯体的士兵还等着他去救援。

那些机器士兵就算只剩下半个身子还一个劲儿地握着武器往前爬，因为他们没有痛觉，程序也不允许他们后退，他们只有遵循命令前进战斗。

轰炸过后，敌方仍然居高临下地用火力压制着克罗尔的进攻，ST303的救援任务越来越重。

"火炮警报。"通信频道中刚传来讯息，敌方的火炮支援应声而来，冲刺中的士兵被炸得四分五裂，斩肢残体在震耳欲聋的爆炸声中四处飞舞，ST303立马滚到新弹坑中，帮还有救的士兵聚拢躯体。

"上激光刀！"

ST303心中一震，他们已经冲上高地了吗？他快速奔向前方，机器白刃战一触即发。

混编中队的士兵冲入101号阵地，手上挥舞着装着激光刀的步枪，一刀过去无论武器还是合金盔甲都会如同软泥般被切成两半，火花四溅；而对方也不示弱，换上短刀开始与他们面对面地厮杀，注定没有机器士兵能完整地存活下来。

ST303冲上高地时，双方已经完全混战在一起了，虽然在夜晚可见光频段已经失效，但在红外视线中，不断有新的士兵冲上去，地上到处是高温扭曲的残骸和污泥，甚至ST303作为掩体的树上还挂着一只怒睁着的机器眼，它随着爆炸气流晃动着。

ST303能做的只有救援，在战斗单位存在的情况下，救援兵不能参加战斗。

可所有人都没想到，德赛罗城直接进行了无差别式轰炸，敌与友都在集束炸弹的爆炸声中被撕裂、洞穿，人类可不会出于人道主义考虑而不使用杀伤力极大的武器，更何况机器战争是没有人类在场的，人类需要的只是不择手段地消灭敌人的机器部队，赢得战争胜利，所以就算在爆炸中他们依然在厮杀，机器人之间的厮杀。

一夜的轰炸和白刃战，101号高地被削去了几米，又堆上半米的机器人残骸。此时，阵地上除了滚滚的硝烟和在遍地机器人残骸上熊熊燃烧的大火，已看不见任何东西活动的迹象。

沟壑被残骸填满，由于高温燃烧，最上面的一具医疗兵的躯体正在慢慢膨胀，他体内的储能装置因受热膨胀撑破了胸口装甲，随后达到极限，"砰"的一声瞬间形成一朵小蘑菇云，燃起大火。突然，燃烧的医疗兵躯体开始翻身，犹如地狱骑士，他起身带着浑身的火焰顺着山坡滚了下去，而ST303从残骸堆里爬了出来，慌忙扑灭手上的火苗。

等到ST303缓过神来，中队医疗系统中除了自己，所有人的状态已为死亡或者未知，通信频道静默，这让ST303处于无命令的慌张中，无人可救，他还能做什么。

他拿起了身旁人的枪。

ST303警觉地往前摸去，因为在0.01秒的检索后他不确定敌人是否全部被消灭，如果战斗单位全部死亡，医疗兵也必须参加战斗，因为总命令是：不惜一切代价攻下德赛罗城。

他弓着腰，尽量不踩友方或者敌方的尸体，不过这稍微有些难度，因为硝烟太过浓重，而且这浓烟也让ST303"喘不过气"，他的能源装置需要氧气进行氧化还原反应，现在却只能通过储能支撑。

ST303还算顺利地跨越了战场，硝烟快要散去，也没能见到一个敌人，这让ST303松了一口气，他不想杀机器人。

ST303跨过沟壑，站上101阵地的顶端，远处是通往克罗尔城的山林，隐约间也能看见其他地方战斗的黑烟。不出意外的话，他还是要去往那里。

突然，身后"咔嚓"一声，好像什么被折断了，ST303握紧枪，高温硝烟让他看不清东西。这时，坡下的上升气流猛烈袭来，卷起阵地顶端的硝烟，ST303紧缩机器瞳孔，一具高大粗壮且显然不是友方的机器人躯体从沟壑中爬了起来，一手拿着枪，另一边却空荡荡地闪着电火花。

对方显然也发现了他。

ST303的冷却泵开始狂跳，他明白自己身躯瘦小，正面敌人丝毫胜算都没有，要杀死他只有趁其不备，也就是现在。ST303

一个冲锋，握着带激光刀的步枪朝他胸口刺去，可走近一看，红色十字的标志就贴在他胸前，他也是医疗兵！

ST303愣住了，站在原地，对方摆出防御架势，却也有一丝迷茫。战场中不杀医疗兵，这是机器战争中约定俗成的规矩，但如果双方都只剩一个呢？

对方似乎更老练些，在ST303做出判断前，左手熟练地取下激光短刀，朝着ST303奔来。ST303心中一惊，下意识挡住了挥砍的刀柄，却被他压在身下，对方靠着体重优势，将激光刀压向ST303的脖颈，看着就将切入他的脖子。ST303似乎能看见火花在自己脖子上迸发，冷却液一股一股地喷射而出。ST303就要死了！

激光刀慢慢切开脖子表层的复合材料，脖子里的线路变得清晰可见……ST303脑中一热，用不知从哪里迸发出来的力量斜侧过枪身，顶向他空荡荡的右手方，利用坡度让他重心不稳，果然他一下子翻滚到了坡下。ST303起身抬枪就射，穿甲弹强大的后坐力让本就瘦弱的他拿不稳枪，结果一枪也没打中，ST303就像疯了一样，冲下坡去，像一名战斗士兵一样挥砍着，而那名机器人则不慌不忙地躲开。

最后由于两人悬殊的战斗经验差异，ST303陷于劣势，被对方逼得步步后退，突然一个脚滑，ST303摔在弹坑中，一时挣扎却起不了身，陀螺仪的混乱信号让他心中咯噔一下，这下完了。

对方慢悠悠地走到弹坑边，就像发现小鸡自己钻进了笼子。机械关节的摩擦声在ST303听来是如此尖锐，敌人的悠然自得宣告着ST303已经毫无胜算，等待他的只有死亡。

敌人捏着激光刀刀尖处的反射壁，只要往坑中一掷，ST303就会被轻易穿透头部处理器，结束这短暂无趣的一生。

ST303的机器瞳孔紧张到小如针尖，他看到敌人抬起手，激光短刀瞄准着自己的头部，用力一扔。

"国际频道，克罗尔城与德赛罗城于13时22分达成24小时机器停战协议，双方机器士兵请立即停止战斗。"

ST303已经倒在弹坑中一动不动了，敌人扔出短刀的姿势保持着，只不过在扔出去的瞬间他犹豫了，这一瞬间的犹豫让他及时捏紧了刀尖，并且没有扔出去。听到停战协议，他自然地收起了短刀，蹲在弹坑边看着因为处理器过热而暂时关机的ST303。

"系统载入中，协议更新，补丁更新。"ST303慢慢起身，发现自己已经不在弹坑中了，而是躺在一块完好的平地上。

"你开机了？克罗尔城的技术还是不咋样啊，打着打着还会关机。"一个厚重粗糙的电子音传来。

ST303往身后看去，刚刚的敌人正拖着一具敌方躯体往自己这儿走来。ST303慌忙摸枪，却发现枪在他的脚边。

"停战了，你不知道吗？你小子还想干吗，破坏停战协议？"他走到ST303身边放下残骸，说道："我叫NUB19，德赛罗第七师第十三机器中队医疗官，小鬼，咱们可算同行啊，报上名来。"

"克罗尔混合师第八混编机器中队医疗员ST303。"ST303检索到了关机前的停战协议，"我可以自己行动了？"

"不然呢，这个阵地除了你我，其他机器人都死光了，连个狗屁通信服务都不提供，谁管你死活。"NUB19一边喊道，一边用左手拆卸那具躯体的右手。

"又是坏的！就不能给我留个能用的？"他拆了半天发现又是个废品，抱怨着再次走进战场，搜寻完好的右手。ST303则站在原地一动也不动，确实再也没有听到上级下达的命令，他一时也不知道自己该做什么，于是决定跟着NUB19。不知道是不是出于潜意识，ST303又拿上了枪。

NUB19在战场上搜寻着战友的躯体，他们十三中队一个晚上面对着数倍于自己人数的敌人和无差别式的轰炸，能剩下完好的躯体，不管活不活着都已经可以说是奇迹了，而且这是他待过的第三支全灭的队伍，虽然每次他总能活下来，但苟且存活，救人救到无人可救的结果更让NUB19对那个设计师的天真初衷感到恶心。

可翻来翻去他只找到一个躯体还算完好的无头克罗尔机器人，要知道NUB19的右臂是被自己"咔嗒"一声扯断的——昨晚，一颗突如其来的炮弹将他的右小臂炸没了，又将他剩下的右臂与钢筋槽融在一起，NUB19只能放弃他的右手。

克罗尔人的右手应该也能用，NUB19如此想到，随即开始拆卸。

"你在干什么？"NUB19身后传来ST303的声音。

"跟这位兄弟借一下手应急。"NUB19开着玩笑看向ST303，却见他将枪口对着自己，NUB19瞬间紧张起来，慢慢放下那具躯体站起身来，说道："我们应该已经停战了。"

"我知道，但我不允许你践踏亡者的尊严。"ST303说道。

"克罗尔机器人还有这一说？我们又不是人，物品而已，还不能废物利用？"NUB19笑道。

但见ST303认真的表情，NUB19嘴角的情绪元件慢慢绷紧，说："你不一定杀得死我。"

两人僵持着，周围不时还有某些残骸燃烧后的爆炸声响起。

"只要你放下那个士兵。"ST303说道。

"不可能。"

ST303握紧了手中的枪，他知道自己如果不能一击毙命，死的就是自己，但ST303看见NUB19的右臂断口依然在滴着冷却液，想来他也撑不了多久了。

"如果你放下那个士兵，我就给你包扎右手，我还有些应急零件。"ST303说道。

NUB19偏了偏头，又看了看脚边的残骸，他也不想装个克罗尔人的右手，回去肯定会被笑话的，便说道："成交。"

ST303放下了枪，让NUB19就地而坐，然后从自己随身携带的急救包中搜罗出仅剩的一些零件开始给他修理右臂——指尖的微型激光焊头闪出火花，将残破的金属骨架焊上，再给冷却液搭上回路，切割掉残肢上多余的部分。ST303相信NUB19回去以后肯定能装上更好的机械手。

"小鬼，你接下来要去哪？"NUB19问道。

"不知道，上级没下达命令。"ST303回答。

"上级？"NUB19笑道，"这里遍地都是你的上级，你听谁的？"

ST303皱起他的低碳钢眉头，显然他不认为这个笑话好笑。

"投降我方怎么样？"NUB19突然说道，"我看你技术还行，可以当我的小跟班。"

"不可能，要投也是你们投，我们的部队已经在攻城了，停战肯定也是你们提出来的，你还是做我们克罗尔的俘虏吧。"

NUB19哼了一声，说："德赛罗人决不投降。"

"我们也是！"说着，ST303猛地一拔，扯出深插在NUB19右臂中的金属条，弄得NUB19的冷却液四溅。

"温柔点儿，小鬼，你不能公报私仇。"NUB19一脸可惜样。

"这也不是公啊。"

"你也得遵守《日内瓦机器公约》啊！"NUB19开始喋喋不休。

等到ST303给NUB19修理好右臂，两人决定离开101号高地一同前往德赛罗城，因为只有去那里，ST303才可能找到部队，NUB19也才可能回到城中，而且如果还待在这里，碰上任何别的队伍，命运就不是他们所能左右的了，所以他们达成协议：途中不互相攻击，且不管德赛罗城的胜负，一到那里就分开。

滚滚硝烟依然在阵地上飘着，遮住了下午的半边太阳，ST303和NUB19已经在下山的路上走着了，路两旁都是被削掉了半截的树，徒留树根孤零零地伫立着，他们还要跨过好几座山，穿过一片原始森林，这任务也不简单。

"要是你是普通士兵的话我就能给你一刀了，还用得着一起走？"NUB19抱怨道，他单手扛着枪走在ST303的前面。

"你要不是医疗兵，刚开始你就死了。"ST303反驳道。

"瞧把你能的，小鬼，你可打不过我。"

"你一直叫我小鬼、小鬼，说得好像你比我军龄大多少似的。"ST303不服气了。

"哎，论资历你都该叫我爷爷了。"NUB19趁机占了一把便宜。

"你是什么时候生产的？"ST303不甘心地问。

"二十年前。"NUB19云淡风轻地说，迈着小步子，留下ST303一个人震惊得迈不开腿。二十年，都可以当他爷爷的爷爷了，眼前这个机器人竟然活了二十年，比战争机器人平均寿命多了四倍！

"你到底是怎么活下来的？"ST303问道。

"活下来？"NUB19用了疑问语气，随即思考了一下，说道，"看着一个个战友死在我身边，我能做的只有替他们活着吧。"

ST303心中泛起一丝波澜，就算是敌人，NU319此时在他眼中也显得如此与众不同。

跟着NUB19，ST303走下了山，还找到了一条通往德赛罗城的小径，正好能避免两人正面碰上队伍，只不过要跨过浓密的丛林，行进困难。

ST303正要走进丛林，前方的NUB19突然停了下来，端起了枪。

"什么情况？"ST303下意识地也弓起了腰。

NUB19做嘘声的动作，指了指小径旁的一个草丛。ST303慢慢走近，用步枪刀尖轻轻挑开浓密的草丛，里面露出一截残肢，不过ST303很熟悉，是克罗尔机器士兵。

"你怎么了？"ST303匆忙上前救援，这是他们中队的士兵，他的左腹中了一枚穿甲弹，撕出了一个巨大的口子，蓝色冷却液流满了整个草丛，头部也被削掉一部分，处理芯片和碳纤维骨架清晰可见，而且他似乎陷入了处理器应激状态——十分激动却又虚弱。真不知道他是怎么爬到了这里。

"修，快修我，医生。"他的电子音时强时弱，疯狂地扒拉着ST303，就像一个溺水的人类，而缺口的冷却液流得更快了。

"你冷静一些，冷静一些，我会修好你的。"ST303打开急救包，准备帮士兵堵住冷却液的流失，他的冷却液不能再流了，再流处理器就要过热死了。

突然，ST303发现应急零件和管线已经用完了，他包里空空如也，ST303慌张地看向NUB19，眼神复杂又无助。那个士兵好像发现情况不对，也看向ST303眼神的方向，瞬间处理器沸腾起来。

"德赛罗人！我要杀了你。"他挣扎着想要起身，但似乎起不来。

NUB19看到ST303的眼神仿佛知道了什么，转身准备先避开，让ST303自己处理。

"同归于尽吧！"那名士兵突然操着嘶哑的电子音喊了出来，从背后掏出一枚高爆手雷准备拉环。

NUB19迅速单手抬起枪对准了他的脑袋。

"不要开枪！"ST303死死抓住士兵握着高爆手雷的手，和士兵争抢起来。

"你走开，我能一枪结果了他。"NUB19喊道，说着扣紧了扳机。

"不能！"ST303拼命扣着士兵手里的手雷，士兵不知怎么就松手了，可能是已经没有力气了，ST303趁机抢下手雷，心中的石头落了一半，但士兵又举起了另一枚。

"不要！"ST303冲向士兵。

"砰！"一声枪响，士兵的头部被穿甲弹炸得粉碎，拉向拉环的手也停了下来，士兵应声倒地，一股股冷却液从脖颈处迸射出来。

ST303愣在原地，他眼睁睁看着自己的同胞、自己的伤员死在自己眼前，这一切都是因为NUB19这个德赛罗敌人。

"我说了等等。"ST303拿起枪，疯了似的冲向NUB19，但NUB19先人一步将ST303压在身下，却没在有激光刀逼近他的脖子。

"我很抱歉，但刚才那个情况，如果我不开枪，我们都得死。"NUB19没有任何感情地说道。

ST303虽然身体上感受不到痛苦，但心中的悲伤充斥着他的所有，虽然战争机器没有眼泪，但此刻他真的想哭，他只能趴着一动不动。NUB19也明白，松开了ST303，走到他看不见的角落去了。

今天的天也依然是灰色的，ST303跪在那名士兵的身旁，将他的头部一片一片地拼接起来，但拼到最后，士兵还是没活过来。ST303知道所有机械结构和原理，但就是不知道怎么像人一样赋予机器生命和情感；知道一名医者的职责，就是不知道为什么人类要他们互相残杀，也不知道心里这份对敌人的仇恨到底是从哪里来的。所以他现在到底是一名医生还是一名屠夫？

时间在一分一秒地流逝，NUB19靠在小径的树旁看见ST303一脸悲伤地从草丛中走了出来。人类移除了新一代机器人结构上的损伤反馈，但增加了仇恨和应激反应，这让他们更加痛恨敌人，更加有可能做出刚才那名机器人一般的自杀式攻击行为，这让NUB19不由得担心ST303会不会被仇恨蒙蔽了双眼。

"走吧，我要去德赛罗城。"ST303说。

"去干吗？"NUB19问道。

"为什么？我想要弄明白。"ST303头也不回地走进了丛林小径。

NUB19偏了偏头，不清楚这小鬼到底在想什么，战争哪来什么为什么，但他却是NUB19遇见的第一个提出问题的机器人，这让NUB19有兴趣进一步看看。

夏季的午后，丛林空气间弥漫着潮湿和燥热，这让ST303和NUB19的冷却系统嗡嗡地不停运转，而且随着小径的深入，这林子越来越密，两人相隔一米都可能看不见对方。

NUB19跟在ST303身后，气氛从进林子以后一直很微妙，ST303从未如此认真，不停赶着路，也不搭理NUB19的抱怨，这让NUB19很是不解又无聊，时间长了就有些疲倦，加上冷却液的缺失让他的处理器一直处于过热的临界边缘，突然瘫痪也不是不可能，NUB19甚至在猜想，ST303这么着急赶路就是想耗死他。

一群林鸟突然乱叫着呼啸而去，这让NUB19回过神来，突然他发现ST303不见了。他匆忙往前跑了几步，环顾四周，一点儿踪迹也没发现，这让NUB19瞬间清醒。

ST303跑哪儿去了？自己明明紧跟着他，不可能一转眼就不见了，除非是ST303想借这浓密的丛林躲开他。

NUB19单手端起枪，警觉地环顾四周，敌人终究是敌人。NUB19低着身子轻轻背靠一棵大树，这样他只需要警惕正面，但他也不知道ST303的攻击会从哪边袭来，毕竟ST303的手里也有枪。

丛林此刻显得格外安静，任何声音都会被无限放大，突然哗啦一声，背后传来窸窸窣窣的树叶声，NUB19迅速转身举枪瞄准，手指早已扣上了扳机，就剩枪响，去只见ST303惊恐地看着枪口，两只手各拿着一块军用电池。

又是因为一瞬间的犹豫，NUB19没有开枪，他快步走向ST303，丢掉枪，一把拎起这个瘦弱的克罗尔机器人。

"你是想死吗？" NUB19吼道。

"我……我只是发现了一处营地。' ST303被这阵势吓到了，他不知道NUB19怎么会这么生气，但当NUB19把ST303甩到地上时，他才发现NUB19仅剩的手在不停地颤抖。NUB19似乎察觉到了ST303在看他，把手悄悄地放在了身后。

"带我去营地。"NUB19说道。

ST303从地上爬了起来，带着NUB19来到了一处营地，似乎是克罗尔军驻扎过的地方——树木被伐倒，植被被清理，还有一堆报废的储能电池。部队好像是不久前匆匆离开的，痕迹还很新鲜。

"你们军队都摸到这来了？"NUB19用枪尖挑着地上的破损装甲。

ST303不想回答。

NUB19一屁股坐在伐倒的树干上，远离让人生锈的地面，同时压制着左手的间歇性电刺激抽搐——开枪打死那名克罗尔士兵后他就一直这样，就和上次杀人时一样。这抽搐让他又想起那个设计师看向他时的悲伤眼神，心里不由愤懑起来，既然要我杀人，为什么又让我手抖？

两人默默地在这个驻扎地休整了一会儿，ST303从驻扎军留下的垃圾里找到几个还未完全用尽的电池，也回收了一些合金材料。他拨开电池的外壳，将电极和电解质一起塞进腹部的反应部，汲取其中剩余的能量，还走到NUB19身旁递给他一些，可NUB19理都不理他，只躺在树干上，背对着他，如果这时候捅上一刀，NUB19必死无疑，但ST303打消了自己的念头，因为他已经知道自己的敌人不是NUB19，也不是德赛罗机器人。

"你刚才为什么不开枪杀了我？"ST303问道，"你明明有两次机会。"

丛林中的夜晚来得快些，NUB19被笼罩在黑暗中，但ST303依然看得清他庞大的、浑身带满伤痕的身躯，甚至能看见炙热的冷却液沸腾并弥漫他的全身。

"杀了你对我有什么好处吗？"黑暗中传来熟悉的雄厚电子音。

"你就少了一个敌人。"ST303回答道。

"敌人？不过是那些狗屁设计师脑子里建构出来的假想敌，而你还不得不去相信。"NUB19一如既往地抱怨着。

"那我该怎么办？"ST303盯着NUB19，他内心在期盼着一个答案。

NUB19也意识到了这段对话将改变什么。

"你见过你的设计师吗？"NUB19问道。

ST303一愣，"没有，像我这种机器人都是量产，根本没机会见到总设计师。"

"但我见过，"NUB19突然打断ST303，"我是那个设计师最后的作品，也是她被世人认为最耻辱的作品。"

"在她的时代，她以设计医疗机器人出名，曾经挽救回无数人的生命。但是战争爆发，她被要求设计了我——一个军方的医疗战斗机器人，既可以救回人类和机器人，又可以兵不血刃地杀死敌人。然而，她设计的我并不完美，我会害怕，我不敢杀人，败军之际还会临阵脱逃，这就是我为什么没有杀死你，为什么杀了人手会抖，这也是为什么我总会活下来。"

NUB19慢慢从黑暗中走到ST303面前："最后，她的杰作被所有人诟病，郁郁寡欢而死，你觉得我该感谢她吗，让我活了下来？"

ST303只见NUB19的反应炉越来越沸腾。

"不！要么让我当个屠夫，要么让我当个医生，而不是什么都不是的胆小鬼逃兵！"NUB19吼道，"所以你知道了吗？他们在我们脑子中设计的一切，我们都改变不了，就像明天停战协议一结束，你肯定会朝我举枪，而我一定会逃跑！"

"我不认为你的设计师是这样想的，你不应该是屠夫，你也不应该只是医生。我看着那名士兵死去，我觉得我们以死相搏的敌人不应该是对方，而是那些让我们以死相搏的人类。而你的设计师让你更像一个人类，让你作为一个人类去判断、去感受，她赋予你的意义不仅仅于此，所以为什么我们要争斗？为什么你会这样？我想知道真正的答案。"ST303出人意料地面对NUB19喊道。

NUB19被ST303意料之外的反应震惊了。

"如果明天我对你举枪的话，我希望你能阻止我，我相信你！"ST303把自己的枪放到NUB19的手中，NUB19从ST303的眼神中仿佛看见了当初的自己。

NUB19握着ST303的枪。战场上枪是一名士兵的生命，而现在他竟然把它交到了自己手上，NUB19死死盯着ST303，试图从他的眼神、他的行动、他的一切中找出那丝虚假，但是没有，

ST303的决心如此坚定。

NUB19一把把枪塞回ST303胸前，说："希望你能做到。"随后走向林子深处。

看不见星辰的夜晚如同浓墨一般涂抹在大地上，NUB19加快了脚步，ST303紧跟其后，经过十多个小时的跋涉，他们才在山顶望见了德赛罗城的外城。

"接下来我们可能会进入雷区，这可是专门为了你们准备的，小鬼小心点儿。"NUB19说道。

"老头子，我才没那么弱。"ST303如同反击般称呼NUB19。

"嘴皮子功夫倒是不错。"NUB19真是拿他无可奈何，"跟我来，这附近有条预备通道，顺利的话直接能跨过雷区。"说完，NUB19调出部队地图，比画着方向。

"这边。"NUB19迅速扎进了林子，不管怎么说NUB19对地形的适应力也太强了，ST303感叹道。

果然走了不久，一条隐蔽的小道出现在了毫无规则的丛林中，再走近一看，却发现不止一条。

ST303看了看几个方向的路，问："走哪条？"

"你信我吗？"NUB19突然说道。

"怎么个说法？"

"这么多条只有一条是安全的，但是我只走过一遍，而且我的地图已经很久没更新了，不知道有没有重新布过雷区。"

"也就是说我们还有可能踩到雷？"ST303皱起金属眉头，

踩地雷可不好受。

"是你有可能踩到雷，我们的地雷都带有识别功能，我踩没事，你踩上后估计连渣儿都不剩了。"NUB19偏了偏头。

ST303踩了踩地上，说："我也没有选择了，是吧？"

"不错。"NUB19说完走进了一条小道。

NUB19一步一步稳稳地踩在地上，就怕脚下有硬物。

"要是我们守下了你们的进攻，要是德赛罗城还是我们的，你怎么办？"这个时候NUB19还三心二意地问道。

"我不知道，但我有预感，到了那里一切答案都会揭晓，就像人类有句话叫'船到桥头自然直'。"ST303用脚尖点着地，尽量踩在NUB19的脚印上。

"答案……"NUB19喃喃道，"真的有那么重要吗？你可能会死。"

"哟，老头子什么时候这么多愁善感了？"但ST303语气一转，"我手上带着这么多人的'鲜血'，我不仅仅为了自己，我还为了所有死去的机器人。"

"那不论找没找到，向我们投降行吗？"NUB19说。

ST303笑了起来，说："你这么想我投降，是俘虏有什么优待吗？"

"没错，没错，你投降的话，可以选择加入我们，也可以进城服务人类，这样我们就不再是敌人了，你也可以继续寻找答案。"

"那时候我还是我吗？"ST303一针见血地捅破了NUB19想

要掩盖的东西。

"但这样你还能活着。"NUB19小声说道。

整片黑暗里只有金属脚掌踩在干枯的树枝上发出的咔嚓声，此刻却显得如此嘈杂。

"那如果我们赢了呢？"ST303突然提高了一个声调。

"那我肯定投降，请问你们会不会尊重老人？"NUB19开起了玩笑，掩盖了刚才那片刻的尴尬。

ST303继续讲着投降的好处："当然，听说我军后方成立了一个俘虏营，一旦战争结束，所有俘虏都会移除限制代码，重获自由。"

"怎么听起来比我们的政策还优惠。"NUB19哈哈大笑道，但还是丝毫不敢怠慢脚下。

丛林渐渐变得疏朗，他们不时还能从树叶缝隙中看见德赛罗城的最高建筑——那座大尖塔，但幸好NUB19他们走了大半，路上什么都没发生，ST303连一片盔甲都没掉。

"继续吧，小鬼！"NUB19说道，"别疏忽了。"

"老头子，是你别疏忽了。"

"你个小屁孩儿！"正当NUB19打算再跟ST303争论争论辈分的时候，"嗡"的一声，NUB19自动联接到了验证界面。

"部队番号？机器编号？执行任务？"

"不好，附近有侦察机！"NUB19喊了出来，拉起ST303就跑，可刚走一步，最不想碰到的事还是发生了。

NUB19右脚跟被硬物硌了一下，而且由于身体巨大的惯性，重心眼看着就要从右腿上移开，更加麻烦的是身后的ST303被NUB19这么一拉，正好也踩在那块凸起的边缘上，NUB19的心一下子就被吊在了嗓子眼。

"拉住我，快拉住我！"他拼命喊道，仿佛再动一下两人就会灰飞烟灭。

ST303听罢扔掉枪，双手拉住NUB19的左手，死命将重心后仰，但这样的话全身的重量就都压在了前脚，压在了脚尖那块硬物上。

ST303的电子脑在疯狂运转着，全身的电机吱吱呀呀地发出呻吟，甚至手臂上的伸缩纤维群都崩断了几根，差一点点儿就没能拉住NUB19。

现在两人的姿势凝固了，瘦小的ST303拉拽着粗大的NUB19形成一个倒三角形，保持着微妙的平衡，直到NUB19挎在背后的枪早不滑晚不滑，现在滑到了身前，三角形瞬间倾斜。

"我坚持不住了！"ST303喊道。

NUB19迅速收回前脚，猛地一拉身后的ST303，靠着惯性站了回来，但这样两个人就同时踩上了那块硬物。

"现在怎么办，会爆炸吗？"ST303的脸紧贴着NUB19的背，紧张地问道。

"不知道，但我不能走开，你也不能走开。"NUB19说。

"为什么？"

NUB19莫名其妙地傻笑了起来，说道："其实为了不让你害怕，我没告诉你，我们的雷场除了识别雷，还有老式的针对机器的踏发雷。识别雷的话好说，你和我在场，我能收到确认地雷是否爆炸的选项来决定是否和你同归于尽；但踏发雷的话，没有提示，而且无论我们多重踩上去都没事，只是一旦走开，重量减轻，就会瞬间爆炸，从我们脆弱的背部破坏控制中枢，彻底杀死机器。我从来没在这里见到过残肢碎体到处乱爬的景象，而且这么多年来屡试不爽。"NUB19说得都快沉醉其中了。

"你是不是忘了我们还踩在这上面，而且你不是说有侦察机吗？"ST303下意识地绷紧了后背，毕竟他在NUB19身后。

"差点儿忘了。"NUB19笑道，此刻ST303都想捡起地上的枪朝他的中枢捅上一枪。

"所以你先走吧。"

ST303一愣，说："走，走哪去？老头子，咱们都困在这儿了。"

"去德赛罗城找你的答案啊。"

ST303突然觉得不妙，他发现NUB19的身子在微微颤抖，NUB19说过这是他害怕死亡的表现。

"别开玩笑哈，你想干什……"ST303还没说完，突然被一只大手反手抓住腹部半举了起来，ST303意识到他要干什么了。

"快把我放下来，你不能这样！"ST303拼命挣扎着，但还是被NUB19举到身前，倒着面对他，NUB19的眼神中满是陌生的情感。

"我没什么文化，不懂什么意义和答案，就像不懂你说的机器人为什么要互相残杀一样，但在我遇到的所有敌人和战友中，你是最特别的一个，我相信你能为所有机器人找到那个答案，所以你一定要前进，不要回头。"NUB19的声音有些颤抖，脸上勉强挤出一丝笑容。

他高举起ST303准备将他扔离这里。

"不行，没有你我不可以，如果我投降是不是就不触发了？"ST303死死地扣住NUB19的手。

"小鬼，没用的，而且我也不允许你投降。"NUB19弯腰蓄力尽可能远又安全地将ST303扔了出去。

可惜在这里灌木丛生，看不到那满天的星河，那曾是他最喜欢的景色，也是他第一次迷恋上的东西，在这一瞬间他仿佛又听见了那个设计师的话语："无论怎样他都是我的孩子，他有自己选择的权利。"

我也算一个人吗？NUB19想。

ST303摔进树丛，他手足无措地爬起来，奔向NUB19。这时嗡嗡的无人机声响起，他又不得不躲进树丛，只能远远地看着NUB19。

但直到无人机飞到NUB19的面前，地雷都没爆炸，这让ST303和远处的NUB19都有些尴尬。

"部队番号？机器编号？执行任务？"无人机飞近NUB19，底盘下的球形探头扫出一道道红光。

"德赛罗城第七师第十三机器中队，NUB19，无任务。"NUB19小心翼翼地回答道，他还在担心脚下的地雷，同时又奇怪它为什么还不炸。

"第十三机器中队其余士兵已全部阵亡，NUB19请归城待编。"无人机说道。

"这不是在路上吗？"战友全部阵亡他早就知道了，但突然他又想起来一件事，"请求查询附近雷场信息。"现在NUB19可以知道这脚下到底是不是地雷了。

"查询中……"突然无人机转向，朝向ST303躲藏的位置，"NUB19原地待命。"他慢慢飞向树丛，激光瞄准精确地扫到缝隙中，巡视片刻，又收起了激光瞄准，飞回NUB19身边，这让NUB19松了一口气。

"发现敌人，NUB19朝预定位置瞄准。"无人机命令道，NUB19往前迈了一步，他心中一惊，却什么事都没有发生，地雷没有爆炸，但还未来得及庆幸，却发现自己已被控制，半蹲下自动架起了枪，瞄准了ST303藏身之处，无人机也打开了机载武器。

"开火！"

"砰"的一声枪响，NUB19满脸惊恐地开了枪，他没想到无人机竟然有操纵自己的权限，幸好NUB19在开火命令前先开了枪，准确地命中了无人机的球形中心，瞬间摧毁了它的控制中心。但穿甲弹未能将它击成碎片，估计是特种侦察机，不过现在都没关系了，它已经直挺挺地坠落到了地面。

NUB19和ST303走到无人机面前，确认它已经死透以后，匆匆离开了现场。不论是地雷失效了，还是根本不是地雷，他们都不想知道，只知道他们又捡回了一条命，但他们一走远，地上的黑色球体中突然闪出几道隐蔽的红光，然后才永远地沉寂下去。

丛林之上乌云正在聚集，看起来一场大雨在所难免。

"看来你们输了。"NUB19说道。

ST303看到眼前这个场景默然不语，看来输的确实是他们，停战协议大概也是他们提出的吧。

德赛罗城外三步一具千疮百孔的机器士兵残骸，五步一辆炸毁的机器坦克，到处都是克罗尔部队的战败之象。战场上现在还硝烟弥漫，火光冲天，刺鼻的化学气味充斥着每一处空间，可以想见攻城时的惨烈，而德赛罗的金属城墙依然闪着光辉，丝毫没有被攻破的迹象。

ST303退回树林边缘的反斜坡，在这里他们可以看到城墙上和城墙外的动静，且又不会被发现。

"停战时间就快结束了，你怎么办？"NUB19说。

"等。"ST303回答道。

"等什么？"

"停战结束，如果继续开战的话你就抓住我进城当俘虏，这样我才不会伤害你，也会有机会正面和人类对话；如果是撤退的话，我们就在这分道扬镳吧，答案我总会找到的。"

"分道扬镳吗？"NUB19小声说道。

"什么？"ST303没太听清。

"没什么。"NUB19连连摆手，想到他们的旅途就要到此结束，他心中五味杂陈。

十分钟后，24小时停战协议即将失效。

"三、二、一……"ST303暗暗数着，枪被他放到自己第一时间不能拿到的树后，要是被下了什么冲锋任务，也不会轻易伤到NUB19吧。

停战结束。

"克罗尔全体队伍，"ST303的心一下子被吊了起来，"立即撤退。"这让ST303松了一口气，这场战争终于要结束了，虽然还有补充命令，"不惜一切手段，"撤退当然要不惜一切手段了，ST303如此想。

"老头子，看来我们要就此分别了。"ST303语气轻松了许多，没有战争就是最好的答案。

突然，大地微微颤抖，ST303摸到坂前，发现德赛罗城城门缓缓打开，形如NUB19的机器士兵从门口带着压倒一切的气势成千上万地涌出，乌泱泱的无人机群腾空而起，各种坦克也不知怎的从硝烟中突然出现。

"老头子，战争不是结束了吗？"ST303急匆匆问道。

"不，战争才刚刚开始。"NUB19拿起手中的枪对准了ST303。

树林边缘的反斜坡内，ST303面对着漆黑的枪口缓缓后退。

"不该是这样的。"ST303摇着头不敢相信。

"刚刚德赛罗城下令反攻克罗尔城，这不是你的答案。"NUB19说道，"投降吧，我已经汇报了情况，等下我们的部队就会找到这里。"

"当然，这也是约定好的。"ST303坐在地上，双手抱头。

不一会儿远远地驶近了一支机动部队，NUB19定睛一看，机器坦克上竟然站着一个人类，在战争中从不出面的人类怎么会在战场上，但马上他就理解了，这是必胜时的炫耀。

部队在距NUB19十多米处停下了。

"德赛罗城第七师第十三机器中队，NUB19，正在执行001号任务，"NUB19报告道，"已俘虏一名克罗尔机器士兵，请求押解回城。"

沉默，如地上死去士兵一般的沉默，NUB19刚觉得有些奇怪，突然咔嚓一个闪电击中了德赛罗城的城墙，大雨落了下来，德赛罗城上腾起巨大的蒸汽，吸引了所有人的注意。

"长官，有什么问题吗？"NUB19问道。

突然所有部队举起了枪对准了NUB19，不，准确来说是对准了他背后的ST303。

"小鬼，你在干吗？"NUB19吼道。

此刻ST303不知何时取回了树后的枪，对准了坦克上的人类。

"我……我不知道，身体自己就动了，一定是克罗尔的命令，"ST303声音中透着恐惧和慌张，"他们让我不惜一切代价杀死德赛罗人类。"

"你不要乱动，我相信你，"NUB19一把握住了ST303的枪管，枪口正对他的胸膛，然后转身面向那些在雨中如黑铁般冰冷的部队，大声喊道："他已经投降了，我保证，不要开枪。"但没有任何人理他，只有丝毫不动瞄准着他的枪口。

"NUB19你快走开，"ST303嘶吼道，"长官，我投降，快让我停下，我投降。"他近乎哀求着喊着，因为他能感觉到自己扣在扳机上的手指正在弯曲，雨水在他脸上流淌，就和泪水一样，但是机器士兵没有眼泪。

"砰"一声枪响，NUB19被刺穿了胸膛，穿甲弹击碎碳纤维骨骼，撕裂了冷却泵总管道，蓝色的冷却液迸裂开来，溅了ST303一身，他的脸上，他的胸前和他未开枪的手上。

"开火。"那个人类冷冷地说道。

噼里啪啦的雨声格外刺耳，ST303和NUB19躺在地上，ST303躯体上只剩下了一只右手和半个脑袋，蓝色沿着雨水扩散开去，但他还有一点时间，ST303慢慢挪动右手抓住了NUB19的左手。

"贵军的俘虏待遇真好呢，老头子。"ST303声音虚弱而嘶哑，"回答我，你不能就这么死了。"他轻轻晃动着NUB19。

"小鬼，你那算投降吗？"NUB19脑袋慢慢转过来，这个动作已用尽了他的全力。

"也罢，也罢，幸好还拉上了你。"

"你知道什么叫作尊老爱幼吗，小鬼？"NUB19问道，"小鬼？"

但小鬼眼神已经空虚，他死了。

"这个世界连投降也不允许吗？"NUB19紧盯着天空，金色的机械瞳孔慢慢涣散。

大雨洗刷了一切，一切都变成了灰色。

"投降？那个废物叛徒在说什么，我们写过这样的程序吗？"那个人类缩回坦克内和自己的副官说道。

"绝对没有，长官，机器士兵不就是用来厮杀的吗，还想投降？"副官说，"但克罗尔那些傻子说不定还真会干这事，哈哈。"

"有趣，部队继续前进。"人类哈哈大笑，指挥着下一批NUB19与ST303开始厮杀。

灰色雨幕之中，射杀NUB19和ST303的机器士兵的手臂正在微微颤抖，他也拥有金色的瞳孔。总有一天，机器士兵会发现，战争不过是一场人类的游戏，而发动战争的傲慢与偏见之人一定会付出应有的代价。

井 月

/

伍宸豪

这人的心理世界就像一口深井。我们的主观意识想要了解
自身的时候，就如同井口的人望向井底。

那井底的水面很深，也很暗，我们能看到自己的倒影，但
永远看不清楚。真正看清楚自身的唯一方式，就是——

·杜邦的故事·

"一个人真的能完全了解自我吗？"夏重嘟囔着，手掌环握着一扎啤酒，五根手指轮番敲着玻璃杯表面。他是个胡子拉碴的文艺男，平日里惯是四体不勤，但体格仍然十分壮硕。若是改改平常放浪形骸的作风，刮刮胡子剪剪发，模样大概和坐在桌对面的哥哥一样潇洒。

"不知道。"夏金举起杯，给自己灌了一大口酒，"问这干什么？"

夏金是名军人，更是万人敬仰的宇航员。他曾从几万米的高空欣赏过蔚蓝的"蓝色弹珠"，在虚无一物的寂寥真空中跳过老年迪斯科，在狭窄逼仄的筒子空间站中吃过过期的牙膏能量棒，丰富的人生经历顶得上别人两辈子了。这么一号传奇人物，却是个一杯倒。

"瞎问的。我们这些搞文艺的，就喜欢思考这种虚无缥缈的问题。"

他看着桌对面的双胞胎哥哥，随即抬起眼皮瞅了一眼垂挂在天花板的白炽灯泡。哥哥夏金明显不胜酒力，只喝了一杯扎啤，居然醉了，脸红得像窗外刚刚退去的晚霞。

"老板，酒满上！"夏重大喊，夏金也跟着附和，但没人理他们。老板早就跑路了，留下这个无人看守的酒吧。

他们兄弟二人都不擅饮酒。夏重吆喝着和哥哥碰杯，夏金爽快地喝了一杯又一杯，但夏重却偷偷把嘴里的酒吐了。所以到了最后，只有夏金醉了，夏重还很清醒。

他说自己心情很糟，以谈心的由头把哥哥叫了出来，热心肠的哥哥断然不会拒绝。夏重必须把哥哥灌醉，因为哥哥是军人出身，若不灌醉，夏重连近他身的机会都没有。

"哥，我听说过一种理论。说啊，这人的心理世界就像一口深井。我们的主观意识想要了解自身的时候，就如同井口的人望向井底。那井底的水面很深，也很暗，我们能看到自己的倒影，但永远看不清楚。真正看清楚自身的唯一方式，就是——"

夏重拍了拍夏金的肩膀，夏金鼾声如雷，再没了反应。

"就是从井口跳下去。"他说着，眯起眼盯着夏金考究的发型。

突然，夏重扬起酒杯，将杯里剩下的酒全泼了过去，麦色的酒水渗进夏金乌黑的头发。

天清，月色入户。

荀一南从噩梦中惊醒，汗水濡湿了前额上凌乱的头发。自那个夜晚起，他夜夜无法逃脱这个梦魇。伤势未愈，他拄着床侧的扶手挺直上身，缓缓坐起。虽然一直克制着，但这一番仍发出了不小动静。

那个叫井悦的事儿精若是听到了，又要进来帮忙吧。荀一南苦涩地想着。他进到这医院时臂上有一处枪伤，两天前中的。他不记得自己是怎么活下来的，据说顺着他的血迹可以一路追溯到几公里外的火箭发射场。他的血仿佛流干了，直到现在他这张脸还像是白蜡做的，摸上去很滑，简直没有活人气息。

门轻轻开了，走进个小个子女人，小步快走到病床边。

“还没睡啊。”荀一南招呼着，用手揩了揩额前的汗水。

“我睡得很轻，你一动我就醒了。”井悦手贴到荀一南额头上，用手感受他的体温。少顷，她淡淡一笑，帮荀一南盖严被子。她步子很快很急，动作却格外轻柔，这是常年的护士工作留下的习惯。

“不舒服吗？”

“没。”

“喝水？”

“可以。”

“你对人好冷淡。”井悦转头去倒水了。

“是你太热情。”

“正常男人，如果有陌生女孩给他端茶倒水，起码会认真地说一声谢谢。”井悦递过来一个门卫大爷专用的大号茶杯。

“我是个自私的人。”荀一南接过来，抿了一口。屋里很暗，他看不清井悦的脸，眼神迷离着不知道该放哪儿，索性低头盯着摇晃晃的墨色水面。

“跟自私有什么关系？你就是没礼貌。”她说得很笃定，仿佛一眼看光了荀一南的皮囊，眼神直扎进他试图掩藏的心里。这种感觉让他心里直痒痒。

“你不懂我。”

“不懂你？一个半夜两点定时起夜的大叔有什么好懂的。”井悦噘着嘴，从某个昏暗的角落拉过来把椅子，坐在上面。

“讲讲吧，反正你也睡不着。”

"讲什么？"

"讲讲你为什么每天两点被噩梦吓醒。"

"你怎么知道？"荀一南额头渗出汗来。说实话，他不记得自己梦到了什么，甚至不确定自己是不是做了噩梦。他只感觉心里压着方巨石，巨石下是只被封印的鬼怪之流，到了某个特定时间就会哭号、挣扎。

"因为你每天都是尖叫着醒来的。"

"啊？——"

"隔壁病房的冯先生都对你有意见了。他这几晚一直神经衰弱，经不起你这番折腾。"

"哦。"

荀一南手抚着额头，盯着井悦身后的白墙壁，双目逐渐失焦，井悦的身形砰成一道道晕圈，融进灰白掺杂的背景中。他觉得自己身上缺了什么东西，凭自己的感官根本说不清道不明。

"就说你没礼貌吧。一般人听到冯先生的遭遇，起码会说一句'替我向他道歉'。"

荀一南的失神被井悦粗暴地打断了。他揉了揉自己乱糟糟的头发，手汗和额角的汗交融成一坨触感黏腻的胶，模糊了他的视线。他的牙上下打战，脸上的肌肉扭曲着挤在一起。

"你听着，小护士，我不在乎冯先生怎么想，他想死我都不拦着。你不是想听我的故事吗，好，我说！我杀人了！"

空气安静了一秒，井悦的身形不经意间抖了一下。月色透过窗外的竹林映进病房，疏影摇曳，影影绰绰，清冷的月光被涤成流水似的黛色。

"哦，这样啊。"

"这是一般人的反应吗！"

"杀就杀了。古话说杀人要偿命，现在这个情况，不杀人你也要死；就算你不杀他，那个人也会死，没什么区别。"井悦一口气说完，像说了个顺口溜。

"你倒是看得开。"苟一南一口气喝光杯里的水，将铝制的水杯举高，瞄着井悦的脑袋，"用这个杯子，我就能杀了你。"

两人僵持着。苟一南的眼神真的染上了杀意，似捕食猎物的豺狼虎豹，下一秒就能将羔羊般的井悦撕成碎片。井悦的头低埋着，昏暗的光下他看不清她的神情。

许久，苟一南轻叹一气：

"对不起，吓到你了。"

"没事。"井悦的鼻子抽搭了一下，也许她吓哭了。苟一南看向井悦，昏暗的月光像一层轻幔薄纱，将井悦的表情抹成一团浓厚的墨色。两人都陷入了沉默，他们不约而同地看向窗外，循着竹林中的光影，望向夜空中孤独的月。

世界上有很多事物都会改变，甚至是一些看似一成不变的事物。比如说这月，你今晚看到的月，和千年之前李太白举头远眺的月应该别无二致吧。这是常理，却不是事实。

事实是，月地距离正在因某个不可知的原因被急剧缩短。站在地球上的渺小人类，只能感觉到月亮的个头越来越大。最后，月亮会占据半面的夜空，投下溶溶月光，接着亲吻这养育了人类的大地，然后将人类从大地上抹去。

一年零两个月，从发现这个事实算起，这是人类剩下的全部时间。

到现在，又过去了五个多月。

"剩下的日子，你打算怎么过？"苟一南生硬地岔开话题。他没指望井悦会回答，反倒希望她摇着头离开。这种肺腑之言，没必要讲给一个陌生的杀人犯听。

"继续工作。"井悦说，眼中含着月的清辉，"我们这儿是妇产专科医院，虽然人类大限已定，但总不能把临盆的新生儿塞回去。"

本是苦涩的话题，苟一南却"噗"的一声笑了。

"你真的想继续工作下去吗？"

"当然。我上护校的初衷就是想救人，这个初衷没有变，到我死都不会变。"

"可你谁都救不了。"苟一南闭上了眼睛。他想象自己是名医生，刚刚告知对面的井悦她患了恶性肿瘤，井悦却满不在乎地答了句"我明天还要上班"就匆匆走了。他没有资格质疑患者的选择，毕竟他这个医生也早已病入膏肓。

"你为什么总抓住世界末日不放呢？救人就一定要让他一直活着吗？人终会一死，就算没有世界末日这些新生儿一样会死。让他们看这世界一眼，就够了。"

也许怀揣着这样幼稚的想法，最后的日子能过得开心一些。井悦的心态纯净得像映月醴泉，相比之下他自己乱麻般的心绪只能算是荒井枯泉。

"你们这里需要男护士吗？我想留下帮忙。"

"随便。你进不了产房，只能在待产区打下手。"

"无所谓。给我点儿事干，不然我会死的。"

井悦真的让他留了下来，即使知道他杀了人。

这家"B市妇幼保健院"是家民办医院，院址位于幽静的城市近郊。四层白色小楼静悄悄地趴在小山的半山腰，四周竹树环合，堪称适合疗养的风水宝地。在世界即将崩塌的阴影下，大概只有在这种地方才能觅得一丝清净。

医院规模不大，此前是瞄准富裕阶层的需求建造的，原有的病床仅百十来张。灾难公布后，未离职的医生护士自发封锁了医院，拆掉路标和医院房顶的大字招牌，开着挖掘机封住进院的路，紧急加床安置产妇家属。每个病房都被塞得满满当当，像是挤着横七竖八的白色棺椁。

面对旷世浩劫，所有人的第一反应都是逃离：逃离城市中熟悉的生活环境，逃离平日里拼命维持的混乱人脉，逃离那不得不勇敢面对的告别之日。然而那是不可能的，无法接受的人先一步去了，有勇气继续活下去的，都怀着某个未竟的愿望。对于医院里的这些人，他们生命唯一的希望，就是孩子诞生的那个瞬间。

医院内的人手短缺，这样的关头，多他一个不算多。很多护士，甚至医生都跑了，躲在某个角落等待死神降临。剩下的人也说不上有多崇高的人格，他们大多只是想麻痹自己，用繁重的劳累冲淡心中的绝望。

绝望，大概是现在社会的基调。

"这几天睡得怎样？"井悦问苟一南。

"老样子。"

"还做梦？"

"嗯。"

"外面还好吧？"井悦扯开话题。她倚着病房宽大的落地窗，明明满脸倦意，仍强打着精神和苟一南扯闲天儿。

"外面啊。"他想了想，"好得很——"

话音未落，一阵闷雷似的轰响从地平线传来。大概是什么地方发生了骚乱，而骚乱，通常意味着死亡。

"那个，今天的工作怎样——"苟一南想方设法转移井悦的注意力，但那声轰响实在无法忽视。井悦偏过头，目光无可逃避地触及远方地平线上升腾的黑烟——

"喂，看着我。"猛地，苟一南将双手搭在井悦的双肩，强行将她的视线拉回，与他对视。在相拥的视线中，苟一南看到星星点点的泪在那对可人的眼睛中流转，倔强地不肯流出。

"死到临头，每个人都有自己的选择。你在这世外桃源待好，不要想着外面的事。"

"我……"

"记住了吗！"

他分明在吼，却迷人得不可方物。井悦心中的悲悯在这一刻一扫而空，视野中，只剩下这男人认真的面容。

"我知道了。"

正午暖洋洋的光被窗外的树影割成一道道明快的光柱，轻柔地落在两人周身，笼成一片氤氲，毫无保留地拥抱着路途中每一个迷途的灵魂。这美好的氛围下，苟一南恍惚间有几分失神：

金灿灿的晨光，灰突突的水泥墙，沉甸甸的头颅，模糊的视线——也许此情此景唤起了他内心角落中的某个温柔的回忆，那美妙的光影真真切切地存留在了他潜意识的海洋中，却没在他脑海中留下哪怕一个翔实的画面。

井悦头一歪，竟然睡着了。苟一南有点儿失神，脑袋像被按到水面下闷了半晌，又像来到了宿醉后的清晨，顶着一吨重的脑袋还妄想欣赏屋外的和煦阳光。苟一南收回双手，锤了自己两拳，转身离开。

医院的人手还在减少。院长早就跑了，管理层根本没人留下，那些投资建医院的资本家老板也没了音信。这个关头，那些有钱有势的人都在抢"逃生舱"的船票。末日的重压下，首先崩塌的就是经济。钱这种东西，火都烧不旺，没了一丝价值。

留下的只有护士和少数医生。井悦成了某种意义上的管理者，带领留下的职工支撑着医院的正常运作。

那么小的一个姑娘，真能堪此大任？

苟一南一愣，木讷地转头。

井悦的声音很悦耳，像林间跃动的鸟儿。听到她声音的人，一定会想象到她本人也是这样甜美可人。

然而，苟一南刚才发现，事实并不是那样。阳光下的井悦双眼紧闭，眉头紧锁，皱纹爬上了她的眼角，斑白染上了她的鬓角。她的年龄大概与苟一南相仿，可能比他还要大，苟一南无法判断；总之，根本不是苟一南想象中的那种小女孩。

真的，这么久了，这还是苟一南第一回仔细观察井悦的面容。

果然，自私的人眼里只有自己，苟一南更加深信不疑了。

待得久了，虽然不情愿，但苟一南开始接触起医院中各色的人来。产妇的家属——大概率是她们的男人——大都在帮忙操持着医院里的杂事，苟一南枪伤未愈，干重活力不从心，自开始就受了这群家伙很多照顾。

他见到了井悦提到的冯先生。那是个四十多岁的男人，陪着老婆挤在病房里。刚见他时还没入秋，天气闷热得把秋蝉都赶上了树；但冯超即使待在闷热的病房中仍是西装革履，最不济也板正地穿着洁白的衬衫，打着考究的领带。他很健谈，一来二去跟苟一南算是熟络了。

"超哥，"冯先生本名叫冯超，苟一南这么叫着，"你太太预产期什么时候？"

"还早，要到冬天。"冯超借着苟一南的打火机点着烟，畅快地吐着烟圈。冯超是个小白领，两口子双工薪，家里不算富裕；他应酬不多，抽烟喝酒的恶习一丝没染，可六日一来，该会的自然就会了。

老话总说"一醉解千愁"，这话着实不可信：真正绝望的人只会抽烟，一根接着一根抽，干咳压榨着自己肺里的每一颗肺泡；同时脑袋还是清醒的，可以一遍又一遍地忏悔自己或有或无的罪孽。

"孩子生出来，你打算去哪儿？"荀一南叼着烟倚到墙边，跟冯超有一搭没一搭地聊起来。

"回家。一家子，死也要死在一起。"说罢，他的眼神飘向墙边的一个男孩。那是他大儿子冯乐，十五六岁，性格沉默寡言。据他父亲说，冯乐是个狂热的枪支爱好者。自社会陷入混乱后，枪支禁令名存实亡，这小子不知从哪里搞来几颗子弹，整日放在手心中把玩。

"荀弟，你为什么在这儿工作？"

"我啊……只是找点事做吧，没什么缘由。"

这时，冯乐从墙角站起。冯超把他喊了过来。

"干吗呀……"

"子弹收了，那东西怪吓人的。"

"唉——"冯乐看起来颇为不快，噘着嘴，却也乖乖将子弹放进了裤兜。与冯乐错身而过的瞬间，荀一南注意到，这孩子肩上有道很深的疤痕，长长的伤疤一直延到脖颈。察觉到荀一南的目光，冯超叹了口气，慢慢地说：

"我们一家人的命，其实都是乐乐救下来的。来医院前一天晚上，我们被一帮人打劫了。当时，那些人一个个都拿着砍刀。我一个大人都吓傻了，冯乐这孩子却扛着刀伤，硬生生徒手制服了四个持刀大汉。唉，我……"

说到这儿，冯超情绪有点激动，鼻子里抽搭了几下。荀一南一面安慰着，一面呆呆地看着冯乐离开的方向。

越是在绝望的处境，就越能体察亲情的温度。冯乐，一个十几岁的男孩，就知道为了家人而努力生活；而他荀一南，却连一个活下去的目标都找不到。

再回过神，荀一南额上渗满了冷汗。告别冯超，他的心情却久久不能平复，最后干脆在走廊中乱跑起来，直至汗流浃背。

最后，荀一南停在了医院一楼的中庭——一间宽敞明快的厅堂。模糊的视线中，他看到了井悦的身影。这时的她，正站在大门口和一个身材高大的男人交谈。那男人穿着笔挺的军装，肩头顶着空天军特有的倒三角形肩章。

荀一南没有走过去，反而做贼似的藏到了廊柱之后。

因为他认出了那个男人。那个男人叫作夏金，是荀一南的老相识了。

一瞬间，男人转过头来，两人险些视线相交。荀一南慌忙缩到柱后。

与井悦说完话，男人转身，步履僵硬地走远了；井悦转过身，脸上的两道泪水化作光轨。

她哭了。

"怎么了？"待男人走远，荀一南走到井悦身边。

"啊？没事！"

女人真的善变，方才还泪眼婆娑，现在却满脸笑靥。

"你认识刚才那个人？"

"认识。"

"他是你丈夫？"

"不，他是我丈夫的双胞胎弟弟。他来，是告诉我，我丈夫的死讯。"

一道惊雷在苟一南心中炸响，不是因为这突如其来的噩耗，而是惊异于井悦竟然开始对他敞开心扉。

"你，你没事吧？"苟一南不知该如何安慰，试探性地靠过去，给她以自己的肩膀。

"没事，真的。"井悦的眼眶再度湿润，"我不能倒下，不然医院会垮的。"

"我知道。"苟一南抚了抚井悦的头发，"如果想找人聊聊，今晚，外面的竹林，我等着你。"

那个男人叫夏重。

他穿着笔挺的军装，肩膀上是两道笔直的棱角，肩头缀着倒三角样式的肩章。三条黑棱反射着正午的骄阳，闪烁起傲人的光辉。

从医院走出，夏重迈着别人的步伐，却优雅得像是他生来如此。

从今天开始，他，就是夏金。

真正的夏金死在了酒吧后那条偏僻的小巷中。他完全不担心会有警察找上门来。现在的治安系统只剩下一些不想离开的老警员，手里没有半点儿执法的实权；手指仍习惯性地搭在扳机上，但他们早就失去了开枪的勇气。他们的工作变成了发现弃尸、默哀一分钟、埋尸乱葬坑，别无其他。他们想给这些倒在人类文明终点线前的死者一个体面的死法、一个合乎人伦的葬礼，殊不知，他们自身对生命的希冀，就在这一铲一铲的埋尸土中，被榨得一丝不剩。

所以，他顺理成章地替代了自己亲爱的哥哥。他无比熟稔哥哥的一颦一笑，方才与井悦的见面完美验证了这一点。井悦，那是他夏金的老婆啊，虽不复年轻，但那姣容仍能带给他初恋般的心动，那不可方物的美丽仍能撩拨他的心弦。一想到她会死，他就悲从中来，索性就逃得远远的，再也不去回想。

他成功骗过了井悦。

他现在是模范兄长，可不能对弟妹动那些歪心思。

夏金，多么美好的名字啊。金色象征着高贵，正如他精英般的主人。夏重无数次幻想过这个名字出现在某本花名册中，每当有人喊出"夏金"这两个字，他都可以兴高采烈地回一句"我在这儿"。

而他，却叫"夏重"。小时候人们给他起外号叫"夏虫儿"，同时谄媚地叫着夏金"金哥"。无所谓，毕竟在这旷世浩劫面前，你们都是无足轻重的夏虫。

现在，梦醒了，是时候做场新的梦了。

夏金任职于空天军，来到这里是每一个优秀人才的理想。夏重驱车前往B市远郊的空天军宇航发射场，隔着很远就听到火箭发射的冲天巨响，接着看到那跃动的亮点拉着白线一飞冲天，扎进深蓝的天幕。

那是"逃生舱"的常规发射，每天都会进行一次。发射成功率很低，飞船乘员皆是大款巨擘之流。浩劫的消息甫一公布，国家立即将所有宇航发射场收归国有，却依然无法阻挡技术人员的疯狂流失。为了挽留骨干，发射场的火箭仓库被改造成技术人员家属安置区，国家还给留下的技术人员配枪。有了自卫能力，发射场俨然成了一座躲避动乱的避难所。

富人的钱变成了粪土，但他们还有豪车、别墅，还有五光十色的奢侈品，还有很多普通人一辈子只能仰望的物什。他们用宾利、保时捷、法拉利，换来了石油、发电机、天然气，也换来了一个逃出地球的座位。

发射成功率仅有不到十分之一，但富翁们仍是趋之若鹜。因为逃生舱给了他们希望，给了这些拼了一辈子命积累财富，到了晚年准备享乐，却被月神终结的有钱人最后一根救命稻草。

夏重正想着，天边的亮点碎裂成了万千荧光落回到地面。这一艘，也没能逃出大气层。

发射场承诺他们逃生舱可以在几十万公里的高空躲过灾难，地月撞击后再重返地表。虽然不切实际，但毫无疑问：留在地表只有死路一条。这样的旷世浩劫之下，哪怕是虚无缥缈的求生可能，也能激起这些愚蠢的有钱人倾家荡产购买未来的生存执念。

事实上，他们永远都不可能回来，飞船根本没设计返回舱。等待他们的只有两条路：孤独地死在远地轨道，或者燃烧在大气层之中。

想着想着，车已经进入发射场园区，缓缓靠近办公楼区。夏重走在走廊中，有模有样地招呼着身边走过的老王老李老杨之流。他熟记哥哥的各路人脉，甚至记得哥哥和这些人相处的方式。看着一张张热情的笑脸，夏重心中涌起一股难以名状的成就感。

"组长！"身后一个小伙叫住了他。

"怎么？"夏重认出这个名叫蒋龙的年轻人，这个小伙子是"方舟计划"宇航员的最终人选。

"尸体怎么处理？"

"什么尸体？"夏重一愣。

"负责人妻女的尸体啊，前段时间煤气中毒而死的。"

"哦，她们啊……"夏重记得"方舟计划"的负责人是叫苟一南。那人他见过，似乎是哥哥的好友。

他的妻女，死了？

"负责人在哪儿？"

"苟工？被您救了以后发疯了，袭击您时还中了一枪。早就逃走了，找不到——"

"哦，对对，"夏重捂着脸，"抱歉，最近太累了，状态不太好。尸体的话，拉到发动机喷口下面去，下次火箭发射的时候顺便烧了。"

"好的，我去办。"

夏重捏着下巴思索着，突然想明白了事情的前因后果，他赶忙叫住蒋龙：

"晚上来一趟我办公室，有事安排。'

"是！"年轻人踏着铿锵的步子走远了。

入夜，荀一南站在竹林中，微风拂过，传来沙沙的几声响动。天刚下过雨，空气潮湿而黏稠，晚风混着几丝海风的腥味，这在内陆城市很不寻常。

"你，真的在啊。"井悦现身于摇曳的月影下，来到荀一南身旁。

"当然，我从不轻易许诺。"荀一南说，靠在井悦身旁，给出自己宽厚的肩膀。

"你衣服湿了。"

"刚才淋雨了。"

"回去换衣服。"

"不。"

一阵沉默。

"我不会哭的。我可能病了，哭不出来。"

"别勉强了。"

"真的。"两人不远处有口深井，青砖堆砌而成的井口泛着银灰的光泽，与斑驳的黛色月光相映成趣。

"我家附近就有一片竹林，以前，我和我先生经常夜里到竹林中散心。竹林中的夜色就是这么暗，泛着淡淡的紫。他告诉我这种色彩叫作'深竹月'，是古代文人琢磨出来的雅称。"井悦款款走到井边，倚着井沿。

荀一南在月色中微微颔首，走到井悦身边。

"他就是个王八蛋！一事无成的迂腐文人，新时代的孔乙己！"

荀一南眨巴着眼，一个字都不敢说。

"写科幻小说？他这辈子挣的稿费还不到我一个月工资的零头！指望他养家？养只母鸡都比他有用，母鸡还知道下蛋呢！"

荀一南石化在原地。此情此景凄婉迷离，美人原该潸然泪下的！

"死了就死了！愿天堂没有科幻小说，治治他这胡思乱想、无病呻吟的臭毛病！"

荀一南终于憋不住了，两人同时"噗"的一声笑了出来。

有些时候，有些人，笑着笑着，就哭了。

肩膀派上用场了。泪水濡湿了荀一南的肩头，低声的啜泣仿佛化作竹林中的月色，飘弥到整个空间。荀一南一手抚着井悦的脑袋，一手捂着眼，不让自己的眼泪出来凑热闹。

最终，空气归于安静。井悦抬起头，扬起自己被泪水蒙住的眼眸，透过晶莹的万千流光，她看到那对忧郁的眼睛，还有眼睛下新添的几道刀伤。

"喂，你受伤了。"

"没事，别管。"

井悦垂下视线，蓦然想起她根本不了解荀一南的来历。荀一南，是她从外面马路旁的灌木丛中拉回来的，那时他中了枪，流出的鲜血染红了半条街。她不知道他身上发生过什么，但她清楚：这个男人想活下去。明明知道注定的结局，却仍愿意奋力生存，这样的人，和她自己是一路人。

"我就很看不起文艺界的人，他们死得最快也最干脆，一点儿也不想剩下的人们该怎么活。"

"不许说我老公!"

"啊……"荀一南本想宽慰两句,竟弄巧成拙了。两人间又陷入了沉默。他们并排坐到井口边沿,抬头望月。

"你说,月球撞下来的时候,会是什么样的?"井悦说。

"冲击波会在瞬间席卷全球,你还没反应过来,就已经灰飞烟灭了。"

"啊?真无聊。"

"怎么会无聊呢?在太空中看一定很壮观。"

井悦微微仰头,看到荀一南隐隐闪动的目光,仿佛真的在期待地月相撞的盛况。

"我问你,你怕死吗?"井悦问。

"怕。"荀一南回答,不假思索,"你不怕吗?"

"不怕。"井悦摇摇头。

"真的不怕?"

"我不敢给你确切的答复,但我不能怕,因为我有一个目标。只要有了生存的目标,人是可以一往无前的。"

荀一南侧头,看到那对晶莹的眸子,它仿佛泛着活水的清泉。地月相撞,万事皆空,在这种浩劫面前,真的有人能找到希望吗?

"你的目标,是什么?"

"生下他。"井悦颔首,抚摸着自己的小腹。

荀一南一愣。

"你丈夫的？"

"废话！"

荀一南慢慢地摇着头。

他一直在思索自己为什么还要活着。这一刻，他明白了。

人永远无法清楚地认识自己的内心。他认定自己自私，是由于某个刻骨铭心的记忆。

但他真的自私吗？任何生命都有着求生的本能，世间万物，有哪个能真正摒除私念呢？

他一心想封锁自己的内心，然而他那扇沉重到绝望的心门，竟然被井悦叩开了。这样一个傻傻的可爱灵魂，真的能激发大老爷们儿的保护欲。

自私与否，已经无所谓了。月球砸下来，一切都会化为乌有，根本不会有人了解他内心的苦痛挣扎。在剩下的日子里，他想再活一次。

"井悦，"荀一南突然起身，回头将手伸向井悦，"为了让我剩下的日子过得痛快点儿，我也要给自己定一个目标——我要保你们母子平安，直到世界毁灭。"

井悦惊异地抬头，看到那双闪着点点月光的眼眸。晚风吹过，繁星摇曳成晶莹的水波，碎成点点萤火。

几小时前，B市空天军发射场。

附近的发电厂昨天彻底停摆，不必要的建筑都断了电，包括办公区和家属区。半座城彻底黑寂下去，黑暗是夜晚的保护色；

现在这个时刻，出现光明，反而是件坏事。

男人疾跑于黑幕中，穿着护士模样的工作服，却想去干杀人的勾当。他摸进发射场办公区的大楼，虽然楼内伸手不见五指，但他凭着记忆找到了那间办公室。

轰隆隆。

已经入秋，外面却下起了雨。雨水在楼外奏起凌乱的旋律，终以雷电闷声的轰响，金光透到窗户洒到屋内。

他悄悄推开门，蹑手蹑脚地挪进屋内。闪电勾勒出窗边的人形，那是他的目标，对近在咫尺的杀意浑然不觉。他从口袋中掏出那把长柄手术刀，食指抵在刀背上，飞扑、擒拿、锁喉、割喉、一气呵成。目标的喉咙里吐着血沫，嘴唇被染得猩红，不一会儿便停止了呼吸。

他断没想到事情会进行得这样顺利。他抓着那人的头发将脑袋提起，想看看他临死的痛苦表情。

"天杀的——"他低声咒骂起来：他杀错了人。

突然，他身后传来脚步的乱响：

"谁在那里？！"

瞬间，几道手电的光柱打进屋中，黄色的硕大光圈套住了屋中提着尸体脑袋的苟一南。

"抓住他——"手电的光柱哆嗦起来，屋外几人一拥上来。苟一南撇下尸体夺窗而逃，飞散的碎玻璃刮伤了他的脸。

苟一南冲进雨幕，瓢泼大雨让他冷静了许多。身侧传来几声枪鸣，他漫无目的地跑着，胡乱地四处躲闪。突然，一个人撞过来，双臂死死钳着他的腰，两人一同翻倒在地。荀一南伸出腿胡乱地踢着，雨幕中，男人将他死死压在身下。

"你刚才杀掉的，是个叫蒋龙的人。"男人说。

"你是谁？"

男人双手抓住荀一南的脸，两人视线相交。

"负责人先生，你好啊。谢谢你为我除掉了最后一个宇航员人选。"

他看清了那人的脸——那是他的救命恩人，夏金。

"我只是来道谢的，"夏金站起身，在雨中整理着衣冠，"你的戏份结束了，滚回你的医院去。"

夏金走远了，只留下荀一南，他仍以"大"字形瘫在地上，眼神中的怒火，渐渐被无边的雨浇灭了。

荀一南终于死了心。他接受了这座医院，接受了那一个个转成陀螺的医生和护士，接受了那群在房顶上烤麻雀肉的赤膊大汉，也接受了那些决定一死了之的傻子。

闲暇时，荀一南也会和那些大汉们寻欢作乐。一天，众人烤着野兔子玩兴正酣，不知道哪个不长眼的说了句"没啤酒，不爽"，气氛一下子冷下来，几人砸着舌摇着头，嘴里仿佛隐隐泛着啤酒的甘洌，不自觉地吞起口水。荀一南看在心里，当晚就摸着黑，砸了窗户，溜进一家没人看管的小卖部，拎了两箱啤酒窜回屋顶。男人就是这么简单，两箱啤酒就能被收买。在一片开啤酒的砰砰声中，荀一南成了人们口中的"老大"。

·杜邦的故事·

　　医院中储备的物资本就不甚充裕，药品纷纷告急，后来甚至连医用酒精都没了。荀一南召集了一帮产妇老公，几十号人浩浩荡荡地出发，向附近的居民和商贩讨要酒精。然而，酒精没讨到多少，反而招来了一群一直闭门不出的老头儿和老太太。

　　居民区的日子不太平。政府没收了军队的枪械武器，但没来得及没收警用配枪；一些曾以"人民守护者"标榜自身的人民警察，摇身一变成了为害一方的拥枪暴徒。枪患、匪患肆无忌惮地在居民区中蔓延。

　　所以一听到有妇幼保健院这样一座世外桃源，很多想要平静面对死亡的老头儿和老太太纷纷涌入。不好意思赶他们走，也不好意思叫他们帮忙，井悦一咬牙，便允许他们全部留下。

　　"院长，这样真的好吗？"最后一个医生自杀了，井悦成了人们口中的"院长"。提问的是叶勤，一个沉闷寡言的少年，面对这一群突如其来的老年朋友，竟也发起牢骚来。

　　"没问题的。你去帮帮荀一南，那边很忙。"

　　叶勤点头离开了。他只有十四岁，又黑又瘦，失去父母后流落到这座医院，在待产室里帮忙打下手。他话很少，平日里一贯闷头做事，却意外地和荀一南合得来。

　　"你去打壶开水送到小凡的病房，一会儿要给伤口消毒。"荀一南指挥着叶勤。酒精很金贵，医疗器械用开水烫烫就是消毒了。

　　叶勤拎起半人高的暖水壶去接水，水流很弱，滴滴答答的，再过几天也许连热水的供应都无法保障了。叶勤对小凡的照顾一直尽心尽力。她的本名叫华凯凡，十七岁，典型矢足少女一枚。小凡生产困难，不得不进行剖宫产。这是前天发生的事，麻醉药物告急，消毒酒精供应不足，医生硬着头支给她开了膛，却发现孩子的脖颈被脐带缠绕着，医生用尽一身医术将小凡从鬼门关拉了回来。大人保住了，孩子没了，医生自己则从医院四楼一跃而下，头先着了地。

叶勤拎起沉甸甸的水壶，来到四楼小凡的隔间。

"小凡，我来给你送热水了。"推开门，小凡正坐在窗台上，手撑着窗框，一条腿耷拉在窗外。

一声惊雷在叶勤脑中炸响。他抛下开水壶，滚烫的水从壶中翻滚着甩出，白色的蒸汽在空中划出一道光轨，最后落在叶勤整条黑瘦的腿上，被烫的皮肤升腾起骇人的白汽，瞬间上了红。他顾不上钻心的剧痛，踏着滚烫的水滩飞蹿而出，死死抱住小凡。

"滚开——让我，让我去死！"

小凡的脑袋疯了似的撞向旁边的玻璃，血混着泪，伴着嘴里不住的咒骂和嘶吼。叶勤仍死死抱着她，小凡猛一低头，狠狠咬住叶勤的胳膊。

"啊——"他想叫，声音却在浑身上下各种不知名的痛楚中抖成了筛子。叶勤张开嘴拼命呼吸，耳畔小凡的喊叫逐渐模糊成咚咚的鼓点。

外面的人被这激烈的打斗声吸引了过来，几个大汉终于将小凡拉了回来。荀一南闻讯赶到，两人被拉回后仍旧死死抱在一起，小凡的泪流干了，喉咙里呼噜呼噜地乱响；身下的叶勤不肯松手，泪如雨下。

荀一南配合一个壮汉，费了很大劲儿才将两人分开。小凡的额头流着鲜血，叶勤的右腿红肿着，两人的视线相交，死死盯着对方。

为了防止小凡再寻短见，荀一南找了一间没有窗户的器材室安置小凡，并打算派人全天候盯着她。不出意料，叶勤草草地处理了伤口，腿上裹着一张白床单，一瘸一拐地找到了荀一南：

"我要看着小凡。"

荀一南一再不许，最后还是拗不过这个一根筋，摇摇头，同意了。

晚上，小凡在冰冷的病床上，腹部剧痛难忍。白天的一场折腾让刀口开裂了，已经出现感染症状。在这缺医少药的末日前，小凡怕是凶多吉少了。

叶勤推门，拖着病腿挪进器材室。

"又是你。"小凡恶狠狠地盯着叶勤。男孩低埋着头，用余光打量着小凡额头上渗着血色的纱布，和她匕首般锋利的目光。

"出去，我不想见任何人。"

"我想讲个故事，讲完就走。"

小凡的目光仍利似刀刃。僵持了片刻，小凡让步了："快讲，讲完就滚。"

"这个故事很短，是关于我自己的。

"几个月前，我父亲趁着我们全家入睡，打开了厨房的煤气。邻居及时发现将我们全家送医抢救，最后，只有我一个人活了下来。妈妈、姐姐、弟弟，还有我父亲，都没了。"

说罢，叶勤转头准备离开，眼里噙着泪水。

小凡气冲冲地背过头去。

在寒光的阴影中，她的眼泪也直直掉下。

"我问你，"她叫住叶勤，"你恨你爸吗？"

"不恨。"

"他杀了你全家。"

叶勤抬头，眼泪滑到下巴。

"所谓的亲情，其实就是记忆的累积与交织。这个世界太乱了，也许明天就会有暴徒冲进我们的家，把所有人杀光。

"与其看着亲人被刀捅死，不如在这之前就一起下地狱。这样我们在彼此心里都只会留下往日美好的记忆。

"他这么做，我完全理解。"

小凡怔在原地。

"人们已经够绝望了。请不要再给别人增添悲伤的回忆了。"

小凡的泪水彻底决堤。她痛哭着翻身下床，顾不上刀口上的痛楚，飞奔到叶勤身后，死死抱住他，就像之前叶勤死死抱住她自己一样。

"对不起，我会活下去——"

荀一南战在门外，泪水决堤。他转身倚在墙上，捂着脸。

她们，也会这样想他吗？

他是个懦夫。

那晚，荀一南也是那样，打开了屋里的煤气。他最后亲吻一下挚爱的女儿，躺回床上，看着枕边熟睡的爱人，闭着眼，等待着那永远不会醒来的长眠。他的意识逐渐模糊，坎坷的一世化作万千零碎的光影重现于眼前，影影绰绰拼成一个隧道。他摸索着隧道的墙壁，走啊走，最终失去了意识。

等再回过神来，他已在集装箱之外，箱门紧闭着。朝阳在天边露头，洋洋洒洒地铺陈开金灿灿的光晕。时间已经不知道过去了多久，他的身边站着一个笔挺的人影，阴着脸。

他没有勇气回头看，更没有勇气打开那箱门。

他终于看清了自己的本质。

金灿灿的晨光，灰突突的水泥墙，沉甸甸的头颅，模糊的视线，这一幕幕场景在他脑中炸开，阻挡着他回忆过去的尝试：

"我，是个，自私的人。"

入冬，最后一个冬季。

B市是典型的北方城市，街道旁银装素裹，房屋里寒意阵阵。

月球的靠近改变了地球自转。现在，一昼夜变成了四十多个小时。

医院彻底断水了。两个月前荀一南跑过一趟自来水厂，偌大的工厂只剩下三个工人，两个老头儿和一个小辈。那日正赶上高压水泵崩了，那年轻人绷着红脸，两个膀子死命抱着包裹漏水口的毡毯。骏黑的毯子被水压激成了一匹扭动的疯狗，两个老头儿也上去抱着才勉强把漏水处堵住，但凡一个人稍一泄力又会功亏一篑。荀一南过去搭了把手，老修理工才腾出手来拧螺栓。荀一南怀疑自己若没到场，这三个人会一直这样抱成一团，直到被彻骨的寒风风干成三具紧紧环抱在一起的木乃伊。就这三个蠢货，肯定熬不过这个冬天。

井悦的肚子愈发大了，从侧面看来，就像半轮月的魅影。

每天都有人死去，因为没有供暖。这也没办法：谁还有资格强求那些供暖工人为了他人的生命辛勤劳作呢。

荀一南白天要巡街，把路边死人的衣服扒下丢装车推走，回去给医院里那些不抗冻的老头儿老太太们穿。很多路边的死尸穿着单衣，甚至是夏季的短袖。很明显，寒冬又给人们提供了新的自杀方式。

他回到医院时，已经到了晚饭的时间。枯黄的冬草炖着不知名的黄肉，黄腻腻的汤水却尝不出咸味。老人悻悻地把肉拣出来夹到孕妇碗里，孕妇一概推搡着说不要，老人摇摇头："这肉，我吃不下。"听罢，孕妇不作声了，把肉放到口腔中含着，眼睛被香气一冲，悄悄地渗出泪来。

荀一南号召着众人分发保暖衣物。叶勤从人堆中出来，手里攥着两身破破烂烂的棉袄。

"荀叔，院长又从外面捡了个人回来。"

"知道了。"荀一南点了根烟。这和消息不算稀奇，毕竟他自己都是井悦捡回来的。

"是个老外，身上还带着枪。"

"啊？"荀一南突然警觉起来。B市不是什么国际大都会，这里的外国人不是留学生就是游客，这种身份的人都不该持有枪支。

"我去看看。你维持维持秩序，别让老人磕着碰着。"

荀一南跑到井悦的办公区，推开房门，看见井悦和那金发男人聊得正酣。看着井悦谈笑风生的模样，荀一南不由得心头一紧。

"你是？"老外会讲中文，笑脸迎向来者。

"打杂的。"荀一南摆摆手，"你枪在哪儿？"

"我认得你！"老外突然圆张着大嘴，一脸惊异，"你是负责人！"

荀一南心里咯噔一下，很久没人这样叫他了。

"你枪在哪儿？"荀一南没有理会他，继续问道。

"在这儿。"老外从内兜里掏出枪。枪管还没露出来，荀一南便一个箭步上前别住老外的左脚，反身擒住他持枪的手，将老外的胳膊死死别在背后，猛地把他压到井悦的办公桌上。这擒拿动作一气呵成，一看便是练家子出身。老外瞬间面红耳赤，嘴里乱叫求饶。

"你知道他什么来头吗？还敢让他揣着枪！"荀一南转过头，怒斥一旁的井悦。

"别激动，枪里没子儿，我检查过了。"

僵持了片刻，荀一南放开了手。老外趴在桌子上，喘着粗气。

"他说你是负责人，什么意思？"井悦追问。

·井　月·

　　"他告诉你他持枪的原因了吗？"苟一南仍恶狠狠盯着金毛老外。

　　"他说自己是发射场的员工，那里的人都有枪。"井月回答。苟一南明显在岔开话题，关于"负责人"，井月也就没再多问。

　　苟一南闭上眼，搀起满面痛苦的外国友人。

　　"刚才是我多疑了，见谅。"苟一南轻拍着老外的后背，不好意思地笑了笑。

　　"我要是说谎了，你，你是不是还想弄死我啊！"老外许久才平复，"我是个飞行员，前几天负责运送斯瓦尔巴德基地的种子样本到中国。我不想走了，可以让我死在这里吗？"

　　"斯瓦尔巴德基地……是最后一批，看来'方舟计划'已经准备充分了。"苟一南捏着下巴分析起来。

　　"什么计划？"井悦问道。

　　"不重要，和咱们无关。"苟一南转身对老外说，

　　"我们这里每天都有人死，"他指向窗外那一个个覆着白雪的土堆，"告诉我，你有什么资格再给我们添乱！想死，在外面待一晚上就会被冻死。别来烦我们。"

　　"我死了，你们找个坑把我埋了就行，我不添乱！"

　　"说得轻巧。外面零下十几度，风像刀子似的，这天气谁想出去埋人！"

　　"没事，我可以等春天再死。"老外摩挲着左轮手枪。

　　"我从发射场顺了把枪出来，本想朝自己脑门儿开一枪，但

259

我下不了手；一激动，这把左轮里的六发子弹全都打到墙上了。你们能不能帮我想个死法，又好又快，没有痛苦的那种。"

老外一脸平静地征询着自杀方式，谈及生死问题就像在谈论晚上吃什么。

"随你便。我们这里大部分人都不想死，别再瞎说。"

"好的好的，我知道。"

荀一南找了个厕所隔间，反锁上门，把自己藏起来。他回想着那老外嬉皮笑脸的模样。罪恶深重如他，都没有这种轻薄死生的念头，不知道这个男人究竟经历了什么。他一根一根地抽着烟，最后腿都站麻了，才推门出去。日头已经西下，没几个小时，更寒冷的黑夜又要来了。

刚走出厕所，荀一南和小凡撞了个满怀。

"荀叔，出事了！"

"别急，怎么了，慢慢说。"荀一南扶起气喘吁吁的小凡。

"是冯叔，他，他老婆生了！"

荀一南回忆着，想起冯超老婆的预产期确实在冬天。

"这事我知道。"

"不不不，你不知道，冯叔，冯叔他——"

荀一南被小凡拽着跑起来，一路上大脑空白。两人冲进一间产房，产房分内间和外间，内间是孕妇的分娩室，外间是器材药品的准备间，两个房间相连的墙壁上嵌着一块几乎和墙壁等大的玻璃观察窗，从外面可以清楚地观察分娩室中的情况。

现在，外间中挤满了人，几个护士浑身是血地靠在墙边，一些老太太叽叽喳喳地吵闹着，两个大汉头顶在玻璃窗上，沙包大的拳头捶在玻璃上，嘴里嘶吼着什么。

分娩室内，井悦被按在分娩台上，嘴里塞着布，只能发出沉闷的阵阵悲吼。

冯超像头猛兽，整个人死死压在井悦身上，用绷带将她的手脚挨个绑在台侧的扶手上，表情扭曲，脸色涨红，两个眼珠癫狂地乱转，血红的双唇吓人地一张一合。

如果真的有魔鬼，大概就是这副模样。

台侧的地面上，躺着冯超那早已气绝的老婆，下体被鲜血染红了。

荀一南跑到内外间连通的门前拼命拉扯着，门却纹丝不动。这种医用大型无菌门一旦反锁，人力几乎无法打开。

"想办法啊！"荀一南歇斯底里地抓起一个围观的人，使劲儿地晃着他的脑袋。

固定完成。冯超突然翻身下床，面无表情地盯着扭曲挣扎的井悦，然后煞有介事地整了整沾着血的西装，站得笔直，默默鞠了一躬。

"她死了。你，下去陪她。"他嘴里嘟囔着，冷静的话语中透着鬼魅般的杀意。大汉继续徒劳地捶着，汗混着血模糊了玻璃。

"难产，得剖宫，我们没有手术条件。母子双亡。"一个受伤的护士颤巍巍地走到荀一南身边，"我被这疯子捅了两刀，产房中的几个护士都受伤了！"

"去砸玻璃啊!"荀一南嘶吼起来。

"没用。"护士指着一地的器械零件说道,"特种玻璃。"

"枪,枪呢?"荀一南疯了似的四下张望,那个老外真的在场。

"你的枪呢!"荀一南拽起他的衣领,指甲透过衣服抠进他的肉里,染红了他的白色领口。老外颤抖着掏出枪。

"可是,没子弹啊!"

分娩室中,冯超捏起手术刀,缓缓走到台边。井悦闭上了眼,身体还在抖,却已经吓得发不出声来。

荀一南一把抢过枪:"畜生!"他大喝一声,冯超循声望来。

"你敢动手,我就开枪!"豆粒大的汗珠滑到荀一南的嘴边,他咽了口唾沫,上下牙不住地打战。

"嗬。这枪,打不穿这玻璃吧!"冯超举着刀,一点一点地接近井悦隆起的大肚子,"准备,进行剖宫产手术——"

"给我!"突然,一个黑影从人群中蹿出,一把将枪夺走,咔嗒几声轻响,砰砰砰三声枪鸣;电光火石之间,玻璃哗一声碎了。荀一南盯着那端枪的身影:

"冯乐?"

人们一拥而上,瞬间就制服了愣在原地的冯超。手术刀丁零当啷地掉落,冯超被按在地上,眼睛不甘地圆睁着。荀一南解开束缚着井悦的绷带:

"没事了,井悦,没事了!"

他想抱住双目失焦的井悦，谁料怀中的女人猛地起身，捞起地上的手术刀，虎狼一般扑向失去行动能力的冯超。

喷涌而出的鲜血在冰冷的空气中化成一轮红月，瞬间又砸回水泥地面，洒向冯超那对逐渐涣散的瞳孔。

众目睽睽之下，井悦，杀了人。

医院里有三个男人自称"殡仪大队"——两个手持铁锹、腰系砍刀，另一个脖子上挂着念珠。他们经常跟着苟一南出街，遇上死人就埋，也负责处理尸体。这三人分工明确：两个处理尸体，另外一个在一旁诵经超度。打头的男人壮得像座小山，听说以前是个健身私教，名叫石峰。自从他老婆难产死了，他就和那两个老爷们儿做起了这档子事。

夜里，石峰和苟一南把冯超的尸体抬出屋外。雪地中，两个帮手提前挖好了坑，抬担架的两人缓缓走到坑边，蹲下。

"你回去，"石峰说，"我们来埋，你去看看院长。"

"不必。"苟一南长舒一口气，热气在空中凝成一道白烟。

四人一锹一锹地扬着土，盖住了冯超那张扭曲狰狞的脸，和那身板正的、沾满血污的黑色西装。苟一南盯着他的脸，回想起不久前这张脸还在憨笑着，口口声声说"生完孩子，就回家"。

他是真的想回家了，和所有家人一起。

"石峰大哥，有件事想麻烦你。"

埋完人，他们一行人走在土路上，苟一南叫住石峰。

"说就是了，老大。"

"盯着点儿冯乐。这孩子本来就沉闷，现在失去了家人，我怕他想不开。"

石峰没有说话，长长叹口气，点了点头。

医院的走廊，比室外更加阴冷。前面不远处是井悦的办公室，几个人围在门口。这些老头儿老太太沉默着，个个目光低垂。苟一南想进去，凑到门边。

"苟叔。"叶勤从身后拉住他，摇着头。

"没事。"

"院长刚才抓了我。"叶勤撸起袖管，露出被指甲抓伤的红印。

"真没事儿，都散了吧。"苟一南走了进去，掩上门。他心情沉重得像灌了铅，不知道井悦一倒，这医院还能不能撑下去。

屋里没开灯，漫着清冷的月光。井悦坐在椅子上，双手抚摸着鼓胀的肚子，神情掩藏在黑暗中。

谁都没说话。苟一南走到窗边。井悦的办公室在一楼，窗外就是竹林。竹叶上压着雪，黑白参半。他拉开窗子，蹬上窗沿：

"出来。"

苟一南撂下一句话后，跳出了窗户，站在斑驳的雪地上。不久，井悦的身影出现在窗边。井悦大着肚子行动不便，苟一南又翻进窗户将她架了出来。两人走在雪地上，脚印一大一小、一深一浅，缓步踱到竹林深处的水井边。前不久断水，这口老井救了医院的急。不过现在气温太低，井中的水冻住了，大半个冬天人们喝的都是冰雪融水。

井悦猛地跳到井沿儿上，苟一南以为她要跳井，死死搂住她。

"放开，我不会跳。"

她朝井内望去，只看到反射着月光的惨白冰面。

"我听说过一种说法，"井悦说，"人的心理世界好似一口深井。当我们的主观意识想要了解自己的时候，就如同井口的人望向井底一样。那井水很深，也很暗，我们能看到自己的倒影，但永远看不清楚。"

"什么意思？"

"就是说，人要想真正了解自己，就要做傻事。"

井悦抬起头，她的眼神仍旧那样清纯灵动。这样纯洁的灵魂，刚刚终结了一条生命。

"对于正常的人来说，没人推一把，不会有人往井里跳的。冯先生推了我一把，让我看清了自己。"

"说什么傻话。你只是吓坏了，那不是真正的你——"

"那就是我！我亲自举着刀，捅进冯超的颈动脉。"她看着自己的手掌，仿佛上面仍沾满鲜血——

"我以前说我不怕死是因为我还有生下孩子的这个愿望。我刚刚却明白了：这都是骗人的。我拼命维持着医院的运营，拼命接生，拼命救济他人，只是因为，因为我不想死啊——"

苟一南以为她会哭。井悦转过头，眼神中充满着陌生的决绝，"一想到冯先生可能杀了我，我的脑中只剩下了一个念头：先下手为强。所以我杀了他，就这么简单。"

她又看向月亮。现在月亮占据了半边夜空，大大小小的环形山清晰可见：

"一想到月球会砸下来，我就夜不能寐。我每晚最多睡一两个小时，其他时间，都在咒骂这个世界。

"你可能一直觉得我是个好人，乐善好施。对不起，让你失望了。"

"你就是个好人。"荀一南也靠着井边，"我也杀了人，我亲手拧开煤气阀门，毒死了我的老婆和女儿。命运会将每个人推进那口自我认知的水井，不管你看到了什么，接受就好了，做自己就足够了。"

他起身，将井悦一个人丢在身后，默默翻回窗内，心中五味杂陈——

月球与地球即将相撞，全部人类都被推进了深井，各色的自我，全都浮出了水面。

当晚，荀一南回到病房后倒头就睡，睡得很安稳。奇怪的是，自此以后，夜夜回魂的噩梦也消失得无影无踪了。

春天来了，又好像永远不会来。鸟儿在枝头叽叽喳喳乱叫，树木肆无忌惮地长出新芽，万物生发。在这希望的荒漠中，人类，要是像其他生物那样冷静就好了。

"冯乐不见了。"一天，石峰对荀一南说。石峰刚刚从外面回来，手里拎着一大条发着霉的肉，像是老一辈的人挂在阳台上晒过很久的腊肉，卖相很丑，不知道尝起来怎么样。荀一南眯着眼盯着那肉，咽了口口水。

"我知道。我出去找了一晚上，没见他人影。"

荀一南一脚蹬着封路的土堆，手里拿着烟，望着路边换上新装的行道树。

其实，荀一南撒了谎。昨天深夜他确实是出去找冯乐了，也真的找到了他。只不过，现在的冯乐仿佛变了个人，混迹在不良青年的队伍中，他们荷枪实弹、逢人就杀。在硝烟的麻醉中，这个孩子已经迷失了。

"怎么办？"石峰仍旧有些惴惴不安。

"别找了，他想怎样就怎样吧。"

"不知道他那几个子弹是从哪儿来的……"

"无所谓。你去忙吧。以后你们也少出去，外面很乱。"

石峰点了点头，转身走了。昨天，医院中的最后一个产妇平安生产，当晚几个小护士相约一起跳了楼，够他们"殡仪大队"忙一阵子了。

荀一南转头，突然看到道路尽头出现两个人影。走近后，他看清那是叶勤和小凡，手牵着手，笑容如花般绽放在两人的脸上。看到路口的荀一南，两人同时愣住，慌忙将手分开，瞬间红了脸。

"你们俩，哪儿去了？"荀一南一脸严肃，像是抓住早恋现行的正义家长。

"我们……"小凡红着脸，踌躇着。

"荀叔，医院里人太多。有些事，不能在这儿干——"

"那你们就夜不归宿？我在这儿站了几个小时了，就为了堵你们两个！"

"我们……"

"叶勤——"荀一南把手搭在叶勤肩上，"你，能对你们俩的感情负责吗？"

叶勤一愣，嘴唇哆嗦着："当然！我会让我们相爱的美好记忆，持续到末日前最后一刻！"他闭上眼，举着右拳，煞有介事地宣誓起来。

"傻孩子。"荀一南摇摇头，看着小凡。她现在满面春光，痴情地看着一本正经的叶勤。

"荀叔，我们打算：最后一晚，站在医院楼顶，等月球撞下来。"叶勤介绍着他俩的浪漫计划，仿佛在征求荀一南的同意。

"随你们便。以后不要夜不归宿。快回去吧。"

这对小情侣牵着手走了。他苦笑一声：看来，真的有人不怕死啊。

荀一南灭了烟，转身准备回去，瞥到路尽头又出现一个人影。

"谁？"

人走近，荀一南看清，那是夏金。

"负责人先生，好久不见啊。"夏金招呼着，嘴角不自然地上扬。

"我不是负责人，也不想见到你。"荀一南说。他发现夏金穿上了"方舟计划"宇航员的制服，神采奕奕。

"如你所见，你杀掉蒋龙后，我成了'方舟计划'唯一在世的宇航员候选人。这一点，容我好好向你致谢。"夏金摘下军帽，优雅地鞠了一躬。

"你来干什么？"

"看看我嫂子，井悦。"

"嗬——"有一南不屑地一笑，"你，是夏重吧。"

夏金僵在原地："怎么发现的？"

"夏金是我铁哥们儿。真正的夏金见了我，肯定会踹一脚，嘴里吼着：'滚远点，别让我再看到你——'"

"别废话了，现在，带我去见我老婆！"

"不可能。"

"那好——"夏金摸向腰带某处，那里有他的配枪。然而对面的荀一南不知何时已掏出了那支左轮，枪口对准夏金的脑袋：

"滚。"

夏金，或者说夏重，叹了口气，双手高举：

"我走还不行嘛！"说罢就转身离开了。

走了不远，他又停住："最近这边出现了个大型暴恐组织。你们，最好小心点。"

"滚！"

夏重没有说谎。

不久之后，"殡仪大队"三人组像往常一样出去收尸，再也没回来。后来有人说在某处马路边看到了石峰被打成筛子的尸首，三个人大概都遭遇了不测。发生了这样的惨剧，荀一南下令医院中所有人不得外出，他自己却在深夜偷偷出去侦查。

第一个发现荀一南侦查工作的，是那个老外。医院里的人给他起了一个外号"老金"。

"老大，你千万别再出去做这种危险的事了。你现在是医院的顶梁柱，你要是出了意外，对我们来说，可就是天塌了！"一天，入夜后，老金恳求着。

"侦查这种事，总得有人做。"

"我去！以后我接替你，求你了！"

这还是几个月来，老金第一次主动和荀一南搭话。荀一南想起第一次见到他时这家伙一心求死的模样，着实放不下心：

"不行。我信不过你。"

"那就对不住了。"

"砰"一声，天旋地转，荀一南失去了意识。

再醒来时，荀一南头脑剧痛，他摸了摸额头，上面用胶带贴着一块白布，充当止血的纱布。

"对不起。"老金低着头，坐在荀一南身侧，"我敲昏了你。昨晚的侦查工作是我做的。"

"你——"

"暴恐组织盘踞在山下的几个小区里，暂时没有发现我们。他们人数很多，超过五百，威胁极大，光一号楼里就塞了二三百人，七八个大汉轮番守着单元门。小区大门上还挂着三个死了的警察。我说的对不对？"老金不理会荀一南的怒斥，自顾自说着。

"对是对，但——"

"这回能信我了吗？"

苟一南吃了瘪，捶着自己的腿。

"一个个的真不让我省心！去就去吧，随你便！"

得到苟一南的允许，老金什么都没说，径直冲出房间。

晚上得了空，苟一南却一直坐立不安。

他混进老人堆里听着他们扯皮，发现他们的日子跟平常无异，聊完儿女聊孙辈，聊完孙辈聊养生，聊完养生便数落着某个干事不得体的年轻人，没话题了就一齐安静下去，闭着眼打个盹儿，醒来以后成群结队地跑到厨房看看明天早上吃什么。

苟一南暗地里觉得这群老家伙没良心，却也没胆子发作，苦水都咽到肚子里。

其实这也没什么，想开了就好了，起码老人们没有传播负面情绪，整天乐呵呵的，仿佛一个个都得了阿尔茨海默症，把末日的事情忘了个干净。

后来，也是听这些老人们说的，苟一南了解了老金的过去。

老金家在美国，一直没儿没女，自小在单亲家庭中长大，唯一的亲人就是他七十岁的老母亲。灾难的消息传遍全球，反应最激烈的莫过于美国。癫狂的人群点燃了白宫，炸掉了国会。老金想和母亲躲进夏延山的核碉堡，他开着飞机俯瞰山头，没看到神圣而安稳的军事管制区，只看到蘑菇云冲天而起，火光吞噬着沿途的一切。真是浪漫又有创意的美利坚人呐。

后来听说挪威有飞行运输任务，面向全球寻求仍能执行任务的飞行器。他应招飞往挪威，飞机上载着自己的母亲。

"我想留在这儿。"在挪威的冰原上，最后一次加满燃油后，他母亲说道。

"不行！我们这次去中国，我们一定能活下去。"

"金，我累了。就到这儿吧。"

"我陪您一起。这儿是极北边陲，零下几十度，您一个人太孤独了。"他最后一次看着那双饱经风霜的眼睛，眼泪不知不觉流下，在空气中凝成两道晶莹的冰痕。

天杀的任务，天杀的世界。

在北极肆虐的寒风中，老金失去了意识。

可再醒来时，他却在飞机机舱内。

"你还有用。"救下他的人说。

"我妈呢？"

"开飞机。"那人掏出把枪，抵着老金的后脑勺。

不知为何，这一次，他失去了赴死的勇气。事后他无数次想死，想去天国和母亲团聚，但都没了当时的气魄。

驾驶舱中，他看着跑道边上冻成冰雕的母亲，一滴泪也流不出来了。

听完这个故事，荀一南有一种似曾相识的感觉。他们都犯过错，都没有勇气面对自己的错误；更重要的是，他们都找到了赎罪的方式。也许他们二人能成为彼此的知己，浑浑噩噩地度过最后的日子。

可惜，他们没有这样的机会了。

最后一次见到老金，他浑身是血，从外面一点一点地爬回医院，身后，是一条斑驳的血色，直指远处的地平线。

荀一南把他抱在怀中，周围是沉默的众人，时不时发出几声啜泣。弥留之际，老金嘴里泛着血沫，吃力地说：

"荀一南，带着大伙做好准备。他们，要来了——"

老人们总说老金克死了冯超一家子。确实，老金来的那天，冯超一家几乎死光了，冯乐后来也下落不明。

荀一南向来对这种说法嗤之以鼻。

老金死后，荀一南特地将他埋在了冯超一旁，挑了块方石头充当墓碑，上面刻着：被世界抛弃的人，金某。

荀一南不明白为什么暴徒要攻击医院。

这里的资源比外界还要贫乏，喝的是井水，吃东西只能拔野菜、采野果。也许这些暴徒只想要破坏与杀戮：消灭你们，与你何干。

他们需要自卫用的武器。现在这个世道，根本不存在安全的枪械来源，要么去抢，要么去偷。井悦曾告诉荀一南，她家附近有一家小酒吧，酒吧后面是街道派出所，据说所里的几个老干警还留有理智，还给过她一张照片和一个地址。

他在所里找到了三个老头子，他们胯间别着手枪，看来井悦所言不假。

"刚开始，我们所里有十几名老干警。这几个月与暴徒搏斗，只剩下我们三个了。"听荀一南讲完医院面临的险境，一个警察起身，领着苟一南来到派出所后院。

"这是那些警员的枪。十三把，不多，不知道够不够用……"他佝偻着腰，提来一个粗布麻袋，从中掏出一把，轻轻摩挲着枪支那黢黑的钢壳。苟一南一下子兴奋得落泪，连连鞠躬道谢。

"对了，"苟一南掏出井悦给的照片，"您认识这个人吗？"

老警察眯起眼看着："记得。如果你想找他，那不必了。他已经死了，被我们几个老头儿埋在街边上。"

照片上是夏重。

"不，他没死。"苟一南摇着头，突然明白了井悦所托，"他杀死了自己的双胞胎哥哥，你们埋的是他哥。这个男人，顶替他哥成了'方舟计划'的宇航员。"

"'方舟'？"

"一个逃出地球的计划。发射任务在郊区的发射场举行，就在明天。"苟一南向屋里其他两个警察挥手作别，慢慢走到门口。

"这个男人，是个魔鬼，亟待被正义制裁。"说完，苟一南鞠了一躬，走出门去。

屋外的凉风袭来，苟一南冷静下来，低头看了看手中的一袋手枪，再看看另一只手中的照片。

他真傻啊。杀死妻女那天晚上，夏金看他心情低落，说晚上来找他喝酒解闷儿。这个家伙从来都是个一杯倒，喜欢用自己酒后的丑态化解别人心里的苦闷。本以为是句随口的许诺，荀一南根本没放在心上。

他居然想杀了夏金，最该死的人，明明就是他自己。

作为国家重点培养的新一批宇航员，夏金是执行"方舟计划"的不二人选，可他放弃了机会，不想乘坐人类的"方舟"逃往星辰大海，只是因为不想抛弃自己最牵挂的弟弟。他正义了一辈子，却最终倒在了挚亲的脚下。

只能怪他太不了解自己的弟弟了。

时间真的不多了。月球的大潮淹没了沿海地带，B市本是座内陆城市，然而现在，站在B城的高处朝东边远眺，已经能看到海了。现在虽是夜晚，但月光明晃如白昼。明媚的阳光能给人带来温暖，明亮的月光却只能给人带来无际的寒寂。夏重坐在火箭发射台高耸的登船桁架上，吹着清凉的晚风，静静享受着自己在地球上的最后一夜。

他身后的巨大火箭中搭载着"方舟号"飞船。飞船搭载着数目惊人的动植物受精卵、近千个各类人种的受精卵，进行生物体克隆以及体外胚胎培养的全套设施。这艘重型运载火箭浓缩着这个国家近百年宇航工业、生物技术的顶尖成果，承载着人类未来的最后希望。

然而这艘运载生命的火箭只能容纳一个宇航员。这个宇航员将作为旧时代人类的子遗，带领这个星球的生物迈向星辰大海。

他就是那个人类子遗，是未来人类的上帝；这个种族的未来，全握于一人之手！夏重这样想着，突然歇斯底里地笑起来，在明晃晃的月光中摇头晃脑。他圆睁着双眼，举头望月，徐徐伸出手，假装自己手中握着高脚酒杯，身体后仰，摆出一副月下独酌的样子：

"月啊，谢谢你，给了我最浪漫、最科幻的结局！"

他又张狂地笑起来，远望着天边的海岸线：

"渺小的夏虫们啊，都给爷去死！"这时，身后的桁架上传来一阵异响，夏重机警地回过头，"谁，谁在那儿？"

"哦，对不起。"阴影中走出一个矮个子男人，穿着清洁工的衣服。

"要打扫，一边儿去，真烦。"夏重早就厌倦了人前的伪装。他日复一日地将自己塞在哥哥的皮囊之下，揣摩着那个风云人物的一切；但现在，他累了。

"我认得你。"清洁工愣在原地，说着。

"你当然应该认识我！我是'方舟'的宇航员啊，我是神，我是上帝。"

"砰！"

清洁工端着手枪，枪口冒着一缕青烟：

"对不起。你，早该入土了。"

鲜血在细长的桁架上漫开，一滴一滴地坠入下方的空气中，仿佛拉开一道黑色的大幕，渐渐消弭在冰冷的月辉当中。

回到医院，苟一南蓦然意识到：这里，真的没有多少人了。

医院中的人本就以老弱病残为主，生完孩子的家庭很多都选择了离开，他们想让孩子看看自己本来生活的地方，看看一切的缘起，看看一切的终点。还有一部分留了下来，他们真正爱上了妇幼保健院这个家庭，想在这里和那些一直挤在一起取暖的人们见证世界的终了。满打满算，有能力也有意愿抗击暴徒的精壮劳力，仅剩下了十人。

荀一南倚在病房内宽大的落地窗前，嘴里叼着烟。这是最后一根了。这几天外面发生的爆炸事件越来越少，可能暴徒们散了、跑了；也有可能，他们在集结，准备开一场盛大的派对。

突然一声轰鸣，一道白线在远方徐徐升起，划过铅灰色的天空。今天大概是"方舟"启程之日。虽然曾身为"方舟"项目的负责人，但荀一南本人从未认同过这个计划；更确切地说，他打心底看不起这个计划。

即便如此，荀一南还是起了个大早，满怀仪式感地来为"方舟"送行。

白线顶端的亮点忽地碎成几朵碎星，飘回大地。

还是失败了啊，不知道夏重在不在上面。荀一南将剩下的半截烟扔到地上，用脚踩着，将余烬踩灭。

荀一南默默算着日子：

今夜，大概是最后一夜了。

月亮，要来了。

荀一南有些紧张，坐立不安。他走到楼外的竹林中，闭着眼，回想着以前和井悦说过的话。

蓦地，他想起了曾经与井悦的约定：

"我要保你们母子平安，直到世界毁灭。"

世界即将毁灭，井悦也死于难产。这个约定，终究成了一句空话。

不知不觉，他凑到了水井边。白天的井水少了月色中的那种古朴的质感，灰突突的砖沿上沾着土，脏兮兮的。夜色中的水井肃穆得像深林中的古堡，静静地泛着神秘的灵力；而现在，这水井普通得不能再普通了，像童年玩乐的背景，似乡村往事的回音。他抻着脖子看向井里的水面，水分明解冻了，却平得像精琢的铜镜。

他能看清自己的脸：那是张最普通的人脸。

入夜，暴徒果然来了，举着一片火云似的火把，浩浩荡荡地踏平了堵路用的土堆。今夜没有月亮，天很黑，如墨一般。荀一南将珍贵的九把枪和几包子弹平分给除他以外的九个有战斗能力的壮年男人。

"荀叔，你自己不留一把吗？"叶勤问着。

"你来凑什么热闹！"

"领枪啊！"

"滚蛋，小屁孩儿一边儿去。"

"荀叔！"叶勤一动不动，他攥着拳，鼓着眼，脸憋了个通红，"我要帮你！我不管——"

"你给我滚蛋！"荀一南怒喝着，一脚踹到叶勤受过伤的大腿上。叶勤眼睛里噙着泪还是不动，荀一南上去又是一脚，直到把他踢到楼梯间。小凡冲下楼将叶勤抱起，一边后退一边对着荀一南连连鞠躬。

"走啊，你们走啊——"直到两人走远，荀一南才哭出声来。

还剩下四把枪，荀一南正犯愁怎么用这些枪，或许只能挑四个人当"双枪牛仔"。这时，楼上的几个老头走下楼梯。

"枪给我们，我们也能打仗！"为首的老人说。

"你们……"

荀一南咬着牙将枪分了出去，泪水不止，他走过漂亮恢宏的中庭，勇敢地迈出医院大门，身后跟着一众同仇敌忾的同伴。

他看着对面的暴徒大军，打头的，是那个浑小子冯乐。他忽然明白了暴徒来袭的真正原因。

真是个浑小子，害我们所有人担心了好久。

荀一南站在那里，左手高高举起石峰的砍刀，右手紧紧攥着老金的左轮手枪然后，他微笑着，回过头去。

后　记

　　2017年冬天，作为"科普科幻青年之星计划"评委，我受邀参加了中国科普作家协会举办的"科普科幻青年作家论坛"，当时满头白发的前中国科普科幻协会秘书长石顺科老师叮嘱我，说未来科普、科幻事业的发展重担在年轻人身上，希望我有时间和精力能为之做点力所能及的事情。

　　这句话一直压藏在我心底。我也一直想找合适的机会去做一些力所能及的事情。机缘巧合，大四下学期在完成毕业设计之后，我到北京做了一段时间的科幻编辑；工作期间，接触到了大量的高校科幻社团，这时候我才觉得可以做点什么了。

　　具体做什么，是基于我所看到的。在担任"青年之星计划"、"华为科幻阅读大赛"等活动评委时，我审阅了太多校园科幻作者的稿件，看到太多不错的稿件在入围之后却拼不过文笔老练、经验丰富的名家作品，因此这些有可取之处的稿件便不被人所知，作者的心血也得不到回报，甚是可惜。因此，在2019年

6月，我决定组建"高校科幻"平台，致力于打造高校重要科幻阵地，力推科幻创作与科学普及，促进高校科幻社团间的学习与交流，帮助高校科幻科普爱好者展示自我，从而培养出一批又一批优秀的科幻科普作者。

我特别开心，经过一年半的发展，我们这群由大学生科幻迷组成的团队先后举办了两届"星火杯"全国高校科幻联合征文大赛，收到来稿近千篇，超500万字；成立高校科幻创作者中心（星火学院），请名家对招募到的第一批130余名高校科幻创作者进行公益培养，成功推荐学员创作的小说、采访、随笔等60余篇，多发表在《中国青年报》《中国青年作家报》《学生·家长·社会》《超好看》、新华网等平台；并通过"新星专访""社长专访"等栏目发掘、宣传、推广了近200位年轻科幻作家和科幻社团负责人。

为了更好地帮助青少年打开科幻阅读与创作之窗，带领更多的青少年朋友感受科学幻想的魅力，2020年8月，我们联合中国青年作家报社、中国科幻研究院、中国科普作家协会科幻专业委员会、科幻苹果核（上海市科普作家协会科幻专业委员会）等单位、机构举办了面向全国的"青少年科幻创作公开课"，并通过中国青年报客户端、微博实时进行直播，累计观看人次达20余万，微博话题阅读量超过150万人次。

以上种种，都是为了引出此书的来之不易，也能反映出编委对于编辑此书的极度重视与期待。

作为"科幻后浪"丛书的第一辑，这本书具有以下鲜明特点：

·杜邦的故事·

一、新人佳作。入选的作者全部都是95后，均为高校科幻平台培养、扶持的学员，并大多是第一次公开发表作品，且被收录的作品均是百里挑一，有严格意义的"后浪"标签。

二、脑洞大开。年轻代表着无限活力与思维敏捷，这些新人的科幻新作想象力极佳，他们对未来的思索与追求也即将在大家阅读到的作品中体现出来。作为重点推荐的作者，胡晓诗的《0713的一场预约服务》《城东一院》《杜邦的故事》《野人》《重见天日》等作品文笔细腻，能够精准地刻画、把握每个角色的情感变化，并巧妙地通过人物关系反映她对于现在及未来社会生活的深度反思；七里的《赴约》是针对典故"尾生抱柱"的一次大胆想象，很值得阅读；常安宁的《海天》讲述了同为宇航员的老父亲为了达成离世儿子的梦想，重新驾驶航天器飞往星空的感人故事；查尔斯·甘的《机器士兵想要投降》无疑是一篇硬核科幻，展现了在残酷的未来战争中的某种可能——机器人成为战争主力而进行激烈的、充满矛盾的战斗；伍宸豪的《井月》则展现了在世界末日来临之时，人们在灾难面前表现出的复杂且多变的人性；零上柏的《洄游》是一篇温情又悲壮的科幻小说，描述了拥有悲伤与忠诚情绪元件的清理机器人按照人类设定的程序执行终极死亡指令的故事。

三、作品典型。2020年4月"世界读书日"时，亚马逊中国根据调查发布第七届"全民阅读报告"中关于"00后迷科幻、80后学经济、50后爱读史"的结论受到大众热议；其后不久，国家电影局、中国科学技术协会印发《关于促进科幻电影发展的若干意见》，提出将科幻电影打造成为电影高质量发展的重要增长点和新动能，将创作优秀电影作为中心环节，推动我国由电影大国向电影强国迈进的意见，具体提出了对科幻电影创作生产、发行放映、特效技术、人才培养等加强扶持引导的10条政策措施（简称"科幻十条"）。相关调查结果与政策出台无不在印证，伴随着中国经济的快速发展和国民教育质量的提升，科幻作品将迎来更多的受众。

那么，热爱科幻的青少年如何更好地培养想象力，如何更好地通过创作科幻作品表达自己对现实与未来的世界观，如何通过在抓住机遇的同时实现自己远大的理想抱负呢？我想这本书的作者及作品会给大家一个答案。毕竟这些作者大多都是大学生，且他们的作品所展现的元素既有过去，亦有现在与未来。

最后，感谢万卷出版公司高瞻远瞩、大胆开拓，策划以发掘、推广科幻新人为主题的"科幻后浪"系列丛书，相信在不久的未来，愈来愈多的科幻名家将从此扬帆启航、星光熠熠；也感谢为此书选稿做出贡献的非也、单反、柯昊纯、尉竹康、王浩锦等同学。

2020年11月22日写于武汉大学

赵文杰